肥妃不好惹

中

風 文創 090

棠茉兒 著

目錄

第十一章

轉眼，又過了十天。

多多雖然傷得重，但都是皮肉傷，大夫來看過，開藥之後，她躺在床上休息了幾天，沒多久身上的傷口大部分已經結痂。

日子也從那天之後，過得安穩平靜。無論是林詩詩還是柳曼君，都沒有來找她麻煩。

而落茗雪，那天撞傷了額頭，又受了四十大板後，還被關在陰暗潮濕的地牢裡，身體是一天比一天差，幸而還有林詩詩偶然去探望她，請來大夫為她看病，總算沒有太大的問題。

不過對於這些，若靈萱聽過便算，不屑去理會，更不放在心上。

九月天，到了晌午，還是悶熱得教人難受。

早上，若靈萱在院子裡做減肥操，草草和冰兒就在一旁看著學。中午的時候，閒來無事就打打馬吊。到了晚上，主僕幾人就在前院乘涼，講講故事，剛開始的恐怖故事嚇得兩丫頭心有餘悸，後來，若靈萱只好說一些可歌可泣的愛情故事，感動得她們淚流滿面，手絹每天都要換洗一條，尤其是講到梁山伯與祝英台的故事時，草草和冰兒感動得哭成淚人兒，皆為那對苦命鴛鴦感到惋惜。

今日，草草和冰兒一如往常般黏在若靈萱身邊，聽她講故事。

「王妃，妳好厲害啊，怎麼可以說出這麼多動人的愛情故事呢？」冰兒一邊感動地抹淚，一邊崇拜地說道。

「對啊，我也好佩服小姐，妳怎麼就會這麼多呢？」草草也崇拜地看著主子。「不但琴棋書畫樣樣精通，還會說故事，簡直就像神仙一樣，十八般武藝樣樣俱全。」

若靈萱笑了笑。「太誇張了妳們，其實，我也有不懂的東西，可不是萬事通喔！」

「可是在我們心中，王妃就是最厲害的，沒人比得上！」冰兒雙眼發亮地看向她，覺得主子比任何所謂的美人，都要美上幾分。

「就是、就是！連皇上都對小姐讚不絕口，可想而知，小姐是多麼的厲害。要是多多她也能和我們一起出來乘涼，聽到這麼動人的故事，她的傷一定會好得更快的。」

說到多多，若靈萱突然想起，大夫說過她的傷勢已然結疤，估摸著今天就能下床走動了，只是要完全康復還得再兩、三天。

「對了，這次我們也辛苦了這麼久，剛好今天多多能走動了，不如咱們明天來慶祝一下吧！」若靈萱突然出聲提議道。

這句話馬上得到兩丫頭的一致贊同，她們興高采烈地道：「好呀！那要怎麼慶祝？」

「咱們來吃火鍋。」

「火鍋？那是什麼？」草草一句話，也問出了冰兒的疑惑，兩人雙雙不解地睜大眼睛望著她。

若靈萱想想，古代應該還沒有這味吃食，當即就神秘地笑笑。「正好，讓妳們再嚐嚐我特製的頂級美食。」

「那需要幫忙嗎？」草草得知又可以吃到新奇的美食，當即樂得合不攏嘴。

冰兒也一臉雀躍的表情。「王妃，我也要幫忙！」由於若靈萱不興主子、奴婢那一套，因此冰兒也「入境隨俗」，不自稱奴婢。

「當然，我一個人哪做得來啊？到時呀，我再彈琴、唱幾首歌，給大家盡興盡興。」若靈萱眉開眼笑，興致勃勃地道。

剛好君昊煬明天不在家，不怕被聽了去。

「太棒了！」兩丫頭頓時歡呼。

翌日一早，草草和冰兒按若靈萱的吩咐，去大廚房借來一口大鍋，回來之後兩丫頭燒火、洗菜、切肉，忙得不可開交。若靈萱則圍著裙兜，在一旁調配作料。不一會兒，水燒開了，她放了些奇奇怪怪的調料進去，還有一些辣椒，看得兩人心驚肉跳。

「小姐，妳這是……」亂七八糟的全放在一起，這真的能吃嗎？

「別吵，等會兒妳們就有口福了。」若靈萱聚精會神地弄著辣椒末，心不在焉地丟了一句。

聽主子這麼一說，兩丫頭也不再多話了，想到待會兒就能品嚐到獨特美食就興奮不已，幹起活兒也倍覺有力。

不一會兒，鍋底煮得差不多了，若靈萱就將盤子裡早已準備好的食材一一倒了進去，頓時香氣四溢，讓人垂涎三尺。

本來沒用早膳，空著肚子就等這頓美食的兩丫頭，此刻聞到這香味，立即食指大動，「噔噔噔」地直奔火鍋。

此時，火鍋已呈沸滾狀態，香味撲鼻，若靈萱的心也跟著沸騰起來。天啊——真是讓人懷念的味道呀……

當下，她笑容滿面地對兩人道：「別急別急，先去把桌椅搬來，我們直接這樣吃就行啦！」

「啊？可這火都還沒有滅呢，也能吃嗎？」草草和冰兒訝異地睜大雙眼。這吃法，還真是見所未見，聞所未聞呢！

「當然能，火鍋都是這樣吃的，火要是滅了，鍋裡的東西能熟嗎？再說了，這樣邊燙邊食，熱與味結合起來，吃得才更有味道啊！」若靈萱一臉神往地道。

「可是這樣很奇怪……」

「好啦好啦，快去搬椅子，要開動了。」

話落，早已肚子打鼓的兩丫頭，也顧不得有多奇怪了，飛快地搬來桌椅，按主子的指示圍成一圈，準備開動。

這時，多多蹣跚地走了過來，聞到這縷縷香氣，頓時饞了起來，歡笑道：「小姐，妳們這麼快就弄好了？我來得還真是時候呢！」

「多多！」三人立刻迎了上去，分別攙扶著她。

「來來，給妳個好位子，坐這裡。」

「小心啊，別燙著。」

「這個不上火，吃了還有營養，給妳的。」

聽著一人一句的關心，多多感到幸福極了，唇邊的笑容更燦爛。

正在這時，外面傳來一道邪魅的聲音——

「靈萱？在不在喲？」

草草和冰兒同時起身，朝外望去。

若靈萱則蹙起眉心，暗自翻眼。這傢伙怎麼又來了？

沒多久，一襲紅影直闖入眾人的視線裡。

來人正是君昊宇，他望著正圍著一口鍋、手握碗勺地盯著自己的主僕四人，鳳眸閃過微訝。「咦？妳們在幹麼？」

「你又在幹麼？」若靈萱睨了他一眼。

見到晉王的駕臨，三個小丫頭這才後知後覺地趕緊上前，恭敬地朝他福了福身。「奴婢參見晉王爺。」

君昊宇不在意地揮了揮袖，笑嘻嘻地對若靈萱道：「沒什麼，閒來無事，瞧瞧妳唄！怎麼，妳們在用膳嗎？也太早了吧？難道現在才在用早膳？」

若靈萱正忙著攪拌鍋裡的東西，沒空再去搭理他了。鍋中之物，已經不斷沸滾，湯鹵散發出十分誘人的鮮香味，讓她垂涎三尺。

草草於是說道：「晉王爺，我們在吃火鍋呢！」

「火鍋？」聽到這個新鮮的字眼，君昊宇訝然地微睜鳳目，視線不由得落在那口大鍋上。

只見鍋的下面燃著猛火，似乎在煮什麼東西，而大鍋旁邊的桌子上，則擺著碗筷和一些盤子，盤裡裝有鴨肉、鵝肉、雞翅膀、雞爪、草魚、海蝦、乾魷魚、乾魚肚、豌豆苗、綠色菜葉、豆腐、菇類等東西。

「靈萱，妳是不是又在弄什麼新奇的東西呀？」君昊宇一想到這個可能，整個人就興奮起來，立刻上前幾步看個仔細。

此刻香味四散，讓原本不餓的他，瞬間被勾起了食慾。

「與你無關！」若靈萱斜眼一瞥，揮揮手道。

「靈萱，妳真是太客氣了，知道我今天會來，就特地煮了一鍋珍饈來招待我，就知道妳對我最好了！」他眨眨邪魅的俊眸，直視著她。

若靈萱只覺得雞皮疙瘩頓起，沒好氣地瞪著他。「你的臉皮是鐵做的嗎？」這麼厚！

君昊宇唇角輕揚，露出一抹無害的淺笑，繼而一屁股坐在若靈萱身邊，分明是想賴著不走了。

「靈萱，人多吃起來才熱鬧嘛，多我一個也只不過多雙筷子啊！」

「你還真是好意思啊！」若靈萱瞪了他一眼，隨即從鍋裡舀出一些湯來，燙在早就調好料的瓷碗裡。

「靈萱，別這樣嘛，看在我幫了妳這麼多次的分上，就讓我留下來吧？以後妳想做什麼，只要開口，我赴湯蹈火都去完成。」

此刻，他已完全被鍋裡那濃郁的鮮香味征服了，只好挾恩圖報，來討得一頓難得一見的美食吃。

對他的無賴，若靈萱無語，只能為他添上一雙碗筷。誰讓這傢伙的臉皮，厚得連城牆都相形失色呢！

火鍋大餐如火如荼地進行著，個個都情緒高昂，氣氛十分熱鬧。

君昊宇坐在若靈萱身邊，不停地大呼過癮，嘴巴也沒閒著。「靈萱，妳還真厲害，每次都能弄出這麼一些新奇又美味的東西來，而且琴藝及歌聲也是世間僅有，我真是對妳越來越佩服得五體投地了。」

說著，又把剛才放進去煮熟了的豆腐挾出來，呼呼地放進嘴裡，吃得不亦樂乎。

多多、草草和冰兒聽了，皆掩唇一笑，水眸紛紛朝若靈萱看去，只見後者撇了撇嘴，隨後撈出自己最愛吃的牛肉串，拿在手上，像吃糖葫蘆一樣地吃了起來。多多等三丫頭見狀，也跟著繼續品嚐著。

熱氣不斷從鍋裡直往外冒，弄得整個廳子都熱氣騰騰的。

清漪苑裡，香氣依然繚繞著，大家都開心地吃撐了肚子。

吃過火鍋後，若靈萱便讓草草搬來古琴，為康復的多多彈奏慶祝。

君昊宇見狀，眼中光芒大盛，三個丫頭也欣喜若狂。

「多多，要聽什麼？」坐下後，她笑問。

「小姐，隨便吧，反正妳彈的，我都愛聽。」

「沒錯，靈萱，妳隨意發揮就好。」其實，以她的這種境界，就算是再不好的曲子都會變得非常好聽。

若靈萱淡然一笑，轉過頭，沈思了一下後，手指慢慢地撥弄著琴弦，琴聲和歌聲緩緩地流洩著，她融入自己的感情，彷彿這世界只有她，和她的琴——

「天上人間　昨日別年

流逝的　經過的　越來越遠

但只有你的臉　清晰得越明顯

不覺中　勝過了時間

楓葉正紅　飛雁又南遷

百轉千結的是眷戀

多少個日夜　輾轉不成眠

終有一天心願都實現

纏綿望不穿　還記得那誓言

相信有最後的圓滿

陪你去天邊　經歷過久久磨難

放眼天下　信念不變

記得昨日　孤傷的秋天
朝朝暮暮又再浮現
這一世情牽　再不會擱淺
終有一刻魂夢裡相牽
纏綿望不穿　還記得那誓言
相信有最後的圓滿
陪你去天邊　經歷過久久磨難
放眼天下　信念不變
命運輪回轉　聽見了那彼岸
是悠悠遠去的呼喚
虔誠一顆心　踏過了萬水千山
歸來時盼相守相伴……」

沈醉動人的歌曲，彷彿在訴說一個淒美的愛情故事，聽得眾人一陣感動，宛如身臨其境般。

許久，一曲終了。若靈萱撥弄琴弦的玉指停了下來，看著眾人仍沈浸在詞曲的美好意境裡不能自拔的模樣，不禁微微淡笑。

過了許久，君昊宇率先回神，他激動地讚嘆道：「太美了！實在是太美了！靈萱，妳不僅唱出了歌的精髓，還把詞的意境描繪得栩栩如生，真的是太美了！」

多多這時上前抱住小姐的胳膊，眼裡閃著幸福的淚花。「小姐，妳親自下廚，弄那麼美味的吃食給多多，還為多多唱這麼動聽的歌，多多好開心、好感動！謝謝妳，小姐……」喊完這聲小姐，眼淚就啪嗒地掉了下來。

若靈萱一看慌了，連忙拍拍她肩膀。「別哭、別哭，怎麼說著就哭了呢？我可受不了這套，三句不離就掉淚的……」

多多立刻捋起袖子擦乾眼淚，哽咽著聲音道：「嗯，小姐說不哭就不哭，多多聽小姐的。」

「靈萱，我不得不說，妳的聲音真是美極了，堪比黃鶯出谷，宛轉悠揚，極為動聽——」君昊宇俊眸閃閃發亮地凝視著她，聽著如此至高的奏樂，內心真是震撼極了，好想再聽一次喔……

看出他的意圖，若靈萱連忙截斷他的話。「得了得了，謝謝你的誇讚，現在你火鍋也吃夠了，琴曲也聽夠了，是不是該離開了呢？」

話音剛落，君昊宇揚起的笑頓時僵在臉上，原本的讚美之詞也只能生吞進去。這女人真是的，沒事也趕，讚嘆一下也趕，她就這麼不想見到他嗎？

突然地，他心中有些失落……

見他突然沈默的樣子，若靈萱皺了皺眉。搞什麼，沒聽到她的話嗎？裝傻呀？於是，伸出手在他眼前晃了晃。沒反應？那就莫怪她了……倏地湊近他耳邊，聲音尖八度地高喊：

「晉王爺！」

興許是被她的聲音震醒，君昊宇回過神來，恢復剛才的笑意，魅惑的眼眸直視著她。「萱萱，咱們都這麼熟了，妳不用叫我晉王爺，叫我昊宇吧，或許再加個哥哥，我也不會介意的。」說著靠近她，聲音極度的誘人。

若靈萱翻翻白眼，真是受不了他，肉麻當有趣！

在場的三個丫頭聽著就覺得好笑，不由得輕掩唇角。

君昊宇見她沒有說話，迷人的魅眼刻意瞄著她，繼續道：「怎麼樣，靈萱寶貝？」

頓時，靈萱眼角抽了抽。什麼寶貝？這傢伙，越說越離譜了！她沈著一張臉，欲要爆發，突然抬起眸，攥緊拳頭，對他嫵媚一笑，笑得極燦爛……又十分詭異。

君昊宇發覺她笑得不正常，瞬覺心裡毛毛的，立刻警覺地起身。「啊，突然想到有點事要處理，下次再來找妳吧！」

話剛落，如風的身影已迅速消失在門口，不知所蹤了。

若靈萱冷哼。「算你識相！」

「小姐，看來晉王很喜歡妳呢！」冰兒天真地笑道。

這話聽在某人耳裡，臉立刻就黑了一半。「冰兒，胡說啥呢！」若靈萱皺起眉斥道，這是什麼話？

「就是呀，冰兒，這話可不能亂說的！」多多也趕緊斥道。「幸虧這裡只有咱們，要是讓別人聽去，會誤會的。」

「誤會什麼？」冰兒一臉不解。

「小姐是王妃，妳這樣的話，不是等於說小姐和晉王爺之間有什麼嗎？這樣對小姐的名聲極為不利，以後不可再說了。」多多慎重其事地道。

冰兒聽罷，才明白是怎麼回事，當下懊惱得不得了，萬分歉疚地看向若靈萱。「對不起，王妃。」

「沒事，以後注意點就是了。」她寬容一笑，跟著又對三人道：「好啦，今天的節目還沒完呢，我可是準備了幾首歌要唱給妳們聽呢！」

「哇！謝謝小姐！」

若靈萱愉悅一笑，再次將雙手放在古琴上，婉轉清幽的歌聲緩緩流出，順著空氣，飄到外面，嫋嫋餘音，悠悠蕩蕩……

「好美妙的歌聲……」

剛來到王府的君奕楓，倏然聽到這隨風飄來的琴音，不禁失聲讚嘆，目露驚訝之色。如此絕美的歌聲和琴聲，自己還是第一次聽到。於是，在好奇心的驅使下，他循聲而去，在清漪苑外停止了腳步，聲音是從裡面傳出來的。

他眉頭舒展，疑惑道：「這不是大嫂的寢居嗎？她今天這麼有雅興，聽歌姬演唱？」

「不過，睿王府什麼時候請歌姬了，怎麼從未聽大哥說過？」君奕楓奇怪地自言自語，猶豫一會兒後，由於實在是太喜歡這歌聲了，便打算進門拜訪。

這時，原本已經離開的君昊宇又突然回返，剛接近清漪苑的時候，就看到門外站著的君奕楓，立即高興地上前打招呼。

「二哥！」

「七弟？」君奕楓看見他，俊顏揚起一抹溫和的微笑。

「怎麼，二哥你來找嫂子有事啊？」剛才看他好像準備進去的樣子，便隨口一問。

聽罷，君奕楓突然靠近他，指了指裡面，好奇地問道：「你平時跟大哥走得近，知道王府什麼時候來了這麼一名歌姬嗎？聲音挺動聽的。」

「這呀，還不是——」原本欲脫口告知的君昊宇，倏地想到若靈萱曾說過，她會彈奏一事，不能讓其他人知道，要是他不遵守諾言，恐怕後果會是……

唔，還是保密好了！

當下，眼眸一轉，伸臂搭在兄長的肩上，笑笑道：「二哥，別管什麼歌姬了。七弟現在酒興發作，正想找人作陪，剛好二哥你來了，不如我們一起去醉月樓吧！」

「可是——」

「別可是了！二哥，就當陪陪七弟，走吧！」

君昊宇不管三七二十一，硬拖著君奕楓離開。

晚上，書房。

君昊煬正埋首在一堆帳冊中，時不時地皺眉，似乎很困擾的樣子。

「王爺，燕王來了！」張沖在門口稟報道。

「請他進來。」君昊煬放下手中的筆。

不一會兒，君奕楓緩緩地走了進來，依然是一身白衣，玉冠銀帶，裝束簡單輕便，卻隱隱透著一股令人無法忽視的尊貴氣息。

「二弟，今天怎麼想到要過來王府？」君昊煬微笑地站起身，迎上前。

「沒什麼，難得清閒，就來探望探望大哥了。」君奕楓清雅的俊容漾出一抹笑，隨後走向椅邊坐下。

小廝端上兩杯熱茶後，就退了下去。

「大哥，是在想塢城乾旱的事？」他的目光落在案几上，抬眼詢問。

一提起這事，君昊煬的臉色就顯得凝重。「是呀，這塢城一帶的乾旱也有兩年了，到現在都沒有解決的方法，再這樣下去，恐怕很快就會引起饑荒。」

「雖然國家每年都撥款賑災，但真正到災民手中的，只怕是所剩無幾。」君奕楓凝眉沈吟道。

「你說得沒錯。」君昊煬點點頭，臉色漸漸冷凝。「所以我想著，當務之急除了整治官場風氣，要解決乾旱的問題，恐怕得修水壩，將其他地方的水源引過去才行。不過這是個大工程，需要很多財力及人力。」

「那只能按部就班來了……這樣吧，大修水壩的事就交給我，怎麼說我的手下也有三個是京都富商，財力應該不是問題。」君奕楓提議道。

「那好，修堤的事就交給你了。」君昊煬一聽，也覺得甚好。君奕楓笑笑地點頭，隨後像想起什麼似的，手中玉扇敲了敲，開口就問道：「對了，大哥，你府中什麼時候請歌姬了？」

本來他對這種事是沒什麼興趣的，但那女子的歌聲實在是太動聽了，勾起了他的好奇心。

「歌姬？什麼歌姬？」君昊煬奇怪地看向他。

見大哥一臉茫然的樣子，君奕楓微蹙眉。難道不是歌姬？於是他只好解釋道：「早上的時候，我也有來府裡，走著走著，忽聞有一女子唱歌，其音如天籟，輕靈空絕得令人屏息。那歌聲、那唱法，真是新鮮又動聽，令人沈迷。所以我就猜想，是王府請了歌姬，難道不是嗎？」

「唱歌？」君昊煬微微斂眉，聽著二弟的形容，能唱得如此唯美動聽的人，記憶中只有一個，不正是自己的小妃之一——殷素蓮嗎？

「是呀，那歌聲真的很美，連宮廷樂師都無法與之相比，就不知道，到底是哪位女子，能唱出如此奇音？」一想到早上那絕妙的聲音，君奕楓就忍不住連連讚嘆。

君昊煬輕抿了口茶，黑眸瞥了他一眼，搖頭笑道：「我怎麼不知道，原來你也對曲藝這麼感興趣。」

「那倒不是，只因為那歌聲前所未聞，覺得有些新奇罷了。」他輕聳肩膀，然後又問：「大哥，你真不知道是誰嗎？」

「據你所說的，那應該是蓮兒了，普天之下，也只有她的歌喉是那般出色。」君昊煬沒想著要隱瞞，便如實說道。

「蓮兒？是你新立的小妃嗎？」記得大哥提過，好像叫殷素蓮。

「沒錯，就是她。」

但，君奕楓卻疑惑了。「可是大哥，那歌聲是從清漪苑傳出來的，那好像是大嫂的寢居吧？」

「清漪苑？」君昊煬怔了怔，倏然間，他想起了自己曾經在夢湖聽到若靈萱唱歌一事，不由得蹙起眉，自語道：「難道，她又在學蓮兒唱歌？」

「怎麼回事？大哥？」君奕楓越聽越糊塗。

於是，君昊煬索性就將上次的事告知，最後道：「所以，你既然是從清漪苑聽到的，那應該就是若靈萱了，她的歌聲的確跟蓮兒一模一樣。」

誰知，君奕楓聽了，眸中的疑惑不但沒解，反而更深。「大哥，這不可能吧？就算大嫂跟殷小妃學過曲藝，也不會學得那麼神似，因為每個人的聲音，就跟樣貌一樣，就算有多麼相像，也不會毫無分別的。」

聽著他的分析，君昊煬也不由得深思起來。他不是沒懷疑過，只是覺得若不是如若靈萱所說，那她怎麼會唱出那種歌聲？他為什麼又確實分辨不出她們的不同？

「來人！」他突然揚聲一喝。

門外小廝立刻進門。「王爺有何吩咐？」

「去讓殷小妃過來一趟。」他要親自確認。

「是！」小廝應聲而去。

不一會兒，婢女、小廝們就執著燈，領著殷素蓮前來。

許久都沒有侍候王爺的殷素蓮，一聽王爺要召見她，立刻高興地迅速洗漱一番，就匆匆趕了過來。可是進入書房後，看到一名飄逸若仙的白衣男子跟王爺同坐，笑容就驀地僵住。原來是她會錯意了，心情頓時掉進了谷底。

連忙斂神，上前福了福身道：「妾身參見王爺，見過燕王！」

「起來。」君昊煬揮了揮手，隨後若有所思地盯著她，沈聲道：「蓮兒，妳今天有唱歌嗎？」

殷素蓮愣了一下，不知前因後果的她，纖指緊緊握在一塊兒，神情有些不自在。「王爺為何有此一問？」

「是這樣的，本王今天經過清漪苑的時候，突然聽到裡面傳來不似凡塵的仙樂，聽大哥說，是妳在唱的對嗎？」君奕楓看向她說道，如沐春風的笑容能安撫人心。

但，安撫不了殷素蓮。她聽後，臉色唰地白了，嚇得六神無主。難道姊姊又唱歌了嗎？天啊，居然被燕王聽見了，還跑來告訴王爺！

那麼，燕王發現了嗎？突然喊她來，是懷疑那些絕技並非出自她的手，所以開始偵查了？

「妾身……是妾身……」她慌得幾乎說不出一句完整的話。

她那副神態，精明的兩人也看出了端倪，不禁相覷一眼。

君昊煬俊顏微沈，心中疑慮更深，他淡淡地道：「蓮兒，燕王難得來到府中作客，妳就為他彈唱一曲，如何？」

殷素蓮神色一變，臉色更為蒼白，雙手不由得抖了起來。

君奕楓星眸微瞇，語氣溫和地開口。「殷小妃，妳今日一曲實在太過美妙，本王只是站在門外聆聽了一會兒而已，實在覺得意猶未盡，因此想再聽一回仙樂，別無他意。」

「蓮兒，開始吧，本王也好久都沒聽妳彈唱了。」說這句話時，君昊煬才突地想起，自己每次聽到殷素蓮的曲子，都只是「聽」而已，從來沒親眼看過她彈奏。但就算是聽，每次若靈萱都在，只是當時的他，理所當然地認為是殷素蓮，而沒多作他想。

直到現在，他才猛然發覺，一切都是那麼可疑。

殷素蓮也嗅到氣氛的不對，一時間呆愣著沒有說話，只是白著臉站在那裡。突然，她扶著額頭，整個人搖搖晃晃，一副快要昏倒的樣子，同時可憐地說道：「實不相瞞，妾身可能是剛染上了風寒，現在頭痛嗓子也痛，根本彈唱不出來，請王爺體諒。」

「什麼？妳染病了？」君昊煬眉頭緊蹙。方才還好好的，現在竟說病就病，一點徵兆都沒有。

只是，見她彷彿隨時會暈倒的樣子，他還是上前扶住了她，殷素蓮立即乘機倒在他懷中。

聲開口。

「大哥，既然殷小妃身體抱恙，那二弟只好改天再聽了。」君奕楓直盯著她半晌，才溫

門外一喝，小廝和丫鬟就匆匆而進。「送殷小妃回去，再請大夫來看看。」

「既然如此，那也沒辦法了。來人！」君昊煬淡淡地掃了懷中的女子一眼，隨後揚聲朝

「是！」丫鬟立刻上前攙扶起殷素蓮，然後退了下去。

君奕楓唇角微揚，看向兄長。「大哥，你有何看法？」

「我一定會查出真相的。」君昊煬沈聲道，黑眸如潭水，一樣深不見底。

離開了錦翊樓後，裝病的殷素蓮，這才緩緩地吁了口氣，只是內心仍有些惶恐。雖然今天逃過了一劫，但總不能次次如此吧？而且看王爺剛才的神態，似乎在懷疑什麼……

心中顫了下，殷素蓮斂下眸。她不能讓王爺知道絕技並非出自她之手，不然，現在的一切都會失去的。

不可以，她絕不可以失去這一切！一定要趕緊想個辦法，一定要……

兩天後，若靈萱看到多多的身體已經完全康復，不但能自由走動，而且學她做體操也遊刃有餘，不禁露出了欣悅的笑容。

心頭的牽掛放下，她就要想著開館子的事了。雖然將這事拜託了君昊宇，但不親自去看看，她始終不放心。

不一會兒，她來到了君昊煬的書房，卻突然猶豫了。要不要進去呢？他會同意嗎？雖然自己的《女誡》是完成了，可過了這麼多天，他會不會不認帳？

「妳想當門神嗎？還不進來。」君昊煬早就注意到她了，看她一直不進來，終於忍不住開口了。

若靈萱只好走了進去，心中思索著，到底她要怎麼開口和他說？

「說吧，有什麼事？」君昊煬抬頭看著她。

「那個……你上次要我抄的《女誡》，我帶來了，那我可以出府了吧？我保證，真是三天內完成的，只是當天發生了多多的事，所以拖到現在才交給你，你不能不算數喔！」若靈萱怕他不答應，趕忙解釋道。

「本王有說不算數嗎？」君昊煬睨了她一眼，有些不高興，她真當他是蠻不講理的人不成？

「那你是同意了？」靈萱臉色一喜，她可以出府了！

「同意，不過……」他停頓了一下。

「不過什麼？」她臉色一僵，就知道他不會那麼好說話，肯定有條件。

「本王陪妳一起去。」君昊煬突然拋出驚人之語。

「什麼？你也要去?!」靈萱的聲音倏地揚起，訝異地瞪大眼睛。她沒聽錯吧？他居然要陪她？不過，他怎麼能去，她最不想的就是讓他知道呀！

「怎麼，妳有意見？」君昊煬挑眼看著她，有些不滿。她那是什麼態度？別人想要他陪，他還不願意呢，這女人真是不知好歹！

「這……」若靈萱咬咬唇，腦子飛快地轉著。瞧他這模樣，似乎非去不可，要是不答應，恐怕自己就沒得出府了，怎麼辦？

君昊煬盯著她，心中更加肯定，她要出府的事不簡單，八成有事瞞著自己，因此他非要跟去看看不可。

「王爺，臣妾是去買姑娘家的用品，你去了不方便。」思索了半天，才勉強想出一個拒絕的理由。

「喔？沒關係，本王站在外面等妳就行了。」這種蹩腳理由就想騙倒他？

「可是——」

「怎麼，莫非妳在做什麼見不得光的事，怕本王知道？」還未等到她說完，君昊煬就截斷她的話，語氣也冷了起來。

「你胡說什麼！我會怕你知道？笑話，本姑娘從不知道怕是什麼！」若靈萱瞪著眼道。

君昊煬微勾唇。「那就走吧！」說著站起身，越過她走了出去。

若靈萱眼睜睜地看著他出了書房，心中暗自焦急，難道真的要與他去嗎？要是讓他知道了，怕是事情又生變化，但現在，她又沒有任何辦法……

正當她絞盡腦汁的時候，突然，一名侍衛跑到君昊煬身邊，附耳不知說了些什麼，就見他皺起了眉，然後就對侍衛道——

「本王知道了，你先下去。」跟著，轉身看向若靈萱。「妳自己去吧，本王臨時有事。」

若靈萱求之不得，當即就樂歪了，但面上卻不能表現出來，平靜地道：「恭送王爺。」

君昊煬掃了她一眼後，倒也沒說什麼便匆匆離去，似乎真的有急事的樣子。

老天還是助她的！心情舒暢的若靈萱，當即踏著輕快的腳步，回去清漪苑。

吩咐了多多、草草一些事後，若靈萱便乘上馬車，直奔城南。

路上，她好奇地掀起了車窗簾子，看著外面。京都城的大街總是很熱鬧，人群熙熙攘攘，店鋪林立，很是繁華。

突然，車子拐了個彎，風貌一變，只聞香氣撲鼻而來，細看之下，原來是一條專擺賣香粉小攤的街道。

沒多久，終於來到了君昊宇所說的樓閣。

若靈萱步下車，一眼望去，這棟樓閣十分壯觀，足有五層之高，是其他店鋪無法相比的。大門前放著兩塊牌匾，用紅布包裹著，一副就等著開張大吉的樣子。

這時候，兩名少年相偕從裡面走了出來。

一見若靈萱，他們立刻恭敬地上前行禮。「小的見過睿王妃！」

若靈萱認得他們倆，是君昊宇的侍衛，趙宇和趙青。「你們怎麼會在這裡的？」

「回王妃，小的們奉王爺之命，暫時看管樓閣。」趙宇答道。

「喔。」若靈萱淡淡地應了聲。「那帶路吧，我想進去看看裡面的格局佈置。」

趙宇立刻應是，手一伸。「王妃，請！」
若靈萱點了點頭，率先走進樓閣，趙宇和趙青也緊緊跟著。
一進去，若靈萱就四處打量，由於樓閣並未開始佈置，因此除了幾張桌椅之外，沒有任何多餘的擺設。
「王妃，不知您想要如何佈置樓閣？」趙宇問道。王爺有令，讓他們全程協助睿王妃，聽她的安排。
若靈萱微微一笑。「讓我先看個大概，再跟你們說該如何佈置。」
「好的。」趙宇應聲，尾隨她上了樓。
若靈萱仔細審視過二樓的設計後，不由得驚嘆。不僅空間廣闊，擁有獨立廂房，在最旁邊，還有一道通向三層樓閣的空中橋廊。從上往下看，可以俯瞰街上繁榮的景象，甚至可以領略到皇宮的富麗堂皇和氣勢磅礴。
若靈萱略略看過後，就從懷裡掏出早已畫好的圖案，遞給他們。「趙宇、趙青，如何裝飾佈置我已經畫好，你們按著這張圖紙去辦就行。」
「好的，王妃！」
「那你們需要多少天的時間？」
趙宇和趙青相視一眼，認真地琢磨了起來，半晌後，便點了點頭。「王妃，給我們一個月時間，應該就可以完成了。」
若靈萱淡淡一笑。「好啊，我等著，到時你們再通知我。」

「是，王妃！」兩人齊應道。

許久，若靈萱坐回了馬車，直奔睿王府。終於解決了一件事，她頓時有種如釋重負的輕鬆感，心情十分愉快。

午膳過後，若靈萱和多多漫步於瓏月園。

金燦燦的陽光，映照著滿園的紅花碧草，十分柔美。微風拂過，花香撲鼻。

繞著階梯，走到了假山上面的小亭子，從這裡往下看，幾乎可以看到王府的大部分地方，比如大門，還有林詩詩的惜梅苑。

正待好好欣賞一番園內的美景時，無意間，她看到一名宮女打扮的小丫頭，正往惜梅苑走去，然後，又看到柳曼君出現，兩人碰面後，小丫頭立刻行禮，接著兩人不知說了些什麼後，小丫頭就往反方向走了。

奇怪，怎麼朝清漪苑這邊來了？看她的樣子應該是宮婢，一名宮婢來找她做什麼？不想了，反正回去就知道。

「多多，我們回去吧。」若靈萱懶悠悠地伸出了手，不緊不慢地道。

多多點了點頭，便扶著她下了假山。

清漪苑外，那名宮婢見門敞開著，便伸長腦袋往裡觀望，猶豫著到底要不要進去。

若靈萱徒步走到了她的身後，聲音不高地開口。「有事嗎？」

那宮婢嚇了一大跳，倏地轉過身，一見是若靈萱，顧不得驚訝，立刻福身道：「奴婢參見睿王妃！」

若靈萱這才發現，這宮婢面熟得很，不由得仔細打量了一番……對了，她是林貴妃的侍女。當下，她不禁疑惑出聲。「妳怎麼到本宮的寢居來了？」

宮婢立即說道：「回王妃的話，奴婢奉貴妃娘娘之命，給林側妃送點心來的。可是柳側妃說，林側妃現在不在府中，所以奴婢就來找王妃，想拜託您，等林側妃回來後，將點心轉交給她。」

若靈萱蹙眉，看了看她手中的點心盒，沒有說話。

反倒是多多開口了，有些不滿地道：「王妃忙得很，沒空理這些小事情。妳自己去大廳等林側妃回來就好了。」幹麼，當她家小姐是婢女嗎？

「可是奴婢出宮已經很久了，再不趕緊回去，恐怕貴妃娘娘會責怪，所以奴婢才斗膽前來求王妃。」宮婢低著頭，很小聲地回道，言語中透著焦急。

「那妳剛才怎麼不交給柳側妃？」幹麼捨近求遠，兜那麼大的圈子？

「回王妃，因為柳側妃也剛好要出府，而且為求謹慎，奴婢不敢隨意交給其他下人，只好來麻煩王妃了。請王妃幫幫奴婢吧？」說著，宮婢咚地一聲跪在地上，雙目懇求地看向她。

「好了好了，我幫妳就是了，起來吧！」若靈萱嘆口氣，揮了揮手道。算了，反正也就是轉交一盒點心而已，舉手之勞。

「謝謝王妃！謝謝王妃！」宮婢欣喜地連連道謝。將手中的點心交到若靈萱手上後，宮婢再次福了福身，隨後開心地離去。

多多仍是好不愉快。「小姐，妳有時真是太好人了。」

「算啦，反正閒著也是閒著，就當做件好事唄！」若靈萱聳了聳肩，她就是硬不起心腸，有什麼辦法？

說著，緩緩走進屋去，而多多仍在身後發著牢騷。

晚上，林詩詩回府後，就直接去了清芷苑，閒話家常。

「幾天不見姊姊，姊姊是越發的清麗脫俗了。」柳曼君笑容滿面地上前迎接。

「姊姊一來，妹妹就給了這麼頂高帽，存心讓姊姊難為情了。」林詩詩笑了笑，兩人友好地攜手走至一旁的玫瑰椅坐下。

這時，丫鬟端著一個桃木匣子，交到柳曼君手上。她接過，對著林詩詩道：「對了，姊姊，過幾天就是妳的生辰，妹妹特送上一份薄禮，還望姊姊收下。」

「喔？妹妹要送姊姊什麼？」林詩詩有些好奇。

「姊姊您看。」柳曼君打開匣子，只見裡面擺放著一雙烏木雕刻的筷子，做工頗為精細，一看就知道不是個俗物。「姊姊，這雙筷子是用千年烏木做的，聽說這烏木呀，吸取了天地之靈氣，具有安魂定魄、納福避邪、護身護法的作用呢！」

「是嗎？沒想到這小小的木筷，竟然這般神奇，真是太謝謝妹妹了。」林詩詩聽了也很驚奇，滿心感激地收下。

「姊姊別客氣，這是妹妹應該的。」柳曼君微笑回應。

這時，惜梅苑的婢女走了進來，福身道：「見過兩位側妃！」跟著又對林詩詩道：「主子，王妃有事找您，現正在惜梅苑等候。」

「喔？」林詩詩揚了揚眉，若靈萱找她做什麼？

「既然王妃有事找姊姊，那姊姊先回去吧，免得王妃久等了。」柳曼君笑道。

「那好，姊姊就告辭了，改天再陪妹妹閒聊。」話落，林詩詩便起身，從她的身旁走了出去。

若靈萱等了半天，直到晚上才聽人通報林詩詩回來了，便親自去了一趟，將點心交到她手中。林詩詩見到她，竟像平時那般熱絡地招待著，似乎兩人沒發生過任何不愉快一樣。反正她們這些女人最會的就是偽裝了，儘管心裡恨對方恨得要死，卻仍能談笑風生。

若靈萱卻不想與她虛情假意下去，隨便尋了個理由，就匆匆離開了。

待她走後，林詩詩臉上的笑容頓失，冷然地坐了下來。

「側妃，貴妃娘娘待您真好，又讓人送點心來了。」紅棉知道主子心情不快，便想著轉移話題。

林詩詩一聽，這才露出些笑意。「那是我曾做過的點心，姑姑讓我教她，她學會後，就想著給我也嚐嚐，看看咱倆誰做得好吃吧？」

「那側妃，您就快嚐嚐吧，看娘娘的手藝如何？」紅棉笑笑道。

「好！」林詩詩點點頭，微笑地打開盒子。

裡面的點心是芋頭糕，也是她最愛吃的。聞著這熟悉的香味，頓覺食指大動，她立即拿起筷子，挾起芋頭糕，輕輕地咬了一口。

不錯，味道清甜，鬆軟可口，看來姑姑的手藝一點也不比她差呢！

吃完糕點後，林詩詩正打算去沐浴，卻不知怎麼的，突然感到一陣劇烈的痛楚由腹部襲來，使得她頭暈目眩、噁心欲嘔。

「紅棉、紅棉……」林詩詩按著胸口，忍著痛輕喚要出去準備洗浴物品的紅棉。

「側妃，您怎麼了？」紅棉急急地返回，詫異地問。

「我……頭好暈……心口好痛，像火燒一樣……」林詩詩覺得胃部不斷地緊縮痙攣，額上冷汗如雨下，已經快撐不住了。

「嗄?!」紅棉驚見主子異常慘白的臉色，不禁倒抽一口氣，叫道：「天啊！側妃，您怎麼變成這個樣子？」

「我……好痛……嗚……」林詩詩再也熬不住，痛苦地逸出呻吟後，一絲鮮紅色的血液緩緩地沿著她的嘴角流下，令人怵目驚心。

「側妃——」紅棉臉色一白，驚懼地睜大了眼睛，連忙扯開嗓門朝外吼道：「來人啊！快來人啊！側妃出事了，快來人啊——」

下一刻，門外巡視的、守衛的奴僕丫鬟們，紛紛衝了進來，見此情景，無不駭然地瞪大眼睛。

這時，林詩詩終於支撐不住，暈倒在紅棉懷裡……

子夜，睿王府裡突然一片混亂，下人們急急忙忙地來回奔跑，還有人領著從外面趕來的幾個滿頭大汗的御醫。

惜梅苑暖閣裡，林詩詩臉色蒼白地躺在床上，昏迷不醒，彷彿沒有了生命跡象。

「說！這到底是怎麼回事？」君昊煬趕來就看見了這一幕，冰冷的眼神狠狠地射向旁邊的紅棉。

「王爺饒命，奴婢真的不知道這是怎麼一回事？晚上側妃吃了一些糕點，不久後就冷汗直流地喊痛，然後，就昏迷過去了！奴婢嚇壞了，趕緊讓人去稟告王爺，奴婢真的什麼也不知道……」紅棉撲通一聲跪了下來，哭著說道，身體顫抖，拚命地磕頭求饒。

「滾下去！看御醫來了沒有？」君昊煬怒目暴喝。

「是是，奴婢馬上就去。」紅棉跌跌撞撞地跑了出去。

「該死！那些御醫都幹什麼去了？怎麼還沒來？」君昊煬焦急地瞪著門外，顯露了他心裡的緊張和擔憂。

伺候的下人們全都心驚地站在一旁，王爺最重視的就是林側妃了，要是她出了什麼事，他們恐怕就要跟著遭殃了。

這時，幾個御醫匆匆趕到，奔進房來，正欲行禮，卻被君昊煬打斷了。

「快去看看情況怎樣！」他心急地催促著。

「是，王爺！」御醫們不敢怠慢，連忙上前察看。

君昊煬煩躁不安，擔心地等待著結果。

幾個御醫輪流診視後，互相交頭接耳了一番，才站起身來。

「怎麼了？她到底怎麼樣了？」君昊煬迫不及待地詢問。

「回稟王爺，林側妃不是生病，是中毒了。不過還好，不是很難解的毒，臣等等開幾帖藥，吃下去後，不出三天就會沒事了。」一位年齡稍長的御醫回答道。

「中毒?!你確定？」君昊煬微愣了一下，俊眸危險地瞇起。誰敢在他的王府裡給詩詩下毒？

「臣確定。」幾個御醫一起拱手回道。

「紅棉！今天詩詩到底吃過些什麼？」猛地一聲厲喝，君昊煬臉色陰沈地看向一旁的婢女。

紅棉嚇了一跳，戰戰兢兢地回道：「王爺，側妃今天吃過很多東西，不過她吃的奴婢都有吃，就只有那盒芋頭糕，是側妃一人吃的，之後，她就出事了。」

「那盒糕點從何而來？」君昊煬冷聲詢問。

「貴妃娘娘送的。」

林貴妃？君昊煬不由得蹙眉。要是她送的，那就不可能會害詩詩。莫非……「那是何人交給詩詩的？」

「這……」紅棉低著頭，欲言又止，不知該不該說。

「說！」君昊煬利眸一掃，冷冷喝道。

「回、回王爺，是……是王妃她、她親自送來的。」紅棉被他暴戾的樣子嚇了一跳，結結巴巴地道。

君昊煬雙眸半瞇，閃過一道凌厲的光芒。「若靈萱？」居然跟她有關？

「是。聽王妃說，宮婢小豔來的時候，側妃不在家，她又趕著回宮，所以就將點心交給了王妃。」紅棉如實說道。

君昊煬頓時目光冰冷，臉色鐵青。要是這事跟若靈萱有關，他鐵定饒不了她！

突地一掌拍在桌子上，君昊煬憤然起身，揚聲喝道：「來人，去請王妃到偏廳候著！」跟著又吩咐。「紅棉，妳留下來照顧詩詩。」

「是！」紅棉鬆了口氣，王爺不怪罪她就好。

第十二章

若靈萱放下書，不知道為什麼，她今晚總有一種不安的感覺，心一直緊張地跳動著。搖搖頭，她告訴自己可能是最近發生了太多事，勞累過頭吧，還是早點歇息好了。

驀然，門外傳來了婢女的聲音。「啟稟王妃，王爺請您到偏廳一趟。」

若靈萱蹙眉，這麼晚了，那傢伙無端端叫她幹麼？「知道他有什麼事嗎？」還是問清楚好些。

「奴婢不知。」

嘖，神神秘秘的。「好吧，讓他等一下，我隨後就到。」思索了一下後，她還是決定去看看好了。

婢女應聲離開。

不一會兒，若靈萱便去到了偏廳。

看了看四周，發現氣氛有些凝重。君昊煬端坐在上面，俊臉寒若冰霜，銳利的黑眸隱隱透著怒火，直勾勾地看著走進來的她。

若靈萱抿了抿唇，雖然不知發生了何事，但他那不寒而慄的氣息卻令她莫名的不安。

「若靈萱，聽說妳給詩詩送了一盒糕點是吧？」君昊煬面無表情地開口。

「沒錯。」沒料到他會問這個，若靈萱有些奇怪。難道他特地叫她來，就是為了問這件事？

君昊煬微微瞇眸，唇角勾起冷鷙的弧度。「好，妳承認便好！」

「你什麼意思？有話就說清楚。」若靈萱的眉頭疑惑地蹙起。

君昊煬陰沈著臉，俊眸閃著寒光，冷睨著她。「放心，本王這就讓御醫跟妳說清楚。來人，去請幾位御醫過來。」

「是！」奴僕應聲而去。

不一會兒，三名御醫匆匆趕來。「微臣見過王爺！」

「你們告訴王妃，到底發生了什麼事？」君昊煬冷冷地吩咐。

「是！」御醫應了聲，其中一個年長的御醫轉過身，對著若靈萱道：「稟王妃，林側妃吃過您送來的糕點後，就暈厥過去，經微臣檢驗，是中了劇毒。」

此話一出，若靈萱立馬愣住了。中毒？

君昊煬直直地盯著她，素日裡冰冷的俊顏，此時更是冷上加冷，如同臘月寒冰般，直直穿透人心。

若靈萱心中的不安更深，這時她才明白發生了什麼事情。林詩詩中毒了，是吃了她送去的糕點後中毒的。

林貴妃不可能會害自己的姪女，那麼該懷疑的人，理所當然就變成了她。

「不是我，我沒有在糕點裡動手腳。宮婢交給我以後，我就原封不動地轉交給了林詩詩。」即便知道解釋沒有用，若靈萱還是解釋了。

「證據確鑿，妳還敢狡辯！」君昊煬怒喝一聲，黑眸無比的陰森。

「證據確鑿？誰親眼看見我在糕點裡下毒了？」若靈萱平靜中帶著嘲諷地反問。自己又沒做過，何須畏懼？

「若不是妳，難道會是林貴妃她想要毒死自己的親姪女嗎？」君昊煬一步步的逼近她，聲音冷厲如刀。

「王爺，你這麼說是在侮辱我的智慧。如果我真要毒死她，絕不會用這麼愚蠢的方法，親自把有毒的糕點端去，讓人有指證我的機會。」若靈萱毫不畏懼地迎視他道。

這次，君昊煬沒有說話，只是緊盯著她，眸中寒芒如利刃，似乎要將她看穿。

見王爺似乎在動搖，紅棉咬咬唇，倏地跪倒在地，哭喊道：「王爺，請您為側妃作主啊！她不能平白受這種罪，王爺……」

一提起詩詩，君昊煬的眸底立即閃過一絲憐惜，卻仍是沈默。詩詩中毒，他憤怒焦急，但也沒有失去判斷力。讓若靈萱過來，目的就是要試探她，見她振振有詞的樣子，他雖不全信，但也沒有不信。

有時候，看事情不能只看表面，往往越是可疑的人卻越是不可疑。不過，每一個可疑的地方，他絕對不會放過！

「放心，本王一定會替詩詩討回公道。」君昊煬淡淡地道，跟著看向若靈萱，目光仍是冰冷無比。「若靈萱，雖然現在證據不足，但妳也難脫嫌疑，因此，本王要按王府法規，將妳關押。來人！」

一聲令下，兩名侍衛迅速走了進來。

「將王妃帶去暗房，隨時候審。」他冷聲吩咐。

「是！王妃，請。」侍衛態度還算恭敬。

若靈萱輕哼一聲。去就去，她問心無愧，還會怕了他不成？只是，她心中疑團難解。糕點交到她手上後，可是一刻也沒有離開過自己的視線呀，這樣誰能下毒？

還是說……糕點原本就有毒呢？

正所謂好事不出門，壞事傳千里。

若靈萱毒殺林詩詩的消息不脛而走，一夜之間傳遍了大街小巷，在城裡鬧得沸沸揚揚的，全是對她不利的謠言。

有人說她因妒生恨，所以才對林詩詩下毒手；有人說她害怕自己的正妃之位被奪，因此不惜一切要除掉側妃；更有人說她不甘寂寞，紅杏出牆的醜事被林詩詩發現了，所以狠心地殺人滅口……

總之，各種繪聲繪影的傳聞甚囂塵上，一時間成為京城中市井小民們茶餘飯後的談資。

君昊宇聽聞了這些謠言後，當下便來到了睿王府。他根本不相信靈萱會是如此狠毒之人，其中一定有什麼誤會，他要搞清楚到底是怎麼一回事。

暗房外。

「讓開，本王要進去！」君昊宇語氣冰冷，臉色焦急，完全沒了平時的玩世不恭。

「對不起，晉王爺！沒有王爺的命令，您不能進去。」侍衛擋在門口，沒有絲毫要讓開的意思。

「本王再說一遍，讓開，不然別怪本王不客氣！」君昊宇拳頭緊握，再不讓開他就要出手了。

「晉王爺，請不要為難小的，小的也是奉命行事。」侍衛不敢讓步，因為自己的主子畢竟是睿王，當然得聽主子的話。

誰知話剛落，君昊宇出指如風，侍衛當場就軟癱在了地上。

「靈萱！靈萱！」君昊宇呼喊著衝了進去。

暗房，顧名思義，就是「黑房間」。在王府裡，是為了懲罰犯了錯的婢女、奴僕，或是妃妾的地方。

越往裡走，光線越暗，只有一盞小小的油燈，忽明忽暗，更顯得陰森詭異。

君昊宇微瞇著俊眸，努力向四面觀望，好一會兒，適應了暗淡的光線後，終於看到了木床上縮著的人。

「靈萱！」他驚喜一喊，立刻奔過去。

這才發現，這女人竟是屈起膝蓋，靠在床頭上，正閉著眼睛呼呼大睡，從那微微上勾的唇角看來，似乎好夢正甜，看得原本滿心憂焚的君昊宇，頓時有些啼笑皆非。

他為她擔心得不得了，她倒好，事不關己般地夢周公去了，這女人真是去到哪裡都與眾不同啊！

「靈萱，醒醒！靈萱，別睡了，快醒醒……」他走過去，俯下身輕拍著她，柔聲喚道。

在君昊宇的頻頻呼喚下，若靈萱的睫毛顫了顫，迷迷糊糊地睜開了眼睛，看到一張放大的俊顏，不禁愣了下。他怎麼會在這裡？難道自己還在作夢嗎？

眨眨眼，微微伸起了自己的手，揉了揉眼睛，想讓它看得更清楚。「怎麼是你?!」她驚呼。

「怎麼不是我？」君昊宇好笑又好氣。他好心來看她，她不感動也就算了，還一副見鬼了的表情。

「你為什麼也在這裡？難道你也被君昊煬關起來了？」她奇怪地看著他，只想到這個可能。

君昊宇聽了哭笑不得，這是明擺著來探望她的好嗎？她是真的想不到，還是故意損他呀？他只好道：「我聽說妳出事了，就立刻趕來睿王府。」

「喔，原來你也知道了啊！」若靈萱這下明白了，這消息傳得可真快。

「靈萱，這到底是怎麼一回事？」他無法相信她會毒殺林詩詩，要是調換過來，他還覺得比較有可能。

「得罪了小人，被栽贓嫁禍了，還能怎麼樣？」若靈萱撇撇嘴，挪動著身體坐直，讓自己舒服些，娓娓道來。

唉，自從穿越到這裡後，她就跟小人犯沖。

「我相信妳。好了，跟我走吧，有什麼話離開這裡再說。」君昊宇拉起她已略顯嬌小的手，要她走下床。

聞言，若靈萱愣住了。「離開？君昊煬肯讓我離開了嗎？」他有這麼好心？

「別管他了，跟我走就是。要是他怪罪下來，我就跟父皇說，讓父皇作主。」君昊宇邊說邊帶著她往外走。

若靈萱還來不及說話，就被拉到了暗房的門口。

驀地，君昊宇止住了腳步，因為君昊煬正站在不遠處。

「君昊宇，誰准你擅作主張的？」他冷聲道，黑眸閃動著陰鷙的光芒，直勾勾地盯著他們，還有那雙交握的手！

「昊煬，我相信靈萱不可能會毒殺林詩詩，你還是先放了她吧？」君昊宇放開若靈萱，走到兄長面前說道。

靈萱?!君昊煬臉一黑，語氣更冷了。「有沒有可能，我自會徹查，輪不到你多事。」該死，兩人居然親暱到互喚名字了？

「昊煬，你不要那麼固執好不好？你根本就找不出證據證明靈萱有下毒，這樣就定她罪，未免太草率了。」心急的君昊宇根本顧不得修飾，話就脫口而出。

「但是她有殺人的嫌疑。」君昊煬瞪著他，毫不妥協。

「就算是嫌疑，也不必關在暗房啊！再怎麼說，她也是你的王妃。」君昊宇也不肯讓步地據理力爭。

「你也知道她是我的王妃了？那我要怎麼對她，是我的事情。」見他如此維護若靈萱，君昊煬就滿心躁怒，臉色更是難看得可以。「還有，這裡是睿王府，不是晉王府！」

「昊煬！」君昊宇有些氣惱地低吼。

一時間，兄弟兩人劍拔弩張。

若靈萱見氣氛不對，覺得自己不能再沈默了，便出聲道：「晉王爺，別再說了，你還是先回去吧。畢竟這是睿王府的規矩，不能因我一個人而破壞了。而且，我相信王爺一定會還我清白的。」

本來也沒打算要離開，因為她清者自清，到了現在這情況，就更不能連累君昊宇了，免得他們兄弟因她而失和。

「可是靈萱，這——」君昊宇擔憂地看著她，還是不放棄地想要再說。

若靈萱輕聲打斷他。「放心，我沒事的，你先回去吧。」她微笑著向他保證。

君昊煬看著兩人的互動，怎麼看就怎麼不順眼，唇角勾起冷硬的弧度。這該死的女人，居然有本事讓昊宇為她做到這種程度，與他這個兄長爭論……就只為了她！

「來人，送晉王爺離開！」他倏地一喝。

候在一旁的侍衛聽令，隨即走了過來，對著君昊宇說道：「晉王爺，請。」

君昊宇明白今天是帶不走靈萱了，因為他沒有立場，不禁鬱悶地一嘆。看來只有查出真相，才能幫助靈萱了……也罷。心思一轉，他便道：「好吧，我先回去。不過昊煬，希望你在事情未明之前，不要太為難她。」

「要是她沒做過，自然沒事。」君昊煬睨了他一眼，好半天才吐出這麼一句話。

「好，那我先回去了。」知道他的話是一言九鼎，君昊宇也放心了不少，再看了一眼若靈萱後，便轉身離開。

「來人，帶王妃進去。」君昊煬冷冷地吩咐。

於是，若靈萱再次回到了暗房裡。

翌日，君昊煬去上早朝時，睿王府來了一群不速之客。

只見一名宮裡太監打扮的中年人，帶著一群很有氣勢的小太監，昂首闊步地走進府中。

「貴妃娘娘有令，著咱家帶睿王妃進宮問話！」那中年太監大聲說道。

前來迎接的下人們一聽，原來是找王妃的，便急忙讓人去請府裡的主子出來處理此事。

不一會兒，殷素蓮風風火火地趕來，看到這等陣仗，卻有些手足無措。

畢竟，她是第一次見宮裡的人。

「這是誰呀？」中年太監皺眉。

「回公公，這是我們的殷小妃。」多多上前說道，隨後暗拍了一下殷素蓮的手臂，讓她不要緊張。

「那王妃呢？在哪裡啊？快讓她出來呀，咱家還等著回宮覆命呢！」沒有行禮，還一副頗不耐煩的樣子。

殷素蓮深吸口氣，讓自己自然些，然後說道：「公公，王妃被關在暗房，王爺有令，沒有他的允許，不許任何人進去，所以——」

「貴妃娘娘要問話，一定要咱家帶她進宮。」那太監一臉高傲地打斷她的話。

「公公！這裡是睿王府，我們都要照王爺的命令行事，所以只能請公公稍坐，等王爺回來後再做定奪。」殷素蓮聽他的口氣，也不高興了，態度登時嚴肅起來。

多多立刻給了她讚賞的一眼。

中年太監惱怒極了，卻又不好開罵，只能憤憤地瞪著她。

「喲，這是怎麼了？高公公來了，也不知道看茶嗎？沒的以為咱睿王府的下人不懂規矩呢！寧夏、錦兒，快給公公上茶。還有妳，殷小妃，公公可是奉了貴妃娘娘的命令前來，妳怎麼可以怠慢？這不是不將貴妃娘娘放在眼裡嗎？」

多多一聽就皺眉。糟了，柳側妃到來，小姐怕是難逃此劫了。

寧夏、錦兒迅速端上熱茶，再殷勤地招待高公公。

高公公這才算是息了怒氣，跟著微一躬身。「柳側妃好！」

「姊姊萬福！」殷素蓮也上前福了福身。

柳曼君睨了她一眼，隨後笑容滿面地對高公公道：「高公公，你既然是奉命行事，我們當然得配合，就讓王妃跟你進宮吧。」

「還是柳側妃明事理呀！」高公公笑得很滿意。

「柳姊姊，這怎麼可以——」殷素蓮急了，想說話，卻在柳曼君的瞪視下閉嘴，只能無措地站在一旁。

多多也焦急不已，卻無可奈何。

柳曼君輕哼。「殷小妃，難道妳想違抗貴妃娘娘的命令？」

「妾身不敢。」她低下了頭。

「那好。高公公，你儘管去帶人就是。」柳曼君轉眸，笑顏如花地對高公公道。

「咱家多謝柳側妃了。」高公公再拱了拱手，然後對身後的小太監一喝。「走，去暗房！」

柳曼君也吩咐自己的婢女。「寧夏，帶路！」

寧夏應聲，向高公公做了個請的手勢，就率先走在前頭引路。

殷素蓮憂心忡忡。

多多焦急地跺了跺腳，倏地，她轉身跑了出去，直奔清漪苑，惶恐的神情讓冰兒和其他下人吃了一驚。

「怎麼了？」

「快去通知王爺！還有晉王爺！」多多蒼白著臉吼道。

溪蘭王朝是東方的另一強國，多年來不斷與晉陵王朝爭奪霸權，甚至頻頻發動戰爭，想一舉侵占晉陵，稱霸東方。

不過這兩年來，由於溪蘭王朝的老皇帝突然駕崩，朝野一片大亂，皇室之間的爭權奪位十分激烈，以至於他們無暇顧及其他。

只是最近，似乎已確定皇位繼承人，動亂的朝綱也穩定了不少，因此晉陵王朝的防範，也再次謹慎起來。

此時，軍機處裡頭，君昊煬和幾位得力朝臣正在商議大事。

「本王聽說半個月前，溪蘭王朝的元帥赫連胤調派軍隊前往邊城，可有此事？」君昊煬問道。而且他們大張旗鼓，並不是暗中進行，對於這一點，他感到非常奇怪。

「回王爺的話，確有此事。邊關的將軍以為他們要攻打過來，還派兵迎戰，但是過後不久才發現，溪蘭只是調防，並沒有進攻我朝的意思。」兵部大臣一字不漏地稟報著。

君昊煬沈吟道：「雖然如此，但也要嚴密注視他們的動向，不能有絲毫鬆懈。」雖然溪蘭的皇帝已經易主，但只要有赫連胤在的一天，戰爭就不會結束。

「王爺說得極是，微臣會注意的。」兵部大臣拱手應道。

這時，外面響起侍衛的聲音——

「啟稟王爺，張大人求見！」

張沖？君昊煬皺了下眉，心下奇怪，自己在軍機處商議事情時，一向不准任何人打擾，他怎麼來了？莫非，是有什麼重要的事？

其他大臣也疑惑地互相張望。

「讓他進來。」君昊煬思索一會兒，才吩咐道。

沒多久，張沖匆匆進門，單膝跪下。「參見王爺、各位大人！」

「起來。什麼事？」君昊煬直接詢問。

「王爺，貴妃娘娘派高公公來到府中，將王妃帶進宮了，說是要親自問話。」張沖將事情如實道出。

「什麼？」君昊煬微怔地瞪向他。

「王爺，多多姑娘說，高公公來意不善，她擔心王妃進宮後……」張沖面有難色，沒敢再說下去。

君昊煬沈著臉，不發一語，沒人猜得透他冷峻眼眸裡的心思。半晌後，他才冷冷地丟出一句話。「本王進宮去看看。」

張沖鬆了口氣，幸好，王爺還是關心王妃的。

若靈萱被帶進了林貴妃所住的傾顏宮。

「你們到底要帶我去哪裡？」她掙扎著身子，奈何被兩個身強力壯的太監緊緊架著，她絲毫動搖不了半分，只能被迫跟著走。

高公公一言不發，似乎不屑理會她，只是埋著頭直走。

不知過了多久，走了好大一段路，又穿過迴廊，穿過後花園後，來到了一間光線暗淡的房門口。兩個壯實的老宮女站在那裡，面色蠟黃，皺紋橫生，在陰暗的光線映照下，顯得十分可怖。若靈萱還未看清楚，忽然覺得有人在身後將她狠狠一推，她整個人驟然跌進密室裡，眼睜睜地看著門板在她眼前合上。

「傾顏宮的下人真沒禮貌！」她不滿地叫道，可門卻無情地關上，連帶將她的怒罵也一併關在房裡。

不過，這到底是什麼地方？黑漆漆、陰森森，高高的窗、高高的牆、暗沈沈的光線，和好多面無表情的太監。

正在思疑的時候，倏地一聲冷喝在前方響起——

「大膽！見到貴妃娘娘，居然不行禮！」

若靈萱一怔，不禁抬眸，這時才發現，前方的桌子旁居然坐著林貴妃，幾個老宮婢侍立在側，氣氛陰沈。

雖然心中有些惶然，但若靈萱外表仍鎮定自若，朝林貴妃福身。「臣妾參見貴妃娘娘。不知娘娘召見，有何要事？」

林貴妃站起身，走到她面前，語氣冰冷地道：「本宮問妳，為什麼要毒害詩詩？」

若靈萱這才恍然，原來消息已經傳到皇宮了，怪不得林貴妃這麼勞師動眾地派人帶她來。看了看四周，心下肯定，自己今天恐怕在劫難逃了。

自嘲地冷笑一下，她毫不畏懼地迎視林貴妃。「娘娘誤會了，臣妾並沒有毒害任何人，此事王爺正在調查當中，貴妃娘娘想知道什麼，可以去睿王府打聽。」

言下之意是說，這是睿王府的事，王爺自會處理，輪不到妳來多管閒事。

林貴妃一聽怒了，聲色俱厲。「若靈萱，妳休得跟本宮舌粲蓮花！告訴妳，這事本宮管定了，妳最好老實交代，免受皮肉之苦。」

聞言，若靈萱沒有害怕，只是嘲諷一笑。「那麼娘娘的意思，是準備要屈打成招了？」

「本宮只是依法行事，妳若是肯乖乖招認，本宮可以網開一面，從輕發落。」林貴妃慢悠悠地說道，媚眸閃過一絲不容忽略的狠辣之色。

若靈萱冷冷地勾起唇角。「貴妃娘娘，容臣妾提醒妳，娘娘的地位雖然比臣妾高，可畢竟身在後宮，而臣妾怎麼說也是睿王府的正妃，娘娘要是私下懲治臣妾，不就等於牝雞司晨了嗎？」

在皇宮裡，這可是大罪！

林貴妃怒極，該死的若靈萱竟敢威脅她！以為自己奈何她不得嗎？很好，她就讓她知道，沒有人可以跟她林貴妃過不去的！

她就不信，在嚴刑逼供下，這女人還能撐得住，還能不招供。

倏地一拍桌子，喝道：「來人啊，給我好好教訓她！」

話落，若靈萱便被強行按著跪下，雙腿接觸到冰冷的地面，一股涼意頓時從雙腿間慢慢地往心裡湧……

「你們要幹什麼？」若靈萱被兩個壯實的中年太監強押著，她抬起頭，看著面無表情的宮婢迎面走來，那掃向自己的眼神，鋒利如刀。

倏地，她感覺手指一陣劇痛，竟是上了夾棍！

「你們竟敢這樣對我，好大的膽！放開我！」她驚得想掙扎，但卻加重了手指的痛楚，痛得她蹙緊了眉心。

「睿王妃，妳別怪老奴，這是貴妃娘娘的命令，老奴只是奉命行事，得罪了。」老宮婢絲毫沒有把她的怒氣看在眼裡，冷冷的眼神看著若靈萱那張倔強的臉，夾棍立刻收緊。

若靈萱頓覺自己的十根手指，全部被絞斷了一般，劇痛鑽心，她拚命咬緊牙關，嚥下痛呼，冷汗從臉上滾落，臉色蒼白如紙。

瞧著她痛苦的樣子，林貴妃滿意地揚唇，杏眼有著復仇後的快意。

「放開我！你們……君昊煬都沒將我定罪，你們憑什麼這樣對我？」若靈萱被押著，雙手手指被夾著，痛得不得了，只能用盡自己全身的力氣對著林貴妃等人吼道。

老宮婢在聽到她的吼聲後，布滿皺紋的手突然抬起，啪的一聲甩在若靈萱的臉上，力道一點也不含糊，若靈萱蒼白的臉上立刻印上五個手指印。

感覺耳部傳來的鳴聲，還有臉上清晰的疼痛，若靈萱十分震怒，她居然被一個奴婢打了?!

「在貴妃娘娘面前，怎容妳這般放肆！」老宮婢依舊語氣冰冷。

「妳這個死老太婆！妳竟然敢打我，還對我用刑，吃了熊心豹子膽啊？」若靈萱怒火攻心，再加上手上鑽心的痛，讓她只想狠狠咒罵出氣。

「孫嬤嬤，再給點更厲害的讓她嚐嚐，本宮倒要看看她的嘴有多硬！」林貴妃咬牙切齒地下令。

孫嬤嬤應了一聲，甩開若靈萱，令她整個人狼狽地趴在地上。

強烈的寒氣侵蝕而來，被按住的身體開始微微的顫抖……還帶著夾棍的雙手只要微微移動，都會立即引來椎心的刺痛感，她皺緊了眉頭，強忍著不准自己示弱。

這時，孫嬤嬤拿著長盒子走出內室，靠近躺在地上的若靈萱，打開盒子，裡面放著無數根金針，在燭光下，閃出一道道光……

林貴妃嘴角噙著看好戲的笑，看著孫嬤嬤慢慢地拿起一根金針，猛地插進若靈萱的手臂——

痛！若靈萱倒抽了一口氣，還未來得及緩和下那股痛意的時候，其他老宮婢在林貴妃的眼神示意下，已紛紛上前拿起金針，對著她渾身上下狠狠地戳刺進去，然後像是看好時間一樣，又同時用力將那沒入的針拔了出來，帶著一串串血珠，嗞嗞地飛落在地上……

若靈萱頓時陷入一片針海裡，似乎每一針都刺進了五臟六腑，痛得她天昏地暗，渾身直打顫。

林貴妃滿意地看著，唇角勾起一抹冷冷的笑，好心地勸道：「若靈萱，如果想少受點皮肉之苦，就乖乖地招出自己是怎麼毒害詩詩的。」

對於她的話，若靈萱不屑一顧，只是閉著眼睛，咬緊牙關，忍著身上一波又一波的痛楚。

「好一個倔強的小丫頭！本宮倒要看看，妳能撐到何時？」林貴妃被她無視的態度激怒了。「孫嬤嬤，繼續！」

孫嬤嬤便把若靈萱的秀髮狠命往後一扯，秀髮頓時散開，珠環頭飾滾落一地。隨後，她拾起一根珠釵，尖銳的一頭往若靈萱腰間戳去！

「呃——」

腰間突然遭到重創，鑽心的痛令她冷汗直流，身子都痙攣起來，怒火讓若靈萱蒼白的臉染上紅霞，看著林貴妃，忍著痛，她聲音冰冷地道：「貴妃娘娘如此對待皇上的媳婦，不怕被皇上知道嗎？」

林貴妃輕勾唇角，露出一個毫無溫度的笑，冷聲說：「若靈萱，妳以為進了這裡，還能出去嗎？」

「妳什麼意思？」她的話，令若靈萱心中咯噔了一下，一股莫名的不安瞬間籠罩全身。

林貴妃只是冷笑一聲，沒回答，隨後轉頭吩咐。「孫嬤嬤，這兒交給妳，本宮沒時間慢慢蘑菇了，妳給我『好好』地審問一番。」

「是！」孫嬤嬤大聲應道。

林貴妃再盯了若靈萱一眼，目光滿含著凶狠和陰毒，隨後昂著頭，出門離去。

見主子一走，孫嬤嬤捉起若靈萱的手，拿著髮簪的尖角，再次刺入她另一側腰間！

「啊——」

若靈萱終於忍不住慘叫一聲，痛暈了過去……

此時，傾顏宮裡，聞訊而來的君昊煬和君昊宇兩人直接走了進來，身後還跟著氣喘吁吁的高公公。

「兩位王爺，去不得啊！你們不能硬闖呀！待奴才進去通報……王爺……」

「什麼去不得？讓開！你活膩了不成？再敢阻攔，治你一個擋駕之罪！」君昊宇不耐煩地推開了他，凌厲的目光一掃，便讓高公公打了個寒噤，不敢再勸。

君昊煬面無表情，緊抿著薄唇，沒有說話。

這時，林貴妃剛好迎面而來，看到這兩兄弟，不禁有些驚訝。他們怎麼來了？但見君昊宇居然這樣喝斥自己的奴才，當即就不悅了。「晉王殿下，這裡不是晉王府，可以由你任意胡為，大呼小叫。在我的傾顏宮，請你維持基本的禮貌。」

君昊宇滿心掛念若靈萱，但林貴妃畢竟是他的長輩，因此，他不得不行禮。「貴妃娘娘吉祥。聽說大嫂被您叫來了，如果娘娘問完了話，就讓她出宮吧，因為睿王府還有一大堆要事，等著嫂子她處理的。」

林貴妃好整以暇，慢條斯理地說：「喔？你是說睿王妃嗎？」

君昊宇往前一衝，急切之下，已難以控制地大聲道：「難道娘娘還叫了第二個王妃？」

見他情急，林貴妃心中疑惑，語氣卻更冷。「晉王爺，既然你說是睿王妃，那這就是睿王府的事了，你皇兄都沒出聲，你緊張什麼？王爺管得也太多了吧？」

「你——」

「娘娘此言，是在離間晉王府和睿王府的關係，還是離間兒臣兄弟之間的情誼？」拉住君昊宇，君昊煬皺眉看向林貴妃，聲音略冷。

林貴妃心中詫異了下，沒想到君昊煬竟會幫襯著發言，該不會，連他也是來打聽若靈萱的消息吧？「睿王爺誤會了，本宮沒有這個意思，只是覺得，這畢竟是睿王府的家事……」

「既然娘娘知道這是睿王府的事，那為何又要橫加插手，派人帶走兒臣的王妃？」君昊煬的聲音更冷，語氣有著隱隱的惱怒。

林貴妃臉色微黑，咬了咬牙，十分不滿君昊煬的態度，他這是在關心那個醜八怪嗎？當下便冷冷地道：「誰說睿王妃在本宮這兒？」

聞言，君昊宇臉色一沈，慍怒道：「貴妃娘娘，睿王府的婢女親眼看到、親耳聽到，是妳派人將她帶走的，怎麼現在卻說不在？」

林貴妃被這麼一質問，心中怒極，但又不好發作，畢竟對方是皇子，只好壓下火氣，不動聲色地道：「你們真是奇怪，本宮只是叫睿王妃過來問個話而已，值得你們這麼緊張？再說了，睿王妃也只在傾顏宮逗留了一炷香左右的時間，本宮就讓人送她回去了。大概，現在也回到睿王府了吧？」

「什麼？她回去了？」君昊宇一怔。

「是啊，走了大概有兩刻鐘了。」

君昊煬微瞇眸子，銳利的目光直盯她半晌，似乎在考慮她話裡的真實性。

「怎麼，你們不信？」林貴妃有些不滿了，挑眉道：「兩位王爺是不是要搜過本宮的宮殿，才甘願離去？」

話雖如此，她可不認為他們真的敢，而且皇上剛剛離宮去探望皇太妃，一時半刻回不來，沒有聖旨授意，誰敢搜？

君昊煬和君昊宇相視一眼，君昊煬沈聲道：「娘娘言重了，既然娘娘這麼說，兒臣也就放心了，告辭。」

拉住還想再說的君昊宇，甩袖離開。

出了傾顏宮後，君昊宇忍不住問：「昊煬，你真的相信她的話？」

「相不相信，回去就知道。」君昊煬說著加快腳步，不一會兒已來到自己的黑駒旁，一躍而上，飛馳而去。速度之快，似乎頗為焦急。

君昊宇沒辦法，只好壓下心中的擔憂，也跟著策馬離去。

誰知，當他們趕回王府後，卻發現若靈萱根本就沒有回來！這下子，君昊煬十分肯定她是被關在傾顏宮裡，出不來了。

「該死！那女人竟敢騙我們？」君昊宇怒不可遏，鐵拳狠狠地擊在几上。

君昊煬半眯著黑眸，神色冷厲，緊握的拳頭顯示出他也正處於盛怒之中。居然敢在他的王府捉他的人，這樣跟在他臉上甩了一巴掌有什麼分別？

多多、草草聽聞後，頹然跌坐在椅子上，頓時淚如雨下。多多抹淚哭道：「我就知道，小姐去了一定會出事！我應該跟著去的，要是跟著去，小姐現在就不用孤身遇險了，起碼也有個人陪在身邊……」

「那怎麼辦？怎麼救小姐呀？兩位王爺，你們快想想辦法……」草草也哭得唏哩嘩啦的。

「我現在就去找林貴妃！」君昊宇如坐針氈，心中的擔憂和焦灼快逼瘋他了，猛地拋下話就要往外衝。

「等等！」君昊煬連忙喝住他。

「怎麼了？」君昊宇焦急又不解地看向他。

「雖然我們猜測若靈萱還在傾顏宮，但畢竟沒有證據證明，貿然前往，林貴妃肯定不會讓我們進去的，而且父皇又不在宮中，也無法派人搜查。另外，我最擔心的是……」君昊煬說到這兒，臉色凝重了起來。

「打草驚蛇，逼得她殺人滅口？」君昊宇脫口而出，顯然他也想到了，不禁心頭一震。

「這個我們不得不防，所以一定要謹慎行事。」林貴妃既然敢下這一步棋，當然也不會給人指證她的機會。

君昊宇一聽更加緊張了。「那你說該怎麼辦？」

「暗訪傾顏宮！」君昊煬沈吟了一會兒後才道。「先弄清楚若靈萱被關在哪間樓閣，然後再把她救出來。」

「好，就這麼辦！」君昊宇一擊掌，這樣的確能萬無一失地救人。

陰暗的閣樓裡，若靈萱無力地躺倒在一旁，整個人昏昏沈沈的，只覺得渾身上下痛得難受，而且身體很冷，可是心口卻似有一把無名的火越燒越旺，蔓延到四肢百骸，在冷熱交織當中受著折磨。

朦朦朧朧間，她似乎聽到門外傳來聲音——

「李虎、李豹，你們把她偷偷地運走，沈入河底。記住，要做得神不知鬼不覺，知道嗎？」孫嬤嬤對著兩個侍衛鄭重地吩咐道。

「孫嬤嬤，這樣弄死她……妥當嗎？」李虎有些遲疑，這到底是睿王妃，皇上的媳婦啊！

「這是貴妃娘娘的命令，你們照辦就是，哪來那麼多話！」孫嬤嬤不高興了。

「是，孫嬤嬤！」李虎只好點頭。

在裡頭的若靈萱聽得大驚，他們這是要殺她滅口嗎？這林貴妃，還真是膽大包天，難道她就不怕事情敗露？

聽著大門打開的聲音，若靈萱驚惶極了，拚命想撐起身子，可卻力不從心，越是掙扎，頭越暈，最後連一絲清醒的神志都漸漸地遠去，所有的聲音也漸漸地遠離自己的世界……

「快，捆起她，把她的嘴巴也塞住。」孫嬤嬤指示道，這樣才萬無一失。

李虎和李豹聽令，立即分工合作地綁緊了若靈萱，在她口中塞上布條，然後將她裝到麻袋裡去，動作很快，似乎很有經驗的樣子。

「那我們從後門走了。」兩人扛起了麻袋後，準備離去。

「等一下，不要出這閣樓，走暗道。」孫嬤嬤突然叫住他們。她猜測那兩位王爺一定不會善罷甘休，恐怕會夜探傾顏宮，所以絕對不能有任何的差錯。

於是，她伸手在牆上按了一下，一個洞口就出現了。

「孫嬤嬤，這裡什麼時候有暗道的，我們怎麼不知道?!」李虎驚訝地問著。

「貴妃娘娘的事，哪有你們想得到的。快走吧，別耽擱了！」孫嬤嬤眼睛一瞪，不耐煩地催促道。

「是，我們這就走！」李虎和李豹迅速進了暗道。

手輕輕的一按，暗道的門又恢復了原樣，孫嬤嬤這才滿意地笑了。只要若靈萱不在傾顏宮，誰又能奈何得了貴妃娘娘？

走出暗房後，她告知主子，一切已辦妥。

林貴妃陰險一笑。「做得好！這下子，若靈萱死定了！」

原本她是打算將那醜女屈打成招的，誰知她竟這麼倔，寧死不屈，既然這樣，就別怪她心狠手辣了。只要那醜女一死，詩詩便能上位，林家的勢力會更為強大，她的地位也將更為穩固，那麼她的兒子就有機會當上皇儲。

因此，若靈萱非死不可！

寧王府。

君狩霆靜立在窗前，鳳眸深邃若海，右手持著精巧的茶杯，優雅地品著香茗，頭頂上的紫金玉冠，在璀璨的宮燈映照下，閃著華貴至極的光。

這時門外傳來急促的腳步聲，沒多久，一名侍衛輕快地閃身而進，恭敬地對他行禮。「參見王爺！」

君狩霆沒回頭，羽扇般的眼睫輕輕動了動，冷淡出聲。「起來，事情怎麼樣了？」

「回王爺，林貴妃捉走了睿王妃，想嚴刑逼供她承認毒殺林側妃，後來睿王爺和晉王爺趕到，林貴妃謊稱睿王妃已回府。為免兩人起疑，再重返傾顏宮搜查，現在想殺人滅口。」

侍衛如實稟報。

品茗的動作一頓，鳳眸微瞇，唇角勾起的弧度是冷鷙的。

「有人去跟蹤了嗎？」

「王爺放心，我們的眼線時刻密切關注著。」

「好。先讓人去通知君昊煬，若靈萱的所在之處。另外，你們也要見機行事，如果可以，儘量不要出手。」君狩霆淡淡下令，明亮的眼睛閃著深沈的光。

「是，屬下告退。」侍衛說著便退下了。

君昊煬和君昊宇去了皇宮後，便換上黑衣，蒙著臉，走向傾顏宮。

由於對地形熟悉，兩人又是武功高手，幾乎沒碰到什麼障礙，就深入了傾顏宮內院。

兩人分開，逐間尋找著，君昊煬探到了後院的密室，從屋簷上倒掛至窗簷，只見裡面黑漆漆的，隱約傳來若有似無的血腥氣味，當下蹙起了眉，正想再看清楚時，倏然飛來五名大內侍衛，揮拳就打，君昊煬便與他們纏鬥起來。

君昊宇聽到聲音，立刻奔來，揮拳直上。

侍衛們見來者身手不凡，自己已漸漸支撐不住，相視一眼後，當即大喊：「來人，捉刺客！」

頓時，一群侍衛蜂擁而來，還有弓箭手，將君昊煬和君昊宇團團包圍了起來。

「來者何人？」一個看起來是侍衛頭頭的男子喝問。

君昊煬倏地拉下蒙巾。

「睿王爺?!」侍衛頭頭傻了眼，幾乎以為自己看錯了。

君昊宇見狀，也拉下了蒙巾。

眾人再次呆若木雞。

就在這時，一個嬌媚得帶著嘲諷的聲音響起——

「喲，兩位王爺好大的興致呀，三更半夜打扮成這樣來到傾顏宮，是想要給本宮驚喜嗎？」

君昊煬擰起眉，看著迎面而來的林貴妃，再看看四周武裝而出的侍衛，心下頓時明白，林貴妃早就設著陷阱在等他們。

「貴妃娘娘。」他沈聲行了一禮。

「說吧，王爺潛入傾顏宮，究竟是何用意？」林貴妃眼神一冷，語氣咄咄逼人。「要知道，皇子私闖後宮，其罪可不輕，王爺要是不給本宮一個滿意的答覆，就是告到皇上那裡，本宮也要討個公道！」

君昊煬臉色難看，冷冷地回道：「貴妃娘娘，那麼兒臣請問妳，兒臣的王妃為何不在府中？難道娘娘的手下，只管將人押進宮，沒有將人送回府嗎？」

「沒錯！貴妃娘娘，妳既然說睿王妃已經回去了，那又為什麼不在王府裡？」君昊宇這時也發話了，語氣同樣很冷。

林貴妃見兩人一副理直氣壯的樣子，登時怒道：「睿王爺、晉王爺，你們三更半夜潛入本宮寢宮，已經是大逆不道，現在不但不知錯反省，還反過來質問本宮，難道這就是你們晚輩對長輩該有的態度嗎？」

「貴妃娘娘，妳囚禁王妃，動用私刑，難道就不是知法犯法？」既然撕破臉，君昊煬也沒必要跟她客氣了。

「睿王爺又有什麼證據，說睿王妃在傾顏宮？」林貴妃挺了挺背脊。

「那麼娘娘敢讓兒臣搜嗎？」君昊煬銳利的黑眸逼視著她，語氣冷冽如冰。「要是搜不到，兒臣願擔當這私闖後宮的罪名，但若是證明兒臣所言屬實，那麼兒臣必定稟告父皇，貴妃犯法，與庶民同罪。」

事到如今，他已顧不得了。若靈萱多待一刻，就多一分危險，無論如何都不能空手而歸。

林貴妃面色青黑，不敢相信他竟與自己這般作對！如今詩詩還躺在床上，他居然為了那個醜女人……心中對若靈萱更加痛恨了起來，那女人死了活該！

這時，君昊宇也出聲。「沒錯，貴妃娘娘要想證明自己的清白，就得讓我們搜，要不然，憑咱們兄弟兩人，要硬闖那也是輕而易舉的。」

林貴妃怒不可遏，唇角卻是勾起一個冷笑，手指著他們。「好、好，兩位王爺真是情深義重！沒問題，本宮讓你們搜，不過要是證明本宮所言屬實，你們可要記得自己說過的話！」

既然這兩兄弟要往刀口上送，她當然會成全。也幸好自己有先見之明，已派人送走若靈萱了。

君昊煬和君昊宇沒想到她居然這麼輕易就答應了，當下不禁一愣，面面相覷。不過他們也顧不得那麼多了，眼下找到若靈萱要緊。

想罷，向林貴妃拱了拱手，正要舉步踏進去。

就在這時，一個侍衛裝束的男子走了過來，垂下頭，對著君昊煬說道：「睿王爺，不用搜了，睿王妃的確不在這裡。小的剛才進宮途中，看到一名女子被人押走，看那女子的背影很像睿王妃，所以小的才趕回來，想著告訴王爺。」

「什麼?!」君昊煬驚訝地瞪著他。

「那你快說，他們往哪個方向走了？」君昊宇聽後，就心急地衝上前，一把揪住侍衛的領子，任何線索他都不能放過。

「好像是往西南邊的護城河。」侍衛雖然被勒著，但回答得依舊是不緊不慢。

「護城河？」君昊宇喃喃重複，跟著看向君昊煬，在詢問他的意思。

君昊煬沈吟著，似乎在考慮侍衛這番話的可信度。有人發現若靈萱的行蹤固然是好，但這侍衛如果是傾顏宮的人，會不會是故意想引開他們，然後乘機加害？

想罷，他便決定分頭行事。「昊宇，你跟著去看看，我留在這裡搜查。」

「不，昊煬，你去看吧，我留在這裡。」萬一搜不到，林貴妃怪罪下來的話，就讓他承擔。

「昊宇……」

「昊煬，別耽擱了，快去吧！」他焦急催促。

君昊煬沒辦法，他心中也很擔心，便點點頭，讓侍衛帶路。

林貴妃皺起眉，心中一震。該不會李虎那兩個奴才辦事不力，真讓人看見了吧？那個侍衛看來面生得很，應該不是傾顏宮的人……他又怎麼會知道要過來這裡通知君昊煬呢？該死，可千萬不要功虧一簣了！

李虎和李豹扛著捆紮著若靈萱的麻袋，走出了暗道。原來這暗道一直通到城外的護城河，怪不得孫嬤嬤說要將她扔到河裡去。

走到河邊後，李虎放下麻袋，快手快腳地解開袋子，將暈迷中的若靈萱放倒在地上，然後李豹找來一塊大石，紮實地用麻繩綁在她身上，這樣人更容易往河底沈去。

一切妥當後，李豹說道：「來，動手吧！」

李虎點頭，正要去抬若靈萱的肩膀時，突然「呀」的一聲叫起來，因為他伸出的手不知給什麼敲了一下，痛入心肺。

李豹愕然道：「怎麼了？」

「小心，附近有人！」李虎皺眉，緊盯著四周。以他的經驗，剛才自己是被暗器擊中了。

「有人?!」李豹也一下子警戒起來，不禁放下若靈萱，巡視著四周。

咻咻！樹林裡突然有數枝冷箭直射而來，兩人一驚，急忙拔出佩劍揮開。

李虎大怒。「誰在背後放冷箭？有種出來！」可回應他的，只有呼呼而過的風聲。

這時，若靈萱悠悠轉醒，睜開眼睛，入眼的是一片森林及河水，空白的大腦一時反應不過來，待看到自己被捆得紮紮實實後，才倏地清醒。

林貴妃和孫嬤嬤要殺自己，那自己現在……這是哪裡？驚惶的目光看了看四周，最後落在遠處持劍的兩名男子身上，明眸瞬間瞪大，暗忖：難道這就是跟孫嬤嬤談話、要殺自己的那兩個人嗎？

不，她不能坐以待斃！

若靈萱腦中飛快地轉著，思索著脫身方法。她悄悄掙扎幾下身子後，感覺到自己被反綁的雙手附近，似乎有塊大石，頓時靈機一動。

費力地移動僵硬的雙手，然後在大石尖銳的邊角快速地磨擦著，希望能將繩子磨破。雖然，雙手也同樣被磨得很痛，但她也只能咬牙忍著了。

「李豹，你在這裡守著，我先解決了那邊的事再說。」貴妃娘娘交代的事，要是出了什麼差錯，那真是死路一條了。

「好！」李豹點點頭。

若靈萱極力忍受著雙手的灼痛感，拚命磨擦著石頭，心裡的害怕和渾身的疼痛正雙重折磨著她，剛剛清醒的意識又開始漸漸模糊，但她告訴自己，不能倒，絕對不能倒，她不能死在這裡！

快了，快了……感覺到繩子似乎鬆了許多，若靈萱欣喜若狂，急忙再加快速度。

李虎三步併作兩步地趕回河邊，一眼就瞧見了若靈萱的動作，心下一驚。這女人醒了，還準備磨破繩子逃走？他立刻氣極地上前。「妳在幹什麼?!想逃？逃得了嗎？」

幸虧趕回來，要不然，真被她跑了都不知道。

若靈萱大驚失色，看著舉刀朝自己衝來的李虎，情急恐慌之下，猛地一個大力掙扎，繩子頓時完全鬆開了！來不及欣喜，她胡亂地扯開捆著自己的繩子，踉蹌地站起身，強忍暈厥感，搖搖晃晃地轉身就逃命。

「臭女人，站住！」李虎氣急敗壞地追上前。

若靈萱拿掉嘴裡的布團，大喊：「救命啊——救我——」

只可惜，身體虛弱的她，根本就走不快，很快就被李虎捉住了。若靈萱又怒又急，倏地張口咬向他的手臂。

李虎吃痛，不自覺地鬆開，若靈萱就趁著這個機會，飛起一腳，用盡全力狠狠踢向他下身。

李虎躲閃不及，硬生生挨了一下，雖然力道不大，但也夠他受的了，當場悶哼著彎下腰。

若靈萱不敢怠慢，轉身就跑，誰知跑沒幾步，倏地感到肩膀傳來一陣劇烈的痛楚，虛弱的身體承受不住，腳步虛浮起來，人也乏力地跌倒在地。

啪！一巴掌甩到她臉上，打得她幾乎暈厥過去，雙頰紅腫了起來，而且口角泛出血絲。

「臭女人，居然敢踢老子？看老子怎麼收拾妳！」李虎憤怒地罵道。

「李虎，快把她解決掉，不能讓她逃了！」

隨後趕到的李豹，拔出剛才擲入若靈萱肩膀上的劍，她一聲慘叫，傷口頓時血如泉湧。

意識漸漸抽離了，神志也模糊不清，難道自己今天真要葬身此地？

誰來救救她呀……

第十三章

君昊煬剛趕到護城河附近，耳邊就傳來一聲驚叫，聲音響徹這安靜的夜空。他心頭大震，認出這是若靈萱的聲音，急忙施展輕功，飛快地疾奔到河邊，正好看見她奄奄一息地躺倒在血泊中，而身旁的兩人還打算再補上一劍！

啪啪兩腳，就踹開了李虎和李豹。看著她被打腫的臉，以及渾身的血跡傷痕，他眼裡的怒火幾乎能把人吞噬。脫下外衣裹在她的身上後，他一把抱起她。

若靈萱已經陷入半暈迷狀態，隱隱約約聽到李虎兩人的哀叫聲，接著自己就被撈進一個溫暖的懷抱。是有人救了她嗎？是誰？她努力想要看清楚，但眼皮卻沈重得睜不開，一直支撐著的那口氣，徹底的鬆懈掉。這個懷抱，讓自己有那麼一刻覺得那樣安心，彷彿在這個人懷裡，自己什麼都不用去想，他會保護自己……一切交給他就可以了……

是誰？你是誰……雙臂軟軟地垂下，她徹底地陷入黑暗之中。

那個通風報信的侍衛看到這一幕，唇角微微勾起，似乎十分滿意，然後朝身後趕來的士兵一揮手，讓他們擒住地上的李虎和李豹。

君昊煬抱著若靈萱大步快速奔走，頭也不回地冷聲吩咐士兵。「將那兩個人押回去，嚴刑審問，一定要讓他們招出到底是誰膽敢加害本王的王妃！」

「是，王爺！」士兵領命，快手快腳地捆紮起李虎和李豹，押著他們跟在後面走著。

若靈萱軟軟地倒在他懷裡，眼睛緊閉，慘白的臉毫無血色，彷彿隨時將乘風而去。如果不是那微弱的呼息聲，君昊煬甚至要以為懷裡的人已經沒了氣。

「若靈萱，妳給我挺住！沒有本王的允許，不准妳死！」君昊煬飛快地施展輕功，暴怒的表情掩飾了內心的驚急。

該死，她怎麼越來越輕的樣子……

抱著若靈萱，以最快的速度衝回睿王府，君昊煬陰霾的神色嚇住了路上的丫鬟和奴僕，尤其在看到一身是血的若靈萱時，更是驚駭不已。

錦翊樓燈火通明，丫鬟、奴僕們不停地忙碌穿梭。一盆盆清水變成血水，沒有人敢多說一句話，室內籠罩著沈重的氣氛。

多多、草草含著淚，小心翼翼地替若靈萱清洗傷口、抹藥、包紮。殷素蓮在一旁看著，雙手不時地合十向天祈禱，看起來很緊張的樣子。

幾位御醫面色凝重地輪流把著脈，每個人把完脈後都心驚地看了一眼一旁陰沈著臉的睿王爺，然後這樣重複著，直到最後一個把完脈，幾個人立即湊在一起，小聲地討論著。

君昊煬坐在床沿上，盯著她渾身的傷痕，還有那件染紅的血衣，不由得心頭一顫，心中好像被什麼縛住了，有一絲悶悶的痛感……

下意識地，他微蹙了一下眉峰，努力揮去這種莫名其妙的情緒。

「睿王爺，王妃的傷口都處理好了。」一位年老御醫站起身，對君昊煬說道。

「傷勢如何？」君昊煬沈聲問道。

「王妃身上的傷雖多，但都是皮肉傷，雙手也沒有傷及筋骨，只要按時服藥上藥，不用多久就能恢復原樣。就只是……」御醫說到這裡，突然又止住了話，面有難色。

「只是什麼？快說！」君昊煬皺著眉，語氣帶怒。

御醫嚇得一個哆嗦，嚥了嚥口水後，才鼓起勇氣道：「只是王妃肩膀的傷太深，流血太多，傷到了血脈，加上王妃現在身子太弱，要是今晚醒不來，微臣恐怕會……會……」囁嚅地不敢再說，可話裡的意思已經很明顯了。

君昊煬面色丕變，心中狠狠一震，狹長的俊眸死死瞪著御醫，好半晌才開口。「你的意思是，她救不活了？」語調很輕，卻透著暴風雨即將來臨的危險。

老御醫聽罷慌忙擺手。「不不，王爺，只要王妃熬得過今晚，就可以脫離危險了！」

君昊煬陰沈著臉，緩緩轉眸，直盯著床上不省人事的若靈萱。她的臉色依舊慘白，氣若游絲，像失去了生命的氣息般，動也不動……

這頭平時老是對他叫囂的小老虎，現在卻虛弱得猶如乾涸的魚，生命正一點一點地流失……

倏地握緊雙拳。不行，她不能死，他不允許！就算是閻王也休想來跟他搶人！「御醫，立刻進宮，把所有的名貴藥材都拿來，本王就不信救不活她！」他雙眸閃著堅定的光芒。

「是，微臣立刻前去！」幾個御醫連忙轉身衝出去。

她彷彿已經死了，又好像還活著。

似乎有兩股強大卻相反的力道，將她在生與死之間不斷地拉扯，讓她既死不成，生又不易。

若靈萱緊蹙著眉心，佇立在冰冷的不知名地方，四周都是無邊無際的黑暗，腦子亂糟糟的，無法整理紛湧的思緒。

倏地，耳邊隱隱約約傳來模糊的男人吼叫聲，嚷得她更加不得安寧了。

「……若靈萱，妳給本王醒來，醒過來……」

熟悉的吼叫聲，讓她微微蹙眉。君昊煬？他又在鬼叫什麼？好像只要跟自己在一起，便會引起他的怒火。可是現在自己沒惹他吧？那他在氣什麼？

莫名其妙，這傢伙想吵死她是不是？混蛋君昊煬……

「若靈萱，本王命令妳醒過來！聽到沒？」君昊煬瞪著床榻上的女子，神情越來越暴躁，還帶著隱隱的憂急。該死的，她怎麼還是一點甦醒的跡象也沒有？難不成……真的沒有辦法了嗎？想到這兒，心中更煩鬱了，要不是看到她身子虛弱，他真想拚命用力地搖晃她，直到她醒來為止。

吵死了……若靈萱蓁首輕微地搖動，蒼白的唇瓣逸出了幾聲細若蚊蚋的輕吟。

這細微的動作沒能逃過君昊煬的雙眸，驚喜在他臉上一閃而過，他不自覺地輕搖著她。

「若靈萱，別睡了，快醒醒……」

可能是實在受不了他的吵鬧，若靈萱的眼皮終於動了動，卻也只能微睜著眼，隱隱約約看見一張刀鑿似的冷峻臉龐……果然是他！

討厭，醒了就看到這瘟神，真衰！下一刻，肩上的痛楚襲來，她再次昏厥過去。

「這……」君昊煬瞪著再度不省人事的若靈萱，怎麼會這樣？她剛剛明明醒了啊！他急忙站起身，快步走了出去。

「來人，快傳御醫！」他對著門外守候的侍衛喝令。

侍衛忙應聲，三步併作兩步地跑開。為了方便隨時察看病情，那些御醫全都暫留在清漪苑裡，因此沒多久便齊齊出現，後面還跟著也聞訊而來的殷素蓮。

「參見王爺！」

「得了，快去看病！她剛剛醒過來了，可是又立刻暈了過去，快去看看怎麼回事？」君昊煬一揮手說道。

御醫們立刻上前把脈，察看情況。

好一會兒後，他們終於面帶喜色地站起身，拱手道：「王爺，王妃已經度過了危險，只要微臣再開些藥給她，按時服用，相信不用三天就會清醒過來了。」

「這是不是表示她已經沒事了？」君昊煬確定地再問一次。

「是的，病情已經好轉。」御醫們肯定地答道。

「好，那你們去配藥吧！」君昊煬總算鬆了一口氣，緊繃的情緒也緩和了下來。

「遵命！」御醫們也暫時安了心地退下。

君昊煬再次坐回床沿，凝視著若靈萱已然削瘦不少、卻因為重傷而蒼白著的臉龐，眸底泛起一絲心疼，心底深處也好像有股奇異的感覺，很不一般……

「王爺，不如您先回去歇息一下，這裡交給妾身吧。」殷素蓮上前輕聲說道，眼裡閃過一抹哀怨。她進來這麼久了，他都沒有正眼瞧過自己……

君昊煬淡淡地點了點頭，並沒有移開視線。「本王再待一會兒。」

「姊姊她已無大礙，王爺放心。」殷素蓮柔聲說道。

「本王知道。妳先退下吧，她若是醒來，再派人通知妳。」君昊煬終於看了她一眼，卻是要她退下。

自從對殷素蓮有所懷疑後，君昊煬心裡就有一種不知怎麼面對她的感覺。

殷素蓮當然也感到了他的疏遠，俏臉微微一白，但還是溫馴地應道：「是，妾身告退。」咬了咬牙，轉身走出了房間。

君昊煬站起身，來到盆架前，將巾帕浸入熱水後擰乾，再折回床畔，輕輕地為她擦臉。

他的動作是那麼溫柔而小心翼翼，只是自己卻沒有察覺……

傾顏宮。

富麗堂皇的裡殿臥室，中央擺著一張寬大華貴的深紅色木椅，四周的玉石廊柱間懸掛著紫色花紋彩紗。

林貴妃正懶懶地靠著木椅，姿態悠然地享用著美味的水果。

這時，孫嬤嬤匆匆走進，三步併作兩步地來到她身邊，附耳嘀咕了一番話。

「什麼?若靈萱得救了?!」林貴妃立起身，手一顫，葡萄順著她的火紅紗衣滑到了地面，嫵媚的水眸瞪得大大，一臉震驚。

「老奴剛才派人去了睿王府打聽，說昨夜睿王爺抱著渾身是血的若靈萱回到了王府，還叫了好多御醫前去呢。」孫嬤嬤說著得來的消息。

「她果然被救了……」林貴妃喃喃自語，突然，目光一狠，憤怒地掃向旁邊立著的名貴水晶花瓶，乒乒乓乓聲響起，瞬間一地狼藉。

「該死的若靈萱!怎麼這都死不去?」

孫嬤嬤也氣憤地道：「李虎那兩個蠢才真是辦事不力，怎麼連一個手無寸鐵的女人也殺不了!」

「早知道，我就直接在暗室裡弄死她，然後讓人扔出去，真是失算了!」林貴妃咬著牙，現在功虧一簣，避免不了麻煩要上身了。

「不過娘娘，您也別太氣，老奴看那個若靈萱傷得那麼重，估計也救不活了。」孫嬤嬤安撫道。

林貴妃這才緩下了臉色，狠毒一笑。「那就要看看她有多命大了。」

一旁的老宮婢聽了，有點擔憂。「娘娘，要是若靈萱得救，她向王爺指證娘娘，那該怎麼辦?王爺會不會追究?」

林貴妃冷勾唇角，重新躺靠回椅子上。「這個本宮倒不擔心，怎麼說，本宮也是詩詩的姑姑，皇上的妃子，君昊煬難道會為了一個醜女來跟本宮作對嗎?何況咱們林家可是兩朝重臣，威望和勢力都對他以後成為皇儲有很大的幫助，他又怎麼可能跟自己的前途作對呢？」

孫嬤嬤和老宮婢聽了，也不禁點點頭。王爺應該不會跟林家撕破臉的，這樣對他沒好處。

「不過，本宮還是要跟大哥商量一下這件事……」林貴妃微瞇著眸，思索了一下後便對孫嬤嬤道：「妳立刻去國公府，請國公進宮一趟。」

「是，娘娘！」

寧王府。

君狩霆正坐在書房內，埋頭翻閱帳冊，忽然，一個侍衛走了進來，屈膝道：「啟稟王爺，睿王妃已經得救，此刻正在睿王府，聽御醫說，已經度過了危險。」

「喔？」眉一挑，眸底閃過一絲不易察覺的淡淡喜色。

兩天前聽心腹說，若靈萱身受的那一劍很重，他還真擔心她就此香消玉殞。對於這麼一個慧黠精靈的女子，他很感興趣，如果死了就真是可惜了。更何況，她還有可能是對付君昊煬和君昊宇的有利武器呢！

「君昊煬對於這件事，有什麼說法？」他看向侍衛詢問。

「回王爺，睿親王十分生氣，誓言找出加害睿王妃的真凶，此刻正在嚴刑拷問那兩名士兵，相信不久必有結果。」侍衛將打聽到的消息如實告知。

君狩霆微微勾唇，要是這樣，林貴妃肯定難逃罪責，只要林貴妃被定罪，鄖國公難免心生怨恨，兩家撕破臉，那是遲早的事情。

就不知，君昊煬會不會為了若靈萱，而得罪自己側妃最有勢力的娘家呢？

他就拭目以待吧！

三天後，睿王府。

若靈萱悠然轉醒，眨動著睫毛，微微地睜開了眼睛，只見室內燈火熒熒，模模糊糊的幾個人影在眼前晃動。

「醒了、醒了，終於醒了！」御醫重重地呼出一口氣，一顆連日來懸在高處的心也終於落下。

「真的醒了？」君昊煬的聲音也帶著一絲驚喜。

若靈萱的意識仍是有些模糊，她不知道發生了什麼事，只知道有很多人正圍著她轉。她又活了嗎？……好吵！她想張嘴，可是喉嚨卻像火燒般疼痛，一個音也發不出來。

御醫看見她張嘴，知道她想說話，趕忙讓人端杯茶讓她潤潤喉嚨。

一杯清茶入口，若靈萱頓時覺得舒服不少，她隨意打量了一下四周，覺得很陌生，然後，目光定在君昊煬身上，蹙眉。他怎麼也在這裡？

「妳現在感覺怎麼樣？真的醒了嗎？認得本王嗎？」君昊煬緊緊盯著她，聲音裡有著難以掩飾的憂慮。

若靈萱睜大眼睛，瞪著眼前的君昊煬，腦中瞬間閃過一句話——這傢伙吃錯藥了……

要不，怎麼會對自己這麼溫柔？不是吃錯藥了，就是哪根筋突然搭錯線，又或者，是被鬼附身了？

「怎麼了？不舒服嗎？哪裡不舒服？快告訴本王！」君昊煬見她盯著自己不說話，又皺緊了眉，以為她不舒服，不禁有些擔心。

御醫早已識趣地退下，留下空間給夫妻倆獨處。

若靈萱還在思索當中，眉蹙得更緊，只是眨著一雙明亮的眸子，似乎想看清楚他到底在搞什麼鬼？

「是不是不能說話？沒關係，妳用唇形，本王也看得懂。」御醫曾說過，她失血過多，恐怕暫時會失去言語能力。

「你很吵……」若靈萱動了動嘴唇，聲音的確發不清楚，只能用唇形說。

她現在頭很重，沒力氣思考了，管他是吃錯藥還是搭錯線，反正不關自己的事情。

君昊煬很專注地盯著她的臉，所以也很清楚地看到了她要表達的意思。他有點哭笑不得，居然嫌他吵？他可是在關心她呢，這女人！

算了，生病的人最大。

正在這時，御醫領著多多端著藥膳走了進來。

請安後，多多想著要餵小姐，誰知君昊煬卻阻止她，親自端過藥膳，讓她吃驚地睜大了眼。

王爺這幾天都親自照顧小姐，這已經令她很驚奇了，現在居然還要親自餵食……一瞬間，多多突然有了和若靈萱同樣的想法，就是——他吃錯藥了！

君昊煬不知道自己的舉動會讓人產生這麼複雜的心思，只是下意識地想著要這樣做而已。接過藥膳後，朝兩人示意，御醫便和多多一起退下了。

把手中的藥膳放到一邊的桌子上，他半靠在床榻上，雙手扶著若靈萱，讓她半坐起身。

渾身無力地被君昊煬摟起，靠在他的身上，若靈萱微微睜著的眼睛斜睨著他，簡直不懂這傢伙在想啥？無端端對自己這麼好，幹麼呢？前些日子不是還凶神惡煞地指責她毒害他的寶貝詩詩，還將她關在伸手不見五指的暗房嗎？怎麼才一醒來，態度就一百八十度大轉變了？

君昊煬端起藥膳，舀了一勺後吹了吹，如此溫柔的動作，又讓她驚訝不已。只是，想到他不分青紅皂白地定她的罪，就是因為這樣，她才會被林貴妃帶走，幾乎丟了小命，怎麼說，這一切都是他間接造成的。

越想，心中的怨懟和委屈就越深，若靈萱不知道自己為什麼突然間會有這種感覺，可能重病初癒，身體虛弱，心也很脆弱，各種莫名其妙的情緒就來了。

君昊煬耐心地吹著手中的藥膳，試了下，覺得不燙了之後，才送到她的唇邊，輕聲道：

「吃點東西，補補身子。」

瞪著近在咫尺的藥膳，若靈萱鼓著腮幫子，像小孩子鬧脾氣一樣，用著自己那一點點氣力，輕輕抬起虛軟的手，啪的一下，把送到自己唇邊的藥膳給揮開。

哼，她才不要他假好心呢！

從未侍候過別人的君昊煬，本來就笨手笨腳了，現在再被若靈萱這麼一揮，一個不穩，手中的藥膳啪的一聲，整個掉到地上，膳食灑滿了一地。

當即，君昊煬鐵青著一張臉。自己從來沒有做過這樣的事情，身為皇長子，也是未來的皇儲人選，向來都是別人奉承巴結，主動討好他，就算是林詩詩，也不曾讓他這麼費心，而現在，他肯紆尊降貴地主動示好，居然被這女人硬生生的無視……

越想越怒，越想越惱，生平就這麼一次為女人做這些，對方卻不領情，君昊煬的臉色真是難看到了極點。

若靈萱的手臂重重垂下，剛才那小小的動作，已經令她氣喘吁吁了，整個人像抽乾了所有力氣般，軟趴趴地倒在君昊煬懷裡。總算報了一箭之仇！雖然看不清君昊煬的臉色，但從耳邊傳來的粗重呼息聲，她可以猜到，他有多麼的生氣。得到這個認知，她心裡開心極了。

自大狂，氣死你最好！

這下，就算他乘機要處罰自己的不敬，她也覺得值了。

君昊煬不停地深呼吸，來緩和自己的怒氣。忍住、忍住，好男不與女鬥，他是大男人，沒必要跟個小女人一般見識……很快地，平穩了氣息後，他退開來，扶住若靈萱躺下，然後大步走了出去。

此舉又把若靈萱給弄矇了，她還以為，以君昊煬的性格，必定會氣得推開自己，然後再把自己扔到暗房裡，來個眼不見為淨，沒想到他居然就這樣走了！不計較她對他的不敬嗎？這自大狂轉性了呀？

不一會兒，兩個粗使丫鬟走了進來，向若靈萱行了個禮後，就蹲下身快速地收拾剛剛打翻的藥膳，眨眼間，又快速地退了出去。

實在是想不透，若靈萱乾脆不想了，眼珠子再次四處打量著，這時才發現，這裡根本就不是她的清漪苑，怪不得感覺那麼陌生。而且看這擺設，好像是……對了，是君昊煬的錦翊樓！

眉又蹙起。搞什麼，她怎麼在他的房間？

倏地，肚子傳來咕嚕咕嚕的聲音，若靈萱開始感到餓了。剛才只顧著報復賭氣，都忘了自己應該幾天沒吃過東西了，現在那股氣一過，空了好久的胃就不停地抗議著，連腸子都有打結的跡象……

天啊，她真是後悔死了，幹麼那麼衝動去打翻藥膳呢？要報復君昊煬，什麼時候不可以，幹麼要跟自己過不去呢？若靈萱真巴不得給自己一巴掌！悔啊！嗚……

沒辦法了，現在唯有忍了。睡吧，睡了就不會餓了。於是，她不停地催眠自己……

就在這個時候，一陣陣誘人的香味從不遠處飄來，竄入她的鼻間。若靈萱不由得吸了吸鼻子，擔心是自己太過飢餓而產生了幻覺，還用力咬唇，以免自己口中的唾液給分泌流淌出來，那多丟人啊……

只是，唇怎麼痛痛的？難道不是幻覺嗎？咦？有腳步聲呢，還越來越近……若靈萱猛地睜開雙眼，眸子輕轉，便看到多多、草草紅著眼眶站在不遠處，端著香氣四溢的藥膳。

「小姐，妳真的醒了！」草草眼睛裡全是驚喜。

若靈萱頓時淚眼汪汪地看著她倆……確切地說，是草草手中的藥膳！天啊、地啊，真不是幻覺，美食真的來了啊……

「小姐，都是多多不好，沒有照顧好妳，讓妳……哇……小姐，妳處罰多多吧……」多多撲上前，跪在床榻邊，看著主子那副蒼白無力的樣子，當即就哇地大哭起來，眼淚撲簌簌地直往下掉。

「小姐，妳醒過來就好了！嚇死草草了，嗚……」草草奔到床榻邊，放下藥膳，也跪在床榻邊，哭得唏哩嘩啦的。

若靈萱微微地轉過臉，眼睜睜地看著草草把藥膳放下。天啊，草草妳這丫頭，到底看不看得清形勢啊？妳家小姐我快餓暈了，先餵我吃點東西呀……

可是，兩丫頭只顧著哭及抹淚，根本沒有看到若靈萱那散發著無盡渴望的眼神。若靈萱真是欲哭無淚了，這兩丫頭平時的機靈哪兒去了？怎麼在這關鍵時候不管用了呢？再這樣下去，她恐怕劍刺不死，倒要被餓死了……

直到耳邊的哭泣聲越來越小，若靈萱終於聽到了有如天籟一般的聲音——

「小姐，妳一定餓壞了。多多只顧著心疼小姐，差點都忘了王爺吩咐要給小姐食用的膳食了。」

「多多，妳扶住小姐，我來餵。」

天籟啊……她從來沒發現這兩丫頭的聲音竟是如此好聽……

嚥下草草餵來的、香氣四溢的藥膳時，若靈萱感動得幾乎掉淚。這時她才感覺到，自己是真正活過來了。各路菩薩保佑呀！

君昊煬帶著怒氣踏進惜梅苑，想到剛才若靈萱的不領情，他就一肚子鬱悶。該死的女人真不知好歹，他發誓，再也不拿熱臉去貼她的冷屁股了！

「王爺……」守在暖閣門前的紅袖，見到王爺陰沈的臉色，有些戰戰兢兢。

「嗯。詩詩現在如何了？」君昊煬緩和了怒氣，關心地問道。這幾天只顧著照看那可惡的女人，都把詩詩給忽略了。想到這兒，心中不由得生出了愧疚感。

「回王爺，御醫說側妃的情況很好，再過兩天，就能下床走動了。」紅袖笑著回道。主子沒事，她也很高興。

「那就好！」君昊煬也綻開了笑容。「本王進去看看她。」

踏進暖閣，發現林詩詩正倚靠在床頭，一小口一小口地吃著紅棉餵的藥汁，不時的因為藥的苦澀而皺眉。

君昊煬微笑著走了過去。「詩詩，今天精神挺不錯的。」

林詩詩一見是他，立刻眉開眼笑。「王爺，您來了。」

君昊煬坐在床沿上，輕握起她的小手，發現有些冰涼，劍眉一擰，立刻轉頭吩咐。「紅袖，去端個暖爐來。」

「是！」紅袖應聲，匆匆而去。

「詩詩，妳休息的時候多蓋一條被子吧，現在身體還很虛，一定要注意保暖，不能著涼了。」君昊煬關心地叮囑道。

「是，王爺，臣妾會的。」林詩詩甜甜一笑，心中因他的關懷而欣喜。只是，當想起下人間流傳的話時，一絲陰霾在眸底稍縱即逝。

她聽說，王爺這幾天多半待在錦翊樓，幾乎是寸步不離地照顧著若靈萱。難道他已經消除對她的懷疑了嗎？還是，他根本就不曾懷疑過？什麼時候開始，他也變得這麼信任若靈萱了，還對她這麼好？越想，心中就越難受。

要是以前，他是絕對不會輕易放過傷害自己的人的……

「對了，詩詩，妳還記得自己中毒當天，接觸過什麼人嗎？」君昊煬突然想起了這件事，便開口問道。

經他一提，林詩詩也認真思索起來。「其實，那天我接觸過很多人。早上去了國公府，到了夕陽時分才回來，然後去了清芷苑，跟柳側妃閒聊一會兒就回來了，之後就是王妃她端點心過來。」

君昊煬沈凝不語，劍眉輕蹙，似乎在思考著什麼。

林詩詩見狀，美眸閃了閃，小心翼翼地開口。「王爺，您覺得王妃……會害我嗎？」雖名為詢問，實則，她是在提醒，讓王爺別忘了，若靈萱是最有嫌疑的人。

聞言，君昊煬抬眸看她，眉心微乎其微地蹙了一下，正要說什麼時，門外倏地響起了丫鬟們恭敬的聲音——

「參見鄖國公！」

林詩詩驚喜交集。「是爹來了！」

話落，一個身穿靛藍色青濤蟒袍的老者走了進來，五十出頭，長得高大威武，給人一種嚴峻的感覺。

他一見躺在床上的愛女，嚴峻的面龐瞬間柔和。同時，也看到了坐在床沿的君昊煬，立刻上前行禮。「見過睿王爺。」

「國公大人有禮了。」君昊煬站起身回道。

「爹！」林詩詩歡喜地喊了一聲。

鄖國公看到愛女蒼白的臉色，頓時心疼不已，連忙踱步到她身邊。「詩兒，怎麼樣了啊？好些了嗎？現在還覺得不舒服嗎？」說著關心地上下巡視著。

「謝謝爹關心，詩兒好多了。有王爺照顧，詩兒沒事的。」林詩詩眉眼彎彎，笑得甜蜜。

「沒事就好，爹就放心了。」鄖國公這才鬆了口氣，拍拍胸口道：「妳都不知道，當爹聽到妳出事後，有多麼擔心啊！幸好妳沒事，幸好……」

這女兒可是他的心肝寶，要是出了什麼事，他真不知怎麼辦才好。

「對不起，女兒讓爹擔心了。」林詩詩歉意地道。

「妳大哥他們也很擔心妳，不過皇上交代的事沒完成，所以暫時不能回來。」鄖國公慈愛地摸了摸她的臉頰，發覺削瘦了不少，不禁又是一陣心疼。

君昊煬見父女倆聊得這麼投契，便打算退下。「國公大人，你先陪陪詩詩，本王出去處理一些事情再回來。」

誰知，鄖國公卻叫住他。「王爺稍等，老臣有話想跟王爺單獨談談。」

君昊煬一挑眉，有些疑惑，鄖國公要跟他談什麼？但還是點點頭，淡笑道：「那本王就在偏廳候著。」

待他走出房間後，鄖國公俯下身，壓低聲音道：「詩兒，妳放心，爹一定替妳討回公道，不會讓害妳的凶手繼續逍遙自在。」

「爹，你……」林詩詩愕然，爹這話是什麼意思？

「好了，妳先歇歇，爹等會兒再來看妳。」安撫了愛女一會兒後，鄖國公就對紅棉道：「好好照顧側妃。」

「是，國公大人。」

偏廳裡，君昊煬剛讓侍僕上茶沒多久，鄖國公就來到了。

「王爺。」他上前一些拱手，算是打了招呼。

「國公請坐。」君昊煬微微勾唇，做了個「請」的手勢。精明如他，已隱約猜到，鄖國公一定是要跟自己談談詩詩中毒一事。

「王爺，不用了，老臣有事要請求王爺，所以，還是站著的好。」鄖國公揮了揮手。話雖說是請求，可那腰桿卻挺得筆直，不難看出，此人心態十分高傲。

君昊煬淡淡道：「國公不必客氣，有話儘管說就行。」

此話正中鄖國公下懷，只見他再朝君昊煬拱了拱手後，語氣凝重地開口。「王爺，老臣請求您，一定要為詩兒作主，將下毒的凶手給予嚴懲。」

果然是這個。

君昊煬擰眉，打量他一會兒後，不動聲色地道：「國公放心，詩詩是我的妃，本王絕不會讓她白白受苦。只要查到真正的凶手，無論是誰，本王絕不寬貸。」

言下之意是說，現在還沒有找到凶手，請他不用這麼著急。

可是，鄖國公卻不滿了。「王爺，事到如今，您就不要瞞老臣了。整個京都城都知道，睿王妃就是下毒謀害詩兒的凶手，為何王爺卻在暗示老臣，凶手另有其人？難道王爺想要包庇王妃？」

想起紅棉的話，得知睿王這幾天都在照顧那個女人，連受傷的女兒都冷落在一旁，他不禁心生怒氣。

聽見鄖國公話裡的質問之意，君昊煬微皺著眉頭，但還是溫言解釋道：「國公不要誤會，本王並沒有包庇任何人，只是覺得，下毒事件另有蹊蹺，不能只看表面，就定了王妃的罪。更何況，也沒有直接的證據，證明是王妃所為。」

「怎麼會沒有證據？詩兒的婢女說了，點心是王妃親自端去的，她吃過後沒多久就毒發，不是她，難道會是老臣的妹妹林貴妃把有毒的點心給了自己的姪女嗎？」鄖國公說到這兒，可能是因為太生氣了，聲音也高了起來。

君昊煬眉皺得更緊了，俊顏微沈，對於鄖國公這樣的態度，心中有些許反感。只是，想到他也是護女心切，便不予計較了。

因此，他耐著心道：「本王不是這個意思。只是點心從宮中送到王府裡來，經過的路程也不少，途中發生了什麼事，我們也不得而知。又或許，點心進到睿王府之前就被人下毒了呢，這也不無可能，所以本王又怎麼能輕易斷定就是王妃所為？」

鄖國公沈著臉不語，似乎也覺得有理，但想到愛女所受的苦，氣又不打一處來。「王爺，你說的也不無道理，但王妃也不能逃掉這嫌疑，王爺就算不將她治罪，也得按王府法規關押，否則如何服眾？」

如此咄咄逼人，君昊煬實在不悅極了，聲音也冷了下來。「國公大人，這是我睿王府的事，該怎麼處理，本王自有主張。」

鄖國公面色青黑，一時無語以對。

沒想到這個年輕的王爺，竟這樣跟自己說話。當了兩朝國公，別說是當今皇上了，就算是先帝在世，也不曾這樣對自己說過話，當即，他感到面子有些掛不住。

正在這氣氛僵持之際，紅棉匆匆奔進偏廳，焦急地稟道：「王爺、國公大人！不好了，側妃她暈過去了！」

「什麼?!」兩人大驚，連忙起身返回惜梅苑。

初秋的深夜，有些寒冷。

若靈萱蜷縮在被窩裡，身子冷得有些發顫，頭也愈來愈痛，根本難以成眠。

終於，她忍不住輕喚著床榻旁邊的多多。「多多、多多……」

「唔……」睡夢中的多多含糊地應了聲，並未張開眼醒來。

「多多……」若靈萱喊了幾下，見她依然沒反應，只好費力地伸出右手，輕輕地推了推她。

這下，多多倏地驚醒了，仍有些迷糊的她，眨著眼睫詫問：「呃……小姐，妳怎麼了？」

「我……頭好疼，身子好難受，像火炙一樣……」若靈萱只覺得頭痛欲裂，身體更像著火般，又熱又燙。

「嗄？」多多一聽，瞌睡蟲全跑光了，急忙坐直身子，伸手探向她的額頭。「天啊，好燙！小姐，妳的身子好燙啊！」

「我……好難過……嗚……」若靈萱再也熬不住了，痛苦地逸出呻吟。

「小姐、小姐！」多多慌得手足無措，當即揚聲朝門外大吼。「來人啊，王妃病了……來人啊……」

只是，她喚了半天，門外依舊沒半個人影。

搞什麼？難道今天沒人當值嗎？

多多又氣又急，偏偏草草今天有事回老家去了，冰兒的居室離這裡也遠，萬般無奈之下，只好自己匆匆走出去喚人。

院子裡竟是一個下人也無，走出垂花大門時，突然跑出兩個侍衛，將她攔下。

「什麼事?!」一開口就是喝令。

多多皺眉，覺得這兩個侍衛有些眼生，但情急之下也沒想那麼多，只是懇求道：「兩位大哥，王妃病了，快去通知王爺請御醫吧。」

誰知，兩個侍衛卻冷冷地道：「王爺正忙著照顧林側妃，我們怎敢打擾？讓妳們王妃忍忍吧！」

「這是什麼話？」多多一聽，心頭火起。「救人如救火，能忍嗎？你們是哪個院的，竟敢這麼無禮！」

侍衛睨了她一眼，不屑發話。

多多氣憤至極，倏地邁步衝出去，卻被侍衛揮拳擋了回來。

「你們這是幹什麼？」多多中了一拳，跌坐在地，不敢相信他們竟敢打她！

「王爺有令，在毒殺事件真相未明之前，王妃以及下人皆不得離開一步！」侍衛冷聲傳達著命令。

「王爺？」多多瞪大了眼睛，難道王爺還沒有相信小姐嗎？但隨即，想到王爺最近對小姐的關懷，就算他仍在懷疑，應該也不會不顧小姐的安危吧？於是她站起身央求道：「侍衛大哥，我可以不出去，但請求你們去稟明王爺，我求求你們了！」

「都說了王爺很忙，沒聽到嗎？快回去，不然別怪我們不客氣了！」侍衛不耐煩地推了她一把，橫劍擋向她，威嚇道。

「你——」多多氣極，看這兩人的強硬態度，是無論如何也不會讓自己出去的了，急憤之下，她不顧一切地往外衝，嘴裡吼嚷：「來人啊，王妃病了——」

「臭丫頭，妳幹什麼?!」侍衛趕緊攔下她，將她拖了回去。

「……王妃病了！快來人啊——」多多嘴裡仍在大喊大叫，侍衛氣惱之下，捂住了她的嘴，力道大得幾乎讓多多窒息。

砰地一聲，多多被丟進房裡，眼睜睜地看著大門關上。

她憤怒至極，卻又無計可施，心慌得不知該怎麼辦？

小姐的身體還沒有痊癒，這麼虛弱的她，現在還發著高燒，要是再不看御醫，她擔心……不，不行，她不能讓小姐出事，一定要趕緊想個辦法！

看著已經病得暈厥過去的主子，多多忍著淚，強迫自己冷靜下來。

就在她冥思苦想的時候，眼角瞥見飛掠而過的小鳥，驀地，腦中靈光乍現。對呀，自己平時和回老家的草草通信時，都是用白鴿傳的，何不用這個方法告知草草，讓她去找晉王爺來救小姐呢？

想罷，多多立刻跑出房，向自己的小房間跑去，那裡有她與草草養著的白鴿子。

寫了信條，綁在鴿子腳上後，再打開窗戶一放，頗有靈性的鴿子，便自動朝草草老家的方向飛去。

幸好草草的老家離王府不算太遠的路程，相信不用多久，她就會趕到了。

草草，拜託妳了！多多雙手合十祈禱著。

只是多多怎麼也沒料到，鴿子飛出沒多久，就被寧王的眼線捉個正著。得知了若靈萱的事後，他們立刻派人奔回寧王府告知君狩霆。

「什麼？若靈萱病重？」君狩霆臉色微沈，下棋的手頓住，抬眸盯向報信者。「她不是已經度過危險了嗎？怎麼又病重了？」

「回王爺，這個屬下不知，不過信箋上的確是這樣說的。而且說睿王下了命令，不准若靈萱主僕出清漪苑一步，因此那個婢女才要飛鴿傳書求助。」報信者邊說邊呈上信箋。

君狩霆大體掃了一眼，不由得蹙眉。難道是自己看錯了，君昊煬並不在乎若靈萱？眸半眯，修長的手指輕敲著棋盤，似乎在沈思什麼。不久，他摺起信箋，丟回給報信者，吩咐道：「將鴿子送到牠該去的地方，然後進宮通知君昊宇，就說若靈萱出事了。」

遊戲再多一個人加入，會不會更好玩呢？呵呵……

君狩霆微勾唇角，端起旁邊的香茗，輕輕一抿，幽邪的深瞳瀲出淡淡詭光。

皇宮巍峨地聳立著。

君昊宇上次潛進傾顏宮，還帶兵搜查，結果一無所獲，在得知靈萱平安獲救後，他鬆了一口氣，自願承擔私闖後宮的罪名，此刻正被林貴妃關押在暗樓，待順武帝回宮後，再稟明告知。

此時，君昊宇盤腿坐在地上，閉目養神。倏地，耳邊一陣風聲拂過，他立刻警惕地睜開眼睛，竟見一把短刀插著一紙信箋，定在牆上。

他有些微訝，但很快便起身上前，取下信箋一看——

靈萱出事，被困，速到睿王府解救。

靈萱出事了？君昊宇面色一變，原本已經鬆懈的情緒，再次緊繃起來。他急忙收起信，大步走出了暗樓。憂急如焚的他，倒沒去想是誰在通風報信，滿心都被「靈萱出事」這四個字占滿了。

「砰」的一聲，大門被他一腳踢開，發出的巨響引來了當值的侍衛。

可還未等他們清楚怎麼回事，君昊宇早就身形一躍，施展輕功遠離了他們的視線，只拋下一句話——

「告訴你們貴妃，本王有事出宮，日後自會返回！」

君昊宇風馳電掣地趕到睿王府，這時，已經是深夜子時。他二話不說，直奔清漪苑。

兩名守在外面的侍衛，一見他的到來，先是一愣，隨後帶著疑惑地上前行禮。「參見晉王爺！」

「晉王爺，您是不是走錯地方了？這裡並不是錦翊樓。」其中一名侍衛以為他找的是君昊煬，便好心地提醒道。

「本王是來見睿王妃的。」君昊宇邊說邊往裡面走，並沒去多看這兩名侍衛。

找王妃？兩名侍衛更是愣然，見他真要進去，連忙上前攔住。

「等等，晉王爺，您不能進去。」

「為什麼？」君昊宇疑惑地停下腳步，不明白地問。

「因為王妃涉嫌毒殺林側妃，為防她有機會逃走，所以不准任何人前來探望。」侍衛一臉理所當然地道。

「這是你們王爺的意思？」君昊宇冷著臉問。

「是的。」兩名侍衛相視一眼，點頭道。

該死！他竟然還這樣對靈萱！君昊宇心中氣惱，臉色也越發難看，冷冷地看著兩名侍衛。「本王不管是誰的意思，本王現在就要進去，讓開！」

「這……」侍衛沒想到他竟還執意要進去，一時不知該怎麼應對。

「晉王爺，你終於來了！求你救救小姐呀！」多多突然衝了出來，跪拜於地，泣不成聲的哭喊著。

聞言，君昊宇心一緊，想起了信箋的內容，連忙急切地問道：「發生了什麼事？靈萱怎麼了？」

「小姐發高燒了，王爺下令不許人出院子，她現在病得很嚴重，我找不到御醫……」多多哭得唏哩嘩啦，心急的她，說得有些語無倫次。

君昊宇震驚極了，想也沒想就往裡衝，侍衛攔都攔不住。

他一把推開房門，就看到若靈萱蜷縮在床上。

「靈萱！」君昊宇立刻奔上前，當瞧見她臉上那不正常的潮紅時，立即對外吼道：「來人，馬上進宮去傳御醫！」

站在外頭的侍衛面面相覷，似乎還在猶豫的樣子，君昊宇見狀，憤怒地暴喝一聲。「還杵在那裡幹什麼？要是靈萱出了什麼事，本王要你們的命！」

兩名侍衛嚇了一大跳，再也不敢多作猶豫，連滾帶爬地奔出去找御醫。

其實，御醫就在王府裡，只是他們奉命在此監視，不敢隨便去找而已。不過如今晉王爺發下狠話，他們什麼也顧不得了。

沒多久，李御醫匆匆趕來，一見晉王爺也在，愣了下，才趨上前行禮。「參見晉王爺！」心底卻在嘀咕：奇怪，怎麼不是睿王，而是晉王？

「不用多禮了，快去看看她怎麼樣？」君昊宇連忙擺手道。

「是！」李御醫不敢怠慢，趕忙走到床邊，給若靈萱把起了脈，仔細地斟酌了一番後，神色微沈地走過來說道：「晉王爺，睿王妃因為身體虛弱，才令風寒入侵，雖說發現得早，但畢竟重傷未癒，所以情況有點不太樂觀。」

一聽「不太樂觀」，君昊宇頓時緊張起來。「那是怎麼樣？她會有事嗎？」

李御醫想了一下後，搖頭道：「燒是可以退，但現在的睿王妃身體太弱了，一點點的燒，都足以影響她的腦部，因此在短期之內，她很難清醒過來。」

「那你說，她會暈迷多久？」君昊宇擔憂地看了一眼床榻上的靈萱，沈聲問道。

「這個不好說，或許幾天，或許半個月。現在微臣先開些藥給她吧，讓她退燒。」李御醫說道，便開始寫藥方。

「好。多多，快跟著御醫去抓藥煎藥。」君昊宇點了點頭，現在也唯有這樣了。

「是！」多多不捨地看了主子一眼，就跟著御醫走了出去。

君昊宇坐在床榻邊，凝視著床上病弱削瘦的女子，心中好像被什麼東西刺了一下，讓他全身都泛著微痛。他不知道這是什麼感覺，只覺得看著這樣的她，自己就好難受。

「靈萱……」輕撫她蒼白的臉頰，他輕輕喚道，眼裡溢滿了疼惜。

可能是越夜越冷，暈睡中的若靈萱極不安穩，微微打起了冷顫，眉心也蹙得緊緊的。君昊宇見狀，連忙替她再蓋了一條被子。

「嗯……嗯……」輕輕呻吟，身子依然輕顫，小臉皺成一團，好像很痛苦的樣子。

「靈萱？怎麼了，還冷嗎？」君昊宇輕拍著她身上的被子，俊眸憂急地看了看她，又看了看外面。搞什麼，煎個藥要這麼久？

見安撫了半天，她仍是顫個不停，君昊宇沒辦法了，倏地挪靠在床沿，小心翼翼地抱起床上的女子，擁進了懷裡。情況緊急，他也顧不得避嫌了，滿心只想著將自己的溫熱傳送給他懷裡冷得發顫的小女人……

半個時辰後，祛寒退燒的藥煎好了，多多火速端來。

「王爺、王爺，藥來——」當一進門看到相擁的兩人時，多多頓時傻了眼，怔愣在當場，一時忘了該將藥端進去。

天啊，晉王爺在幹什麼？竟……竟這樣抱著小姐，這……這太離譜了……

「多多姑娘，我這兒還有藥——」

「行了行了，交給我吧，我會拿進去的！」

李御醫追上來，話還沒有說完，就被多多揮手趕退，然後一把奪過藥碗。

現在屋裡的情形不能讓第三者看到，要不然，小姐的名節不保呀！

只是，他們的說話聲已經驚動了君昊宇，聽是藥來了，而靈萱也沒再打顫，他便輕輕地鬆開懷抱，扶著她輕靠在自己身上，然後出聲喚道：「多多，拿藥進來。」

「是！」多多驚了一下，連忙端著兩碗藥，走進屋裡。

李御醫則是忙去了。

君昊宇接過藥碗，用調羹舀起藥汁吹了吹，送到她的唇邊，輕輕撬開，把藥送了進去。多多取過旁邊的小巾帕，不時地拭了拭若靈萱嘴邊殘留的藥漬。

沒多久，兩碗藥已見底，多多接過了空碗，而喝了藥的若靈萱，精神似乎好了很多，已經進入沈睡狀態。

見狀，兩人皆不約而同地鬆了口氣。

砰！此時，門突然被撞開。

君昊煬高大的身子就站在門口，深邃黑眸猶如冰窖的寒光，直直地盯著床上抱在一起的兩人，語氣寒酷地道：「你們在做什麼？」

君昊宇一聽這聲音，不覺心頭火起，冷漠地抬眸。「做什麼？你沒看到嗎？」這是第一次，他用如此疏冷的口吻跟自己最敬愛的兄長說話。

君昊煬微愣，隨即語帶怒氣地道：「君昊宇，你們平時怎麼玩鬧我不管，但如今這樣摟摟抱抱的，成何體統？」

「成何體統？」君昊宇冷笑地盯著他。「難道連靈萱病了，我都不能照顧她？還是該像你一樣，為了所謂的嫌疑，就不管她的死活了？」

君昊煬心一驚，她病了？看到多多手中的藥碗，黑眸閃過一絲緊張。「她怎麼病了？」說著，大步走進屋裡。

「沒想到你還懂得關心她？我還以為，你打算任由她自生自滅呢！」君昊宇嘲諷地道。

「你這麼說是什麼意思？」君昊煬不悅了。

「你明知她重傷未癒，怎麼可以下令不准她們離開院子？幸虧這次我及時趕到，找御醫前來為靈萱醫治，要不然，後果不堪設想！」君昊宇氣憤至極地瞪向他，一想到靈萱柔弱無助的樣子，而且現在還不知何時才能清醒過來，心中的怒氣就一發不可收拾。

聞言，君昊煬擰緊了眉。他什麼時候下令了？隨後，倏地想起門口的兩個侍衛，剛才就覺得他們有些異樣，現在想起來，那不是鄖國公帶來的侍衛嗎？俊顏一沈，怒意頓生。該死的，他們竟敢擅作主張！

「那也是我的事，不用你來管。」他不想解釋。

「靈萱的事就是我的事！她一天不醒過來，我是不會離開王府的。」君昊宇冷冷地回道。他一定要親自照顧靈萱，不會再讓她陷入險地。

君昊煬瞪著他，黑眸布滿惱怒之色。昊宇竟然在他面前如此肆無忌憚地顯現關懷，還這麼親暱地喚她的名字，難道都不懂得避嫌嗎？

「她是我的王妃，也是我的妻子，自會有我這個丈夫照顧。」他咬牙切齒。

「你照顧？若是你會照顧，她就不會發高燒無人理會！若是你會照顧，我就不用親自趕來！若是你會照顧，你根本不會向侍衛下那樣的命令！」君昊宇不可抑制地怒言。

「你——」的確，他是疏忽了。但高傲的君昊煬，是不會在別人面前承認的。

兩人之間的眸光對峙，持續了片刻。

多多見氣氛很僵，覺得自己應該出來說句話，便鼓起勇氣道：「兩位王爺，你們不要再爭了，不然小姐怎麼休息呀？還有，晉王爺，小姐始終都是王爺的王妃，於情於理都應該由王爺來照顧的。」

君昊宇微怔，無話反駁。看著已經安然入睡的靈萱，他雖極其不願，也不能再在這裡爭論，擾了她的休息，便閉上了嘴，起身站向一旁。

君昊煬一聲不響地走到床榻邊坐下，雖冷凝著臉，但眼底深處卻疾閃過一絲憐惜的目光。

「晉王爺，我們先出去吧，讓小姐安穩地睡一覺。」多多走近他，低聲道。

君昊宇一聽也是，便微微頷首，臨行前，忍不住再看了靈萱一眼，隨後，俊容冷肅地道：「昊煬，若你不喜歡她，就和離吧！我相信，現在的她最想要的是自由。」

君昊煬微斂雙目，靜默不語，好半晌才不冷不熱地開口。「這是我們夫妻間的事情。」

是的，他不喜歡她，甚至該說是厭惡。這兩年來，他最想做的就是找機會休妻，但為何此刻聽到「她最想要的是自由」這幾個字，卻覺得那般刺耳？

君昊宇也沒再多言，邁步走了出去。

多多關上了門，屋裡頓時只剩下兩人。

若靈萱依然靜靜地躺著，綢緞般的墨髮披散在枕上。這次受了重傷，讓她整個人削瘦了很多，現在只有巴掌大的臉，身子更是輕盈得似乎隨時都能乘風而去。

看著，心疼又躍上他的心頭，漸漸擴散到身體的每一處。

再次意識到這種莫名的心境變化，君昊煬蹙了蹙眉頭，努力將心底這股異樣揮走。

為什麼最近面對著她，老是有這樣的感覺？是不是這幾天花太多精力在她身上了，才讓自己變得這麼奇怪？下意識地，他很排斥這種不受他控制的感覺。

瞪著床上全無知覺的女子，他想，要是她早點康復，那麼自己應該就不會再有這種莫名其妙的情緒了。

……沒錯，一定是這樣！再怎麼說，她也是自己的王妃，現在出事了，他會擔心是理所當然的。自己從來就不是冷血的人，就算是府裡的下人受傷了，他也會關心，這是一樣的道理。

想到這兒，似乎因為給自己找了個好理由，君昊煬釋然多了，神情也自然起來。看到若靈萱露出被窩的手臂，他俯下身，體貼地替她蓋好被子，再起身將玫瑰椅搬到床榻邊，半躺著閉上眼。

第十四章

翌日。

若靈萱退燒了，但仍沒有甦醒的跡象，依舊在昏迷當中。御醫說了，王妃失血過多加上高燒，起碼得一段日子才能甦醒過來了。

聽罷，清漪苑的下人們都不敢怠慢，不分晝夜地輪流照看著若靈萱。

至於鄖國公假傳命令一事，君昊煬不想追究，看在他是兩朝元老，又是護女心切的分上，只是暗中警告了他一番。但是另一件事，他就非要弄清楚不可了。

這天，君昊煬來到刑房。

「王爺！」幾名獄卒見到他，立刻上前行禮。

「他們招了沒有？」君昊煬朝獄卒點點頭，再看了看綁在刑柱上、被大刑折騰得暈厥過去的李虎、李豹，沈聲問道。

獄卒們相視一眼，面有難色。「回王爺，還沒有。這兩個人嘴巴都很硬，什麼也不肯說。」

「喔？」君昊煬擰眉，目光再度落在刑柱上的兩人身上。通常嘴巴硬的只有兩種人，一是無辜又很倔強，二就是……受制於人。

照這情況看來，這兩人定是屬於後者。

想罷，他揮手對獄卒道：「放他們下來，本王親自審問。」說著，走到案桌前坐下。

獄卒應聲，取過一旁的清水，狠狠地潑到李虎、李豹身上，待他們清醒後，便上前解下他們身上的刑具，押到地面上。

李虎、李豹看到眼前的君昊煬，微微驚愕，隨即低下頭，沈默不語。

「大膽！見到王爺，還不行禮！」獄卒喝斥，手中長鞭再次甩向他們。

李虎、李豹仍是不語，連吭都沒有吭一聲，似乎已經麻木了。

獄卒氣得還想再打，君昊煬卻出聲阻止——

「好了，退下吧，讓本王來跟他們說。」

「是，王爺！」獄卒只好在一旁候著。

君昊煬瞇起冽眸，銳利的目光直勾勾地緊盯著李虎、李豹，好半晌，才冷冷地開口。「要是你們肯招出主使人，本王可以格外開恩，讓你們戴罪立功。要是仍冥頑不靈，那就別怪本王心狠手辣了。」

聞言，李虎眼睛一亮，嘴巴也動了動，但李豹卻悄悄拉了拉他，於是，李虎像洩了氣的球，又頹然不語。

他們之間細微的動作及眼神沒能逃過君昊煬的眼睛，他心下更加明瞭，這兩人鐵定是有把柄落在別人手裡，而且還是致命的弱點。

至於這個弱點是什麼，他大概也猜到了。

「你們以為在這裡裝啞巴，就可以瞞過本王嗎？」君昊煬冷冷一哼，目光凌厲地瞪向李虎、李豹。「說！是不是奉了貴妃之命，意圖殺害睿王妃的？」

李虎、李豹不由得一驚，暗忖：他怎麼知道我們是奉了貴妃娘娘之命的？難道已經知道我們是傾顏宮的人？……不，這不可能！他們從來沒有在外人面前出現過，睿王怎麼會知道？

兩人不敢回答，依舊默然無語。

君昊煬冷笑。「你們不出聲，本王就當你們是默認了。」

李虎、李豹一聽，不敢再沈默了，急忙分辯道：「王爺，我們只是一介草民，怎麼認識林貴妃了？更沒有奉命行事一說啊！」

聞言，君昊煬的唇角勾起一絲冷諷。「看來你們還不清楚自己的處境，盡是胡言亂語，欺騙本王。」

「草民怎麼騙王爺了？」

「剛才你們說，不認識林貴妃，既然不認識，又怎麼知道是『林』貴妃?!」原本冷著臉的君昊煬，倏然暴喝一聲。

李虎、李豹頓時嚇白了臉，呆若木雞。對呀，王爺根本就沒說是林貴妃，只是說貴妃，他們這麼一分辯，不是等於此地無銀三百兩嗎？

「草民……草民……」兩人惶恐著不知該說什麼。

「還不說實話！」君昊煬再次厲喝出聲，寒眸如利刃般射向他們。

李虎、李豹急了，咚地躬腰磕頭。「王爺，這真的只是草民們的主意，王爺就別再問了。」他們寧願自己揹上罪名，也不能說實話。

君昊煬冷眼看著兩人，薄唇慢慢浮動冰寒。「你們都承認是吧？那好，本王也不再浪費時間了。來人啊！」

「在！」獄卒們立刻應聲。

「立刻調查李虎、李豹有哪些家人，全都給本王捉回來，與他倆一同論罪！」君昊煬冷酷無情地下令。

「是！」

聽罷，李虎、李豹面色大變，急嚷：「王爺，這關草民的家人什麼罪了？企圖謀害王妃的是草民，王爺要殺就殺草民好了！」

君昊煬面無表情地道：「謀害皇室中人，論罪誅連九族，本王也只是依法行事。」

李虎和李豹頓時驚慌失措，李虎大喊：「王爺，草民求求你，放過草民的家人！要殺要剮，就讓草民來承擔吧！」

君昊煬不為所動，只是不耐地揮揮手。「帶下去。」

獄卒立刻上前拖開兩人。

隨後，君昊煬站起身，舉步向刑房大門走去。

眼看他就要離開了，李虎咬咬牙，心中掙扎一會兒後，突然掙開箝制他的獄卒，跪爬到君昊煬腳下，大喊：「王爺饒命！草民說了，草民什麼都說了！只求王爺不要傷害草民的家人！」

「王爺！草民也說了，請王爺饒命呀！」李豹見狀也顧不得了，跪地拚命磕頭。

君昊煬腳步一頓，薄唇滿意地勾起。果然，家人就是他們的軟肋。

「本王就再給你們一次機會，要是敢繼續撒謊欺騙，愚弄本王，就別怪本王無情了。」他說著，利眸一掃，寒光四射，嚇得李虎、李豹一陣心驚膽顫。

李虎又磕了一個頭後，目光帶著懇求地看向君昊煬。「王爺，在說之前，草民能不能請求您一件事？」

只要他答應，他們就無後顧之憂，全盤托出。

君昊煬掃了他一眼，重新走回案桌前坐下，淡淡開口。「是不是要本王派人保護你們家人的安全？」

話落，李虎、李豹怔愣住了。王爺怎麼會知道他們是要說這件事？莫非王爺有預知能力？

君昊煬沒理會他們的震驚，繼續道：「你們不用管本王怎麼知道的，只要你們原原本本地將事情交代清楚，本王可以保證，你們的家人，不會受到任何傷害。」其實，早在捉到李虎、李豹兩人時，他就已經派心腹以最快的速度調查並找到了兩人的家人，將其帶走，目的是逼供不成時，用來威脅。現在看來，還真是做對了。

李虎、李豹聽之大為驚喜，當即磕頭道：「草民多謝王爺！」誰不怕死，他們當然也怕，只是林貴妃的手段他們很清楚，若是說出，怕是要連累了家人。既然睿王做了保證，為了不用死，只好對不起林貴妃了。

於是，李虎、李豹很老實地交代出事情的原由，沒有一絲一毫隱瞞。

君昊煬聽得臉色鐵青，半瞇的黑眸中散發著凌厲的目光，緊握的拳頭，泛起了隱隱的青筋。

十天後，清漪苑。

若靈萱躺在被鋪裡，墨髮披散在枕邊，纖長而微翹的睫毛靜靜合攏著。

此刻，她巴掌大的小臉上，兩瓣緊抿的唇畔竟微微泛起一絲微笑的弧度，似乎好夢正甜……

若靈萱很快樂，像一隻自由的小鳥，沒有任何束縛地飛翔著，海角天涯任意遨遊。這裡美得如此真實，如果可以，她真想繼續飛……倏地，飛翔的腳步被一抹頎長的身影擋住了去路。誰？她皺眉瞪眼，對這個突然冒出來的人感到很不悅，直覺的，她討厭他！

「你誰啊？」

「若靈萱，只要有我在的一天，妳永遠也別想飛！」冷冷的聲音穿過她的耳膜。

熟悉的聲音，讓她睜大了眼睛。「君昊煬?!」自己的運氣怎麼這麼背，去哪裡都能見到這個衰神？

果然，男子緩緩轉過身，冷冷的俊顏沒有一絲溫度。「認命吧！除了睿王府，妳哪兒也去不得！快，跟本王回去！」

「我不要！」她要的是自由。

「由得妳嗎？」倏地，他身後突然出現黑色雙翼，邪惡地笑著奔向她。

「不——」

接著，一道黑色漩渦將她捲入強大的黑暗之中，不能自拔……

緩緩睜開彷佛有千斤重的眼皮，眼前的景象一片模糊，隱隱約約只看到兩抹人影。於是輕搖了下頭，卻覺得天旋地轉，彷佛被漩渦給當頭罩住。

「醒了醒了！」、「小姐醒了……」兩道驚喜的聲音紛紛響起。

若靈萱皺著眉，又眨了眨眼睛，直至越來越清晰，看清楚了來人正是多多和草草，兩丫頭正一臉激動地看著她。

「多多、草草，妳們都在啊……」她虛弱地喚著兩人。

「小姐，我們在等妳醒來呀！妳昏迷了這麼久，真是擔心死我們了。」

「小姐，妳現在感覺怎麼樣？還好嗎？」

兩丫頭嘰嘰喳喳地問著，見主子臉容不再蒼白，氣色紅潤不少，精神狀態也好多了，跟前幾天相比，簡直判若兩人，她們不禁也覺得欣慰萬分。

「好多了。」若靈萱看著她們，露出一絲笑容。「對不起喔，讓妳們這麼為我擔心。」

「小姐，妳沒事就好，妳沒事我們就放心了……」兩丫頭紅著眼眶，喜極而泣。

「現在是什麼時辰啊？」若靈萱看了一眼外面的天色，她覺得自己睡了很久，怎麼一覺醒來，還是晚上？

「小姐，妳知道嗎，妳已經睡了整整十天了！」多多邊說邊豎起兩隻手的食指，組成一個十字的形狀。

「這麼久?!」

若靈萱霎時一怔，隨即伸起一手，有些頭痛地揉了揉腦袋。原來她睡了這麼多天了，怪不得感覺如此疲憊，渾身骨架像散了一樣，軟棉棉的。

「小姐，妳一定很餓了吧？我已經吩咐了冰兒，事先準備了藥膳，我現在就去喊她來。」草草說著，一溜煙地跑了出去。

多多看著若靈萱，左看右看，有些奇怪，怎麼覺得今天的小姐，好像有點不一樣呢……

「怎麼了，多多？幹麼這樣看我？」若靈萱奇怪地睨了她一眼，這丫頭怎麼了？該不會是自己這一病，變得更醜了吧？不要嚇她呀！

多多仍在盯著她瞧，疑惑地喃喃道：「小姐，怎麼我覺得妳今天特別漂亮？」

若靈萱先是愣了下，隨後噗哧一笑。「妳這丫頭，還不賴嘛，我才剛醒來，馬上就迫不及待地逗我開心了。」真是可愛的丫頭。

多多正要再說什麼，若靈萱又開口道：「好了，快伺候我起來吧，躺這麼久，都要發黴了。」

「小姐，御醫先前吩咐了，妳如果醒來的話先不能隨意走動，最少要再躺個一、兩天，好好將養身子才行，免得日後留下病根。」多多坐在床沿，扶起她，讓她靠在床頭上，繼續道：「等一下用過膳後，我就把藥端過來，妳吃了後就繼續休息，快點養好身子再下床吧！」

「還要再躺一、兩天啊？」若靈萱無奈地嘆息幾聲。轉眸看向自己肩上的傷口，輕輕撫了下。雖然隔了十多天，現在還被白布捆綁住，但依舊感到一陣痛楚。

「御醫是這樣說的嘛，妳就再忍忍吧！」多多又走到盆架前，端過銀盆，快速地幫主子梳洗起來。

不一會兒，冰兒捧著藥膳走進屋裡，後面跟著蹦蹦跳跳的草草。

驀地，一陣誘人的香氣襲來，勾引著若靈萱幾乎餓得沒有知覺的胃，不自覺地發出了「咕嚕嚕～～」的聲音。她立刻轉過臉，看向香氣來源處。

「王妃，膳食來了！」冰兒歡快地叫道，三步併作兩步地走到床榻前。「來，王妃，我侍候您用膳。」

「不用不用，我自己來可以的。」若靈萱伸手接過她手中的食物。一覺醒來，除了身體有些軟之外，感覺已經覺得舒服多了。

「小姐，妳真的行嗎？」

「是呀，妳小心點哪！」

多多、草草緊張地看著她的動作。

而冰兒，則是呆呆地看著若靈萱，感覺到今天的王妃，特別的美麗動人，這究竟是怎麼一回事……

「啊——」驀地，她像發現了什麼新大陸般，驚叫起來，嚇了其餘三人一跳。

「冰兒，妳幹麼啦？」若靈萱捧緊差點打翻的瓷碗，沒好氣地瞪著這個大驚小怪的丫頭。不知道她重病初癒醒來，經不得嚇的嗎？

多多和草草也拍拍胸口，驚魂未定地看著她。

冰兒卻不說話，只是蹭地衝到梳妝檯前，拿起了座鏡旁邊的小鏡，又蹭地衝了回來，將小鏡遞給若靈萱。

「王妃，快瞧瞧！快！」

若靈萱一時間疑惑了起來，她這是要做啥？目光下意識地掃向鏡子，霎時，就被鏡中那陌生又熟悉的美麗人兒給嚇得呆住了。

這……裡面的人是自己嗎？怎麼……會瘦成那樣……還美成這樣?!

嬰兒肥的圓臉完全不見了，取而代之的是精緻的鵝蛋臉。還有右眼瞼上的紅印疤痕也消失了，讓原本就白皙的肌膚，顯得更加素白柔媚，宛如水晶般剔透。

反正，一切的一切，都與原來的她脫軌了！

這張臉，簡直美得不像話，黛眉橫簇，櫻唇嬌潤，宛如落入凡塵的仙子，當真是沈魚落雁，傾國傾城之姿呢！

再看看自己的身體——盈盈一握的小蠻腰、纖細的手臂、平坦的小腹、修長的雙腿……天啊，東施完全變成西施了。

「啊——」若靈萱忍不住失聲尖叫。這到底發生了什麼事？太不可思議了吧？她整個人脫胎換骨了！

聽著小姐的叫聲，再看看鏡子裡的美女，慢半拍的多多、草草這才明白是怎麼一回事，眼睛倏地睜得如銅鈴般大，張口結舌，差點說不出話來。

「小……小姐……」

難怪她們老是覺得今天的小姐不一樣了，原來，是容貌恢復了呢！

「冰兒，妳說，這……這是誰？」一時間，完全緩不過神來的若靈萱，指著鏡中的自己，有些害怕地問道。

「呃……這是王妃您呀！」冰兒被她問得莫名其妙。少根筋的她，還算比三人鎮定得快。

「不會吧？這哪像我啊？是不是有人在我睡著的時候，給我換了一張臉？」她還是不能接受。

冰兒聽了，噗哧一笑。「王妃，您想到哪裡去了？這確確實實是您自己呀！不信，問多多、草草去。」雖然是變美了很多，但以前容貌的影子仍在，一眼就看出來了。

「小姐，一定是寧王給妳的藥，現在生效了。」多多、草草也回過神，想起了這件事，立即大叫道。

若靈萱一聽，也想起了那瓶藥。難道真的那麼神，這個所謂的紅印疤痕，居然一個月左右的時間，就消失得乾乾淨淨了？要是現代有這樣的藥，估計得搶瘋了。

「就算是樣貌恢復了，可我怎麼會一下子變得這麼瘦呢？」若靈萱還是不敢相信。畢竟現在的樣子，實在是太美了，讓她感覺好不真實啊！

多多解釋道：「小姐，那是因為妳受了重傷，又流了很多血，而且還生了場大病，一番折騰下來，就變得這般瘦了，或許這就是別人常說的因禍得福吧！」

「沒錯，這些日子，我們天天陪在妳身邊，見到妳日漸消瘦，還難過著呢！不過現在看來，就覺得很不錯，真是因禍得福耶！」草草也笑著道。

「天啊，這也太幸運了吧我……不行不行，讓我先昏倒一下再說吧！」

話落，若靈萱把鏡子和膳食往多多懷裡一放，就不顧一切地扯過被子，埋頭倒下。

「小姐妳……」三個丫頭一愣。這小姐也太奇怪了吧？變美是好事呀，幹麼一副見鬼的樣子，自己把自己給嚇倒了呢？

一個時辰後，「大受打擊」的若靈萱終於接受了現實。她，確確實實、真真切切、完完全全，變成一個大美人了！

此刻，她正眉開眼笑地捧著小鏡子，像捧著稀世珍寶似地左看右瞧，愛不釋手，還不時地傻笑幾聲，一副陶陶然的樣子。

「是真的，不是在作夢，呵呵……呵呵……」

她十分滿意地摸著自己的臉，越看越愛。嘻嘻，真的好漂亮啊！現代的自己雖然也是個美女，可跟這張臉一比，就差遠了。

「小姐，妳還餓嗎？剛才的膳食妳才吃了一半。」多多皺著眉，指了指桌上已經涼了的藥膳。

「好像不餓。」若靈萱摸了摸肚子，又笑道：「人逢喜事精神爽，看到這張臉，還有這身材，肚子早就被喜悅填滿了。」

越想越開心，老天還是有眼的，總算沒有虧待她。

三個丫頭也笑開了臉，替主子高興著。「小姐，妳變得這麼漂亮，恐怕那個林側妃跟妳比啊，都得靠邊站了呢！」

「是呀，要是王爺看到現在的您，一定會喜歡上王妃的。」冰兒再樂呵呵地加了一句。

誰知若靈萱一聽，不屑地撇了撇嘴。「得了吧，我才不稀罕！以後不要在我面前提起他。」想起就是因為君昊煬，自己才會被林貴妃捉去，她心中就恨得要死。

「沒錯，王爺好過分，我們小姐才不要他呢！」多多也義憤填膺地贊同道。

此話一出，草草和冰兒皆愕然地看她。「多多，怎麼妳也……」怎麼回事，王爺做了什麼讓多多這麼生氣了？

若靈萱也驚訝地看著她，這丫頭不是一向都希望自己跟君昊煬和好的嗎？

「小姐，多多跟妳說吧，王爺他在妳重傷未癒的時候，居然下令侍衛守在清漪苑門口，不准我們進出，說什麼要防止小姐逃跑，就連院子裡的下人都被遣散，害得小姐上次發高燒無人理會。要不是晉王爺及時趕到，請來御醫，恐怕小姐妳就出事了。」多多想起這個就氣到不行，對著若靈萱一股腦兒地訴說著。

若靈萱只是靜靜地聽著，倒也不惱，只是撇了撇唇。她就知道，君昊煬一定不會輕易放過她，放過這個折磨她的機會。

但冰兒卻有不同的說法。「不會的，王爺不是這樣的人。他要是真不管王妃死活，這半個月來就不會幾乎寸步不離地照顧王妃了，我想，這一定是有什麼誤會。」

若靈萱輕輕皺起眉。寸步不離地照顧她？她不由得又想起自己剛被救回來時，君昊煬突如其來的溫柔對待，眉皺得更深了。他究竟想做什麼？一時一個樣的，丟自己進暗房，安上毒殺罪名的是他，回到王府後裝好人的又是他；下令不准她們進出清漪苑的是他，現在照顧她的也是他！這算什麼？打一巴掌，再丟顆甜糖，這樣很好玩嗎？還是，他想讓自己感激他呀？

「虛偽！」她輕輕冷嗤。

「小姐，妳也別氣王爺了。我聽說呀，前幾天王爺親自到刑房審訊重傷妳的那兩個人，要找出幕後主使者為妳討回公道，王爺要是不關心妳，怎麼會那樣做呢？」草草也趕緊為君昊煬說話，不想王爺在小姐心中留下壞印象。

「喔？」若靈萱揚了揚眉，不以為然地哼了聲。「那他問出來了沒有？」傷害她的人可是林貴妃，林詩詩的姑姑呢，他會追究嗎？哼，恐怕，他也只是做做樣子而已。

草草搔搔頭。「那我打聽不到，可能還沒有問出來吧。」

若靈萱再次撇了撇嘴，果然。她也不認為君昊煬會為了她而得罪林貴妃還有鄖國公，畢竟他們不但是林詩詩的至親，林家也是朝廷重臣。

不過，她不會就這麼算了的，管她是不是皇上的貴妃，敢這樣對她，有機會她一定會連本帶利地討回來！

只是想到了林貴妃，就不免想起自己差點被害的那一天，好像有人救了她，是誰呢？她還記得，當時雖然看不清楚對方，但當自己被抱進那人懷裡的時候，那種莫名出現的安心感覺，直到現在仍讓她感覺到溫暖。

「多多、冰兒，妳們當時在府中吧，知道那天是誰救我回府嗎？」若靈萱迫不及待地詢問，她要當面向對方道謝才行。

「當然知道，不就是——」

冰兒剛想說，就被多多打斷。「是晉王爺呀！小姐，妳不知道，晉王爺得知妳出事後，都不知有多緊張呢，他立刻就進宮去找林貴妃，還差點跟她吵起來呢！……直到後來，聽說妳被賊人拐走，他才又趕去救妳……」

她原原本本地將事情經過說了出來，但就是刻意隱瞞了君昊煬的一切，誰讓他這麼對待小姐。而晉王爺對小姐的好，當然不能被埋沒了。

「是他？」若靈萱頓感驚訝，清明的泉眸眨了眨，帶著幾絲詫異之色。沒想到那個看起來玩世不恭的君昊宇，居然會為了她這麼做。想起那個溫暖的懷抱，一道暖流驀地劃過心底。說不感動，是騙人的……

「是呀，小姐，妳這次呀，真的要好好謝謝晉王爺了。」多多提醒著。

若靈萱微微一笑，似乎自己老是欠他人情。只是，這擅闖後宮的罪名可不輕呀，林貴妃恐怕不會這麼輕易放過他吧？想到這兒，她的眉心蹙起，內心不由得擔憂了起來。

冰兒則是不明白地看向多多，雖然不解，但卻沒有出聲，她想，多多這麼說一定是有原因的吧！

忙了一天的君昊煬，終於回到了王府，此時已是申時末了。

進入大門後，他沒有進入廳堂，而是直接往內宅去，腳步很自然地往清漪苑的方向走，連他自己都不知道，為什麼會有這種下意識的動作？

等踏進了清漪苑後，他才驚覺，自己不是要去惜梅苑看望詩詩嗎？怎麼跑到這裡來了？欲轉身，但想著既然都來了，就看看那個女人吧，不知道今天的她，清醒了沒有？

剛出了暖閣的冰兒看到君昊煬時，微微一愣，隨後趕緊上前。「奴婢參見王爺！」

「嗯。」君昊煬微頷首，隨口問道：「王妃現在怎麼樣？醒了沒有？」

「醒……不，她還在睡。」冰兒點頭，又搖頭，面有難色，似乎想說什麼但又不知該如何說明的樣子。

君昊煬皺眉，掃了她一眼，決定乾脆自己進去看看。

冰兒張口結舌，想喊卻喊不出聲，搔搔頭，暗忖：算了，反正王爺進去就能知道了，她何必多話？給王爺個驚喜也好，嘻嘻……

躺在床榻上的若靈萱，翻來覆去卻睡不著，又看到眼前的紗帳時不時地晃動，心想八成是繩子鬆了，因此乾脆坐起身，打算自己動手綁。

君昊煬走過裡居的月拱門，一進入內室，就被眼前的情景驚住。

只見若靈萱正踩在兩張疊高的椅子上，搖搖晃晃地綁著床頂上的帳子。

「該死的！妳在做什麼？」他的心陡然一震，急急吼道。

若靈萱被突如其來的聲音給嚇到，身子一顫，腳下一個不穩，整個人往下滑！慘了，這下子不是摔成腦震盪，就是摔個四腳朝天了……

只是，預期中的碰撞和痛楚並沒有發生，只因君昊煬早就眼疾手快地躍上前，在底下將她接個正著。

「蠢女人！妳到底在搞什麼鬼？」君昊煬大聲怒斥，想到她剛才的危險動作，他的心就狂跳個不停。

還未來得及鬆口氣的若靈萱，被這麼一炮轟，頓覺七葷八素，耳朵嗡嗡作響。

「弄紗帳啊！你沒長眼睛啊？」回過神後，若靈萱沒好氣地賞了他一個大白眼。這傢伙果然是瘟神托世，一出現就給她帶衰。

「弄紗帳？妳白癡啊！連站都站不穩了，弄什麼紗帳？」君昊煬一聽更怒。

「誰說我站不穩？要不是你突然進來，亂吼亂叫的，我會掉下來嗎？都是你害的，還來怪我！」若靈萱可不服氣了，她才沒有那麼差勁。雖然，剛才的確是有些暈眩的感覺，但就是不想在他面前承認。

「這麼說，倒是本王的錯了？」君昊煬俊眉倒豎，瞇眸瞪她。咦？是錯覺嗎？怎麼看著今天的她，好像有點不一樣……

「你以為呢？」若靈萱輕哼。突然意識到他還抱著自己，就嚷道：「還不放我下來！」沒反應。

若靈萱奇怪了，抬眸，竟發現這自大狂正盯著自己，卻不說話，她不由得皺眉。搞什麼？裝傻占她便宜呀？那就別怪她了！倏地一撐身子，準確地咬向他剛毅的下巴。

興許是吃痛回過了神，君昊煬不悅地怒視她。「妳幹什麼？」

「放我下來！」

瞪了她一眼，唇角倏地勾起一個詭異的笑，點頭道：「好！」

待這個「好」字剛落音，君昊煬的手就隨之鬆開，若靈萱頓覺身子一空。「啊——」眼看就要和地面來個親密接觸了，但就在要接觸前的一剎那，她又被那雙有力的手臂重新抱回懷裡。

「你！你是故意的！」若靈萱憤怒地看著他，美如清泉的水眸幾欲噴火。

「嗯，我就是故意的。」君昊煬抱住她的腰，嘴角揚起一抹得意的笑。不知道為什麼，總覺得今天的她很美，尤其是那發火的樣子，很吸引人。

……等等！美？

君昊煬像想起什麼似的，俊眸倏地睜大，直勾勾地盯著她的臉。「妳的樣子……」胎記呢？那個紅色的胎記怎麼不見了？

難怪他剛才就覺得她跟平常不一樣，而自己只顧著跟她生氣，卻沒發現她臉上的變化——臉上那大紅印記已然消失。霎時，闃眸難掩愣怔，泛著幽光，屏息注視著她。原來恢復容顏的她，竟是這樣的美麗，猶如墜入凡塵的仙子。

「樣子？」原本氣結的若靈萱聽他這麼一說，微怔了下，下意識地摸了摸臉，隨後恍然大悟。對耶，她都差點忘了容貌已經恢復的事，這自大狂是不知道的，難怪一副見鬼了的模樣。

想到這兒，她不由得輕笑，抬眸看向他，半開玩笑道：「怎麼了？我這樣子，讓你看得心動了是不是？」

「若靈萱，妳還真會高看自己，就變得這麼一點點美罷了，本王還看不上眼呢！」怔愣過後，君昊煬冷冷一哼，滿臉不屑。

但他心裡還是覺得有些奇怪，自己只是一天沒見她而已，她怎麼突然蛻變得如此美麗了，真的讓他很疑惑。

「是嗎？那麼剛才，你為什麼目不轉睛地看著我？你越是這樣否認，我就越懷疑你心動了。」若靈萱唇角微揚著，美眸中的戲謔更深。雖然她知道，他不可能對自己心動的。

「那是因為妳突然變成這樣，本王覺得奇怪罷了。」君昊煬惱火地瞪著她，極力否認。

「惱羞成怒了，越來越像了。」若靈萱一點也不理會他的怒氣，看著他，唇角依舊帶著戲弄。

君昊煬眸光凌厲，帶著熊熊的怒火死瞪著她，真想伸手掐死她。

「我紗帳的繩子鬆了，你去幫我弄弄吧。」若靈萱指指紗帳，突然轉移了話題看著他道。

「妳當本王是妳的奴才嗎？」君昊煬不悅了。這女人換話題的速度倒挺快的。

「噯，剛才要不是你突然出現嚇我一跳，我說不定已經弄好了，所以你要負全責。」若靈萱一臉理所當然的表情。

「妳還敢提剛才？要不是本王及時出現，妳以為妳現在還能站在這裡跟本王叫囂嗎？」君昊煬沒好氣地道，真是好心被當成驢肝肺。

「好吧，你不幫就算了，我去找昊宇幫忙。」若靈萱也不勉強，轉身就走向拱門。

「妳給我站住！」君昊煬呆了一下，然後怒喝道。該死的女人，明目張膽地找昊宇，還親暱地喚他的名字，真是該死！

若靈萱還真聽話地站住了，轉頭斜睨他，涼涼地道：「王爺，有話就快說吧，臣妾還要趕著找昊宇過來幫忙弄紗帳呢，不然，臣妾要怎麼休息呀？」

氣吧，氣死你最好！誰讓你這自大狂這般可惡，居然下令不准她們出院子？哼，這筆帳遲早得跟他算。

「難道院子裡沒下人嗎？」君昊煬很火大，她就那麼喜歡找昊宇？

「現在院子裡只有丫鬟，總不能讓她們來弄吧？萬一也像我一樣，站不穩摔下來怎麼辦？」她可是個好主子，不讓下人做危險事的呢！

君昊煬瞪著她，明白這女人是無論如何都要找昊宇了，當即氣怒地拋下一句。「本王來吧！」一大步走過去，踏上椅子，伸手去弄那掉下來的繩子。

沒想到他真的會動手幫忙，這點倒是出乎她的意料。若靈萱挑眉，訝異地看著他。不過那笨拙的動作，又讓她想笑。這自大狂，八成是第一次做這種下人的活兒吧？可不要愈弄愈糟了才好。

其實他若不是那麼不分青紅皂白，對於這幾天的照顧，她還是挺感激的，但只要一想到他居然在自己重病時下那樣的命令，她就一肚子火氣。因此，她還是決定討厭他！

「行了。」君昊煬終於如願打了個死結，確定紗帳穩固後，便從椅子下來。

「謝謝嘍！」若靈萱隨口說了句，就踱步到床榻坐下，看著他道：「王爺，沒你的事了，出去吧，臣妾要休息呢。」

君昊煬睨了她一眼，卻沒有離開的意思，反而拉過梨木靠椅，坐了下來。

「若靈萱，妳覺得在府中，誰想置妳於死地？」他突然出聲。回想因糕點而起的整件事，隱隱覺得，凶手不只是要害詩詩這麼簡單。

若靈萱微微一愣，他怎麼會突然問這個？疑惑地道：「你為什麼這麼問？」

「妳想想，詩詩中的毒不深，得救及時的話是不會出事的。但這樣一來，妳就有下毒的嫌疑了，就算本王不定妳的罪，林貴妃也不會放過妳的。」君昊煬看著她解釋道。

「你的意思是說，下毒的人知道你不會輕易定我的罪，就故意放出消息，讓林貴妃知道，而這個放消息的人，就是府裡的人，不然不會知道這件事？」若靈萱一聽，立刻明白了過來。

「沒錯，下毒的人，其實最想害的，是妳。」君昊煬點頭，語氣很淡。

「可是糕點怎麼會有毒？我記得宮婢交給我後，糕點就沒離開過我的視線啊！」若靈萱對這點感到十分疑惑。

君昊煬擰著眉，若有所思。「也許……有毒的不是糕點。」要真是這樣，案情得重新評估了。

「什麼？不是糕點？」若靈萱吃驚極了，御醫不是說林詩詩是吃了糕點後才中毒的嗎？

「宮婢沒那個膽子自找死路，既然妳說糕點沒離開過妳的視線，那就不是因為它而中毒了。」君昊煬瞥了她一眼。

若靈萱聽罷，點點頭，覺得很有道理。

「不過，問題還是出在糕點上，因為若不是經過妳的手，妳就不會有嫌疑。所以妳想想，當天宮婢和妳說了些什麼？」君昊煬俊眸盯著她，想聽她的說法。

提起宮婢，若靈萱就想起自己當天在府中時，看到宮婢原本是要去惜梅苑的，但卻在途中遇到柳曼君，然後才轉向自己的清漪苑。宮婢也說了，柳曼君告訴她林詩詩不在，才會將糕點託給自己。這一切會不會有關聯呢？

君昊煬看著她的表情變化，不禁問道：「想到什麼了？」

若靈萱遲疑了一下，還是將自己想到的說了出來。「……就是這樣了，所以宮婢才會將點心託給我。」

君昊煬聽了，沈凝著臉，似乎在思索什麼。

掃了沈默不語的他一眼，她突然道：「對了，你剛才問我，在王府裡，誰最想置我於死地是吧？」

「妳猜到了？」君昊煬瞇眸看她。

「何止是猜到，早就知道了。」若靈萱聳肩挑眉，涼涼地說道：「你的那些女人，除了殷素蓮外，哪個不想我這個王妃早死早超生？要不是我命大，都不知死過多少回了。」

「妳這麼說，未免太過偏激。」君昊煬皺眉，不贊同地看向她。沒錯，他的妃子小妾雖然不是個個溫婉嫻淑，但也不會這麼狠毒。

「你不相信嗎？」若靈萱冷笑著，他倒是每個女人都信，就是不信自己。

「總之，本王會查清楚。」君昊煬瞥了她一眼。不管怎樣，他還是無法相信她說的話。

「那是你的事，我要休息了，你出去吧。」若靈萱說著便躺上床，翻過身，拿過被子蓋上，閉著眼睛不想再理睬他。

君昊煬瞪著她的後腦勺，這女人居然在趕他？心裡有些生氣，倏地一個跨步，他也跟著上了床！

「你幹什麼?!」感覺到床的一邊突然震動了下，若靈萱立刻睜開眼，戒備地看著他。

「妳說本王想幹什麼？當然是睡覺。」君昊煬瞥了她一眼，彷彿在說一件再正常不過的事情。

「睡覺？這可是我的房間！」他神經短路了嗎？

「妳的房間又怎麼樣？別忘了，妳是本王的王妃，本王睡在這裡，天經地義。」君昊煬一副理所當然的樣子，說完還真的動手脫起衣服來。

「去你的天經地義！馬上給我滾出去！」若靈萱坐起身，惱火地推著他。跟她睡，他憑什麼？

君昊煬一雙俊眸緊緊地盯著她，怒斥道：「若靈萱！妳居然敢叫本王滾出去？」

「為什麼不敢？這是我的房間，我最大！」她雙手插腰，語氣強硬。

「是嗎？看來妳好像忘了一件事，得讓本王提醒提醒妳。」君昊煬的眸中射出一絲光芒。

「你想幹麼？」若靈萱杏眼圓瞪。

「妳說呢，我的王妃？當然是做妳身為王妃該做的事情了。」君昊煬說著，故意一臉曖昧地靠近她，大手眼看就要摸上她的胸口。

「住手！」若靈萱一驚，嚇得往後縮。這傢伙難道是想……

君昊煬的手停頓住，看著她，嘴角上揚，帶著抹得意。終於知道害怕了吧？

「若靈萱，咱們可是夫妻，過來！」手再次伸向她。

「不，那個……王爺，臣妾身體剛痊癒，想靜靜地休息一下，王爺您就行個方便，讓臣妾好好歇歇吧！」識時務者為俊傑，若靈萱趕忙露出可憐的模樣，雖然心裡恨得牙癢癢的。

君昊煬的嘴角勾起一個完美的弧度。其實，他也只是想捉弄捉弄她而已，誰讓這女人老是如此囂張，這下懂得央求了吧？算她識相！

「也對，王妃身體抱恙，本王就不勉強了，王妃專心休養吧。」說著，便下床整衣，帶著勝利的微笑離去。

若靈萱瞪著他得意洋洋的樣子，氣得在心裡大罵三字經。

在床上休養了三天後，若靈萱覺得精神充足了，再也待不住，便要出院子透透氣。

秋色漸濃，樹葉一片片落在風裡，染成金色。只有瓏月園的海棠花仍開得茂盛，數不清的花朵怒放枝頭，隨著微風飄來淡淡的花香。

若靈萱隨手摘了一朵放在掌中把玩，微風徐徐吹著，站在花海中，那淡雅的神情，使她絕麗的容貌更為動人心魄。

草草立在一處看得癡了，此時的小姐真是美得讓人移不開雙目。

不但是容貌的美，還有優雅的美，自信的美。此時她身穿碧綠衫，身披輕紗，襯得膚如凝脂，氣若幽蘭，整個人顯得嬌媚無骨。

察覺到草草的視線，若靈萱轉頭看去，見她呆呆的樣子，不由得輕笑。「怎麼了？我今日有什麼地方不對嗎？」

「小姐今天很美。」一朵紅雲飛向臉頰，草草立即收回視線，老實地回道。恢復容貌並且瘦下來的小姐，真是一天比一天美呀！

若靈萱微微一笑，不自覺地又摸了摸臉蛋。直到現在，她仍是不敢相信，自己真的恢復容貌了。一場重病，劫後餘生，讓她整個人脫胎換骨。這是不是所謂的「大難不死，必有後福」呢？

呵，這麼說來，她還得感謝那個想害她的人，要是那人知道自己不但沒事，還成了大美人，不知會不會直接氣死？

這時，驀然聽到不遠處，有兩個小丫鬟在偷偷地議論著，草草剛要上前去，就被若靈萱拉住，站在原地傾聽。

「妳說是王妃要害林側妃嗎？」這是紅袖的聲音。

「不知道，我想應該不是吧？以前的王妃還有可能，但現在的王妃變很多了，而且她若真要害林側妃，幹麼要選貴妃娘娘送糕點來的時候，還親自送過去，這不是很蠢嗎？」另一個胖胖的丫鬟說道。

「這妳就不懂了，說不定王妃就是捉住這一點，想讓別人相信她不會那麼笨，這就叫做魔高一丈。」

「太複雜了吧？也許是有人看林側妃不順眼呢！」

「林側妃那麼善良，誰會跟她過不去呀？」

「那也是，畢竟王妃她一向都——」

草草越聽越火，終於忍不住怒喝一聲。「妳們在說什麼！不要命了嗎？」

「草……草草！」紅袖和胖丫鬟嚇了一大跳，惶惶轉身，結結巴巴地喚了聲。畢竟草草是王妃的大丫鬟，身分可是比她們高了一級。

「居然私底下議論主子們的是非，一個個是吃了熊心豹子膽了嗎？」草草雙眼噴火，插腰直瞪她們。「想進訓誡房是不是？」

兩人嚇白了臉，慌忙道歉。「對不起，我們再也不敢了！」

草草還想再罵，若靈萱卻出聲了。「算了，草草，我們回去吧！」免得讓這些人影響她的好心情。

聽這聲音……難道是王妃？紅袖和胖丫鬟心慌地抬頭，想要確認。

殊不知，這麼一抬眸，頓時倒抽一口氣。「妳……王、王妃?!」她們的眼睛頓時瞪得有如銅鈴般大，還不斷地眨眼，話說得吞吞吐吐的，一時間接受不了，不敢相信眼前的人就是她們那個又肥又醜的王妃！

她們的反應太過震驚，使得旁邊的草草撇嘴嗤笑。幹什麼？大驚小怪的！

若靈萱微微頷首，對她們的反應感到有點好笑。

「怎麼，連本宮都不認識了嗎？」她雙手環臂，淡淡地輕斥。

兩人猛地回神，這才想到自己居然沒有行禮，連忙福了福身。「奴、奴……奴婢參、參見王妃……」太過震驚加上太過慌亂，她們說話仍舊結結巴巴的。

若靈萱暗嘆口氣，她現在倒成怪物了。無奈地搖了搖頭，對草草道：「走吧，回去了。」逛了這麼久，午膳也該到了。

「是，小姐。」草草再瞪了兩個丫鬟一眼，這才跟上前。

呆呆地看著那離去的婀娜倩影，紅袖還沒有完全回過神來。這王妃……為什麼會突然變得如此……如此美若天仙？這到底是怎麼回事？

清漪苑。

「小姐，那些下人真是越來越沒規矩了。剛才呀，真應該好好地懲戒一下她們，看她們以後還敢不敢亂說是非！」草草一邊斟茶，一邊不滿地發著牢騷。

「嘴長在別人臉上，別人要怎麼說都是她們的事，何必為這些人氣壞自己？」若靈萱接過熱茶，談天氣一樣的口吻說道。

她知道，現在府裡的人，都認為她毒害了她們面慈心善的林側妃，通通在為林側妃抱不平，即便明裡不說，暗地裡也會悄悄議論。

「可是她們太過分啦！」草草仍很氣憤。

「好啦，別說她們了，去看廚房準備好膳食沒有，我都餓了。」若靈萱揮揮手，沒興趣繼續這個話題。

「喔，那我去看看了。」草草只好應道，轉身退了出去。

若靈萱點點頭，端起茶杯送到嘴邊，剛要喝下去——

倏地，窗外飛來一塊小石子，打碎了她的杯子，若靈萱征了征，立刻跑到窗前一看，卻什麼也沒看到。

她疑惑了，瞪著地上碎裂的茶杯，百思不得其解。

「小姐，怎麼了？有沒有受傷？」多多此時剛好走進來，看見地上打碎的茶杯，緊張地問道。

「沒什麼，一時手滑掉了下去。」若靈萱淡淡地帶過，不想多多為她擔憂。

「喔，那我收拾掉它。」多多說著，蹲下身去撿起茶杯的碎片。

若靈萱依然很疑惑，剛才是有人打掉她的茶杯嗎？可為什麼要這樣做呢？那個人，又是誰呢？

女人通常是最八卦的。

尤其是府裡的婢女，天天日出而作，日落而息，在周而復始的乾枯生活裡，唯有私下閒談扯是非，才是她們一天中最大的樂趣來源。

「喂，妳們知道王妃的變化嗎？」漂水閣裡，一個年齡十二、三歲的矮胖丫鬟，突然神秘地對著忙碌的同伴們說道。

「什麼變化？」

所有人均好奇地看向她，不知不覺地停下了洗衣服的動作。

見大家的目光都被她吸引住了，胖丫鬟可得意了，說道：「王妃長得怎麼樣，這個大家都知道吧？」

大家點點頭。當然知道，肥胖過人、樣貌奇醜無比，雖然現在好像沒那麼胖了。

胖丫頭繼續說：「可是現在妳們就不知道了，王妃她呀，完全變了一個樣。要是妳們見了，絕對會大吃一驚！」

「變成什麼樣呀？」

「是不是更醜了？」

大家眨眨眼看向她。

胖丫鬟看了看外面，見沒人，就清清喉嚨，緩緩地道出驚人之語。「變美了！很美，美得讓人屏——」

話未完，所有人哄堂大笑。「哈哈……小花，妳還真會吹，這怎麼可能？哈哈……」

一個醜八怪，會美到哪裡去？真是敗給她了！

「我說真的！妳們要是不信，自己去清漪苑看。要是我說的有半點誇張，這個月的月銀全給妳們分了！」見自己的驚世消息成了大家的笑柄，胖丫鬟不悅極了，氣得撂下狠話。

見她說得這麼嚴重，大家才真感訝異了，不由得停下了笑，面面相覷一番後，疑惑地看著她。「小花，妳不是說真的吧？」

「我親眼看到的，怎麼假得了？」小花沒好氣，跟著道出了早上在瓏月園的一幕。

「……她呀，不但變瘦了，而且臉上的紅色胎記也沒了，整個人就像脫胎換骨一樣，真的很美，我想就算是林側妃，也比不上她。」

眾人霎時驚愣住了，紛紛議論起來。

「真有這種事？」

「天啊，這也太神奇了吧？」

「我們也只是幾天沒見她而已，怎麼可能變得這麼美？除非她是神仙了……」

「就是呀，還連林側妃都比不上，這就誇張了吧？」

「哼，那妳們敢不敢打賭啊？」小花見仍被質疑，不高興了。

「好，賭就賭！賭什麼？」眾人還是不肯相信，要說王妃變得比以前漂亮了還有一丁點的可能，可是要比林側妃美，那就太離譜了，畢竟林側妃可是京都第一美人，王妃怎麼可能一夜之間就超越她呢？這根本不可能嘛！

「誰輸了，半個月的月銀就交出，怎麼樣？」

「好，成交！」

於是，若靈萱和林詩詩，竟莫名其妙地當起了馬兒來……

第十五章

婢女的八卦真的很無敵。

一傳十、十傳百，不一會兒，整個王府的人差不多都知道了若靈萱重病過後，變成大美人的怪事，就連清芷苑和惜梅苑，也都收到了八卦。

此刻，清芷苑。

柳曼君坐在房間裡，頻頻地往外張望，似乎正焦急等待著什麼的樣子。怎麼過了這麼久，還沒有一點動靜，莫非若靈萱沒有喝那杯茶？

微一恍神，手裡的茶杯砰的一聲掉落在地上，碎成片片。

「側妃，怎麼了？」寧夏聽見響聲，忙轉過頭問道。

「沒事。」柳曼君搖搖頭。「不小心掉了杯子而已。」

「一定是杯子太滑了，奴婢剛剛也看到多多扔了一個摔破的杯子，好像也是王妃不小心打碎的。」寧夏邊說邊蹲下身開始收拾碎片。

「什麼?王妃的杯子碎了?!」柳曼君猛地抬眸，瞪著她。

「是呀，聽多多跟清雜物的婆子是這麼說的。」雖然奇怪側妃為什麼會在意一個杯子，但她還是點頭。

原來是這樣！柳曼君暗暗咬牙。這醜女人還真是福大命大，什麼劫都讓她躲過了！臉上掛著一絲冷笑，她偏就不信，那女人每次都能這麼幸運。

「對了，側妃！」寧夏這時像想起什麼似的，突然叫道：「奴婢剛才聽到有些丫鬟說，王妃發生大變化了。」

「什麼變化？」柳曼君心不在焉地道。

「不但不肥不醜，還成了大美人。現在那些丫鬟，都各自找著理由到清漪苑瞧去呢！」寧夏如實說著聽來的八卦。

「什麼?!」柳曼君瞠目結舌，幾乎懷疑自己聽錯了。「若靈萱變成了大美人?!」

「奴婢看呀，傳聞應是誇張了，這怎麼可能呢？有的甚至還說，王妃比林側妃還要美上幾分呢！」寧夏說著這話，也是一副不敢置信的神情。

柳曼君抿唇不語，嫵媚的大眼中，一絲妒光閃過，顯然聽不慣別人把一個醜女稱為美人。如果若靈萱是美人，那麼世間就沒有美女了！而且才短短幾天，就算她病了瘦下來，也不可能變得如此之美，除非她是神仙。

……好吧，她找個機會去瞧瞧好了。

惜梅苑。

林詩詩坐在梳妝檯前，小心翼翼地描繪著黛眉，紅棉則站在一旁沏茶。

「紅棉，王爺昨天在哪個院歇息？」滿意地看了下自己的傑作後，她突然出聲問道。

「啊？」紅棉愣了一下，才說道：「王爺呀，好像是在錦翊樓。不過聽說他昨天一回來，就去了清漪苑，逗留了好一陣子才走呢！」

「喔？」林詩詩蹙了蹙眉，站起身，踱步來到窗前，拿起剪子修理著盆栽裡的雜草。

「那一定是去探望王妃了。」

「王爺也真是的，王妃老是跟側妃您作對，這次下毒的說不定就是她呢，王爺還對她那麼好，這算什麼呀？」紅棉將一壺泡好的龍井茶放在茶几上，語氣不滿地道。

喀喳一聲，鋒利的剪子狠狠剪斷開得燦爛的花，林詩詩姣好的眉毛皺了下，似乎在為自己的不小心而嘆息。

「紅棉，不要亂說，我們現在還沒有證據證明是王妃做的，不能隨便冤枉好人。」將那朵斷了的花扔出窗外，林詩詩一臉嚴肅地看向婢女。

「是，側妃，奴婢知道了。」紅棉趕忙停住嘴巴。其實不只她，很多人都認為是王妃，畢竟那糕點是經過王妃之手的。

林詩詩微垂首，眸光幽暗，握著剪子的手隱隱泛著青筋，修剪的動作也越發猛烈，好像將那些雜草當成了誰……

正在這時，紅袖從外面氣呼呼地走了進來。

「側妃，清漪苑的那幫奴才好過分，仗著王爺最近都待在清漪苑，還真以為自己的主子得寵了，在那兒頤指氣使的，擺起架子來。什麼嘛，王妃不就是變得美了一點，有什麼了不起的？跩什麼跩！」她冷哼一聲，語氣內全是忿忿不平。

聞言，林詩詩霎時驚愣，有點懷疑地道：「妳說什麼？王妃變美了？」是她聽錯了，還是紅袖說錯了？

誰知紅袖竟點了點頭，很不甘願地道出了事實。「是呀，王妃現在是很美。」

「紅袖，妳什麼眼光呀？」紅棉不以為然，懷疑她的眼光。一個醜八怪，能美到哪裡去？真是敗給她了！

「我知道妳不信，要不是我親眼看到，我也不敢相信。」紅袖無奈著一張臉，畢竟早上見到她的時候，還真是嚇了一大跳。

林詩詩微瞇著眸子，眸中疑光閃爍，緊緊盯著她。「紅袖，將妳聽到的、看到的，全都告訴我。」

「是，側妃！」紅袖點頭，然後將自己所知道的形容了個大概，還將聽到的話一一說了出來。

聽罷，林詩詩的心再起波瀾，久久無法平靜……

清風徐徐，暖陽融融，花園裡風光明媚，花香襲人，沁人心脾。

若靈萱坐在花園的涼亭裡，突然感覺好像有一雙眼睛在盯著她，她警覺地四處看看，卻並沒有發現異常。

「小姐，怎麼了？」多多看她四處張望，不禁奇怪地問道。

「沒什麼。」若靈萱搖搖頭。

一旁泡茶的草草，像想到了什麼似的，轉眸看向主子。「小姐，對於這次林側妃中毒，王爺說有人要害妳，妳有想到是誰嗎？」

若靈萱聞言，臉色冷凝了起來。「我也很想知道是誰？」在這王府裡，真是處處都布滿陷阱，等著她往下跳，要是再不找出真正的凶手，恐怕以後便永無寧日了。

但，到底是誰呢？府裡的那幾個女人都不喜自己，但總不可能個個都有份吧？玉珍和麗蓉已經安分了很多，是站在她這邊的了。落茗雪也關押地牢，不能出來作惡。林詩詩總不能自己毒自己來隱害她吧？那就只剩下柳曼君了，現在只有她最為可疑……

「小姐……」草草看著主子一直出神不說話，等了好久，終於忍不住喚了一聲。

「妳們覺得柳側妃可疑嗎？」若靈萱突然問道。

柳側妃？多多、草草愣了一下。

多多隨即冷哼道：「什麼可疑？我猜根本就是她！小姐，記得當天宮婢來到府中的時候，就是因為見到了柳側妃，才轉到咱們清漪苑來的。我看她八成是因為上次小姐妳插手柳府的事，懷恨在心呢！」

「也有可能，她既想害小姐，又想害林側妃，一箭雙鵰。」草草加了一句。

若靈萱聽了點點頭。「妳們說得有理，要是這次我跟林詩詩死了，那麼她便是最有機會當王妃的人。而且柳曼君一向都對林詩詩不滿，突然這麼要好的互稱姊妹，肯定心懷不軌。說不定，她早就有預謀了。」

看來她得拜訪一趟惜梅苑，親自問問林詩詩，看她最近有沒有跟柳曼君接觸。

「小姐，妳要我學做的漢堡做好了，妳看看行不行？」不遠處，冰兒端著荷葉盤走來，興奮地大聲叫嚷道。

「哇，妳學得還真快！」見學徒出師了，若靈萱甚是高興，起身走下臺階，迫不及待地想看看。

可就在這一瞬間，小腳突然感覺抽筋了一下，身形不穩地晃了晃，眼看著就要往下摔——

「小姐小心！」後面的多多、草草已經來不及接住她，只能焦急地喊道。

若靈萱心慌地出了一身冷汗，在這千鈞一髮之間，突然一道人影閃電般竄出，準確地將她一抱，又蹭地飛身返回亭子間。

「昊宇，是你！」站穩後，若靈萱才看到救自己的人，不禁驚喜地喚道。

「靈萱，妳沒事吧？有沒有扭傷腳？」君昊宇焦急地上下打量著，見她安然無恙，這才鬆了口氣。剛才真夠驚險，幸虧自己及時趕到。

「沒事，不用擔心。」若靈萱甜甜一笑，美眸感激地看向他。「謝謝你，又一次的救了我。」

她含笑的聲線飄然入耳，櫻唇微動，一顰一笑，教他微微失神。驀地，鳳眸一閃而過驚豔之色，他驚詫地望著眼前的女子，內心猛地一跳、再一跳……

「妳……靈萱？」語氣霎時變得吞吐，目光緊緊盯著她。這時他才發現，今天的她，竟變得如此美麗動人！

若靈萱見他這樣子，就猜到又是一個被她的新容貌嚇到的人了，不禁微微一笑，回道：

「是，我是靈萱。」

「可妳怎麼會……變成這樣的？」君昊宇驚訝地詢問，臉上難掩興奮。現在的她，真的很美，美得讓人屏息，美得讓人心動。雖然，他早就心動了……

若靈萱聳聳肩，月亮般的彎彎笑眼，為她絕麗的面容增添了色彩。「不就是大病一場，瘦了，臉上的紅印也沒有了，就成了這樣子嘍！」

君昊宇仍是癡迷地看著她，邪魅的雙眸忽閃的驚豔中，挾帶著一絲欣悅。那是為她而高興、為她而欣慰的光芒，畢竟他知道，她一直努力在減肥，就是想變得漂亮一些。

若靈萱被他看得有些赧然，不禁避開他的目光，輕咳幾下。「那……昊宇，你怎麼會來這裡的？」

那邊的多多、草草，還有冰兒見小姐沒事，大大地鬆了口氣，本想過去，但見兩人聊得這麼投入，她們決定還是識趣地站在旁邊就好。

「聽說妳醒了，我就來看看。」君昊宇看出她的微窘，才驚覺自己一直盯著她看，忙收回視線，儘量很自然地說。「卻沒想到，居然讓我看到一位大美女，差點讓我弱小的心負荷不了呀！」說著，還做出一副誇張的捧心狀。

若靈萱忍不住噗哧一笑。「你這傢伙就會逗趣，老是沒個正經樣的。」不過，跟他在一起的感覺真的很輕鬆、很愉快。

不像君昊煬那個自大狂，就只會氣她！

「可妳喜歡呀，親愛的萱萱。」君昊宇故意湊近她，迷人的魅眼眨呀眨，嬉皮笑臉地道。

若靈萱的身子抖了抖，眉眼狠抽，甚是無語地瞪了他一眼。這傢伙真是死性不改，老愛對她放電。

驀地，君昊宇想起了一件事，俊眉蹙起，憂聲問道：「靈萱，我聽昊煬說，那個下毒的人真正想害的是妳，那妳這幾天有沒有發生過什麼事？」

得知這件事後，他就非常擔心。

聞言，若靈萱也想起那個打碎的茶杯，雖然不知有沒有關係，但她想想，還是決定如實道出。「早上我在喝茶的時候，突然有東西飛進來，打碎我的茶杯。不知道是不是有人不想讓我喝那杯茶。可是，那又是誰呢？」對這，她百思不得其解。

「有這種事？」君昊宇擰起眉，似在思索著什麼，然後突然道：「靈萱，妳猜是不是有人在暗中保護妳？」

「保護我？」若靈萱瞪大了眼睛，誰在保護她？

「對，極有可能。上次我跟昊煬闖傾顏宮的時候，就是有個侍衛來通知我們，說妳被拐去了護城河，所以昊煬才能及時趕去救妳。」君昊宇想起了這件事。一開始的時候還以為是傾顏宮的人，後來才知道不是，當時他們還很奇怪，為什麼那個侍衛會知道他們在傾顏宮？

可惜自從救回靈萱後，昊煬卻沒再看到那個侍衛了。

若靈萱原本是驚訝會有人暗中保護她，可在聽到君昊宇的話後，驚訝換成了震驚。「你剛才說什麼？是君昊煬救我的？」

「是呀！」君昊宇點點頭。「當時我們本來要孤注一擲地搜查傾顏宮，聽了這個侍衛的話後，就兵分兩路，昊煬去救妳，我留下繼續搜查。」

若靈萱瞠目結舌，呆呆地消化著這個意外的消息。

君昊煬救她？那個趕來的人是君昊煬？那個有著讓她安心的懷抱的人，居然是君昊煬？用力眨了兩下眼睛，瞬間，她有種被人扔下一塊石頭，砸得天昏地暗的感覺。

「靈萱，妳怎麼了？」見她臉色難看，君昊宇立刻關心地問。

若靈萱搖搖頭，不知是不是受到了太大的驚嚇（對她來說），還真覺得有點暈眩，腳下一絆，身子微晃……

「當心！」君昊宇及時攬住了她的腰，接住她柔軟的身子。

該死！若靈萱揉著額頭，拚命抵禦那波暈眩感。「我沒事……可能是出來太久了，被太陽蒸著，就有點……」

唉呀，她該不會是被這意外的消息給華麗麗地雷暈了吧？

君昊宇看著她愈來愈白的臉色，情急之下，再也顧不得男女授受不親，一把就將她攔腰抱起。

「身子還沒完全好，就不要出來太久，我送妳回房。」他像是一點都沒有感覺到她的重量，動作快捷地往臥室奔去。

多多、草草和冰兒也呆住，這晉王爺也太大膽了吧？居然這樣抱著小姐？雖然這裡是清漪苑，但……相視一眼後，三個丫頭連忙跟上去。

「昊宇，我沒事啦，已經不暈了。」他的動作快若旋風，讓她頭更暈了。「你快把我放下來，這樣抱著成何體統？」

可是君昊宇哪顧得了這麼多繁文縟節，他擔心得不得了。「不行，妳一定得回房躺好，我再請御醫來給妳把把脈。」

躺在他寬厚的懷中，呼吸著他散發出來的強烈男子氣息，若靈萱覺得心慌意亂。雖然平時也和他打成一片，但這麼親密的接觸還是第一次，真是讓她慌亂又尷尬。

他的手臂強而有力，動作卻是如此輕柔，像捧著易碎的珍寶般。若靈萱怔然地瞅著他俊魅臉龐上專注又緊張的表情，薄唇因憂慮而緊抿，倏地，一種異樣的情感漲滿心頭，來得又快又猛，無法抗拒。

直至回到暖閣，在眾人的驚呼聲中，若靈萱才「清醒」過來。

「多多，快去請陳御醫過來看診。草草，去讓廚房熬碗蔘湯送過來，快！」君昊宇頭也不回地對著跟來的兩個丫頭下令，眸光依舊緊緊鎖著懷裡的女子，彷彿怕漏看她不適的表情。

「不用請御醫了。」若靈萱搖頭，她只是小暈罷了，用不著勞師動眾的。「我沒事了，只要休息一下便好，你快放我下來吧。」

君昊宇還是不放心。「真的沒事了？」

「你看，我這麼精神，怎麼可能有事？你不要那麼緊張啦！」若靈萱有點想笑，她發覺他有時真像個老媽子呢！

他卻一本正經地道：「妳才剛剛痊癒，身體還很虛弱，沒什麼事就不要亂跑了，知道嗎？」

若靈萱只好重重地點頭保證。「是是是，晉王殿下您說得對，下次小女子不敢了，晉王殿下請放心吧。」

君昊宇俊眉微挑，啼笑皆非地看著她。「真不知拿妳怎麼辦才好？」

見他終於笑了，若靈萱一顆高懸的心也緩緩落地，她就是喜歡看他笑嘻嘻的樣子，不然好不自在呀！

「你的手不瘆嗎？」她指指他的手臂，提醒著。

君昊宇這才發現，自己居然當著這麼多下人的面，緊緊地抱住她。

於是，他連忙將她慢慢放下，待她落地後，又伸手攙扶著她。

「晉王爺，那麼御醫和蔘湯……」多多和草草笑問。

若靈萱快快搶答：「不需要啦！只要讓我吃頓飯就可以了。」

「王妃，我早就讓廚房準備了，現在八成都好了，我去看看。」冰兒說完就跑了出去。

「來，我扶妳進去。」君昊宇小心翼翼地攙扶著她跨過門檻，來到桌前坐下。「要當心啊，妳現在身體虛弱，要記得不能像平時一樣到處亂走。」

「我知道啦，你都說了好幾遍了。」若靈萱有些好笑地埋怨，她又不是小孩子。

君昊煬剛到門口，就看到這相處融洽的一幕，心裡突然很不舒服，臉色立馬變得鐵青難看，陰沈著臉，大步地走了進去。

「昊宇，你還真閒，是不是要我把邊疆的事情全交給你處理？」

若靈萱一看到他，就不由自主地想起君昊宇說的話，臉上有種抽搐的感覺。天啊，為什麼會這樣？簡直就是天雷滾滾嘛！

「昊煬，你別那麼陰險嘛，明知道我最喜歡逍遙自在了。」君昊宇又恢復了以往邪魅的樣子，依然放蕩不羈地坐在原位，懶洋洋地道。

「你想逍遙，回自己的王府去，不要在我的王府。」君昊煬面罩寒霜。

「昊煬，幹麼那麼小氣？我只不過是來探望一下靈萱，看她身子康復了沒有，你至於嗎？」對於他的憤怒，君昊宇揚眉撇嘴，表現得很委屈。

見他這樣子，若靈萱忍不住笑了起來。

這一笑，君昊煬的臉更黑了。這女人老是跟自己唱反調，卻和昊宇有說有笑的，讓他心裡很不是滋味。

「現在你看過了，還不滾？」語氣更是不好。

「可是我答應了陪靈萱吃飯，所以得用過膳再走。」君昊宇搖了搖玉扇說道。

「我的王妃自有我相陪，什麼時候輪到你了？走不走？不走，別怪我動手！」君昊煬的黑眸中冷氣逼人，直勾勾地盯著他。

「好、好，我走還不行嗎？」君昊宇一臉無奈的樣子，轉頭對若靈萱眨眨邪魅的雙眸。「靈萱，沒辦法了，我這兄長太霸道，所以我只能下次再來看妳了，再見了。」話音剛落，人已經飄出很遠了。

若靈萱看著他的背影，嘆口氣。難得有這個朋友來為她解解悶，這麼快又走了。

就在她暗自鬱悶的時候，倏地感覺手腕很痛，卻是被君昊煬抓在了手裡，一回頭就對上他隱隱跳動著怒火的雙眸。

「你幹什麼？」她有點惱怒地瞪他，這傢伙又發什麼神經了？

「多多、草草，妳們先下去。」君昊煬冷聲下令。

多多和草草相視一眼，雖然有點擔憂，但也只能退下。

若靈萱掙扎著想甩開他的手，無奈卻被攥得更緊，只能氣呼呼地瞪他。

「若靈萱！妳居然明目張膽地勾引昊宇，是不是活得不耐煩了？」君昊煬灼灼的黑眸緊緊盯著她，再也忍不住迸出爆烈的咆哮。

「你胡說八道什麼？」莫名其妙！

「是胡說嗎？」他冷笑。「妳剛剛才跟他幽會，這麼快就忘記了？」

「誰幽會了？我們可是光明正大的在一起。」若靈萱怒瞪著他，然後又挑釁地道：「再說了，我就算是喜歡昊宇，也會等名正言順地離開王府之後，才不會這樣偷偷摸摸的。」

她果然有這樣的想法！君昊煬眸中的怒氣慢慢的聚集，伸手捏住她的下巴，狠狠地說道：「若靈萱，別忘了妳是本王的王妃，這一輩子都是本王的女人！就算本王不要妳，妳也休想要別人！」

「我不是你的！」若靈萱使勁拍掉他的手，毫不示弱地望著他尖銳犀利的眼，斷然否決。「我是我自己的！遲早有一天，我會很自由地離開王府！」

「天真！妳覺得有可能嗎？」君昊煬勾唇冷笑，攥著她的那隻手更加用力，幾乎要將她的手捏碎。「只要本王不答應，妳何來的自由？」

「君昊煬，我真不明白，你是討厭我的吧？既然如此，為什麼不休了我？」若靈萱掙扎著，試圖從他的箝制中逃脫。

「休了妳，然後讓妳稱心如意地勾搭上昊宇嗎？作夢！」他倏地欺身向前，語氣霸道得不講理。「本王現在就要征服妳，征服妳那顆嚮往自由的心，讓它屬於本王！到時候，看妳還是不是這麼瀟灑地想要自由？」

「哈哈……君昊煬，你別作夢了，我的心永遠都不會屬於你！」若靈萱像是聽到一個天大的笑話，臉上盡是嘲弄鄙夷之色。

征服她？就憑他？嘖，自己也不照照鏡子，真是個自大狂！

「是嗎？那我們就走著瞧！」他冷冷一笑，語氣十分猖狂。一個女人而已，只要他想，還不是手到擒來？

若靈萱怒視著他，看不慣他那傲慢的樣子，倏地使勁踢向他的小腿發洩怒意。

一時沒有防備的君昊煬，被踢得又重又紮實，痛得他眉頭微皺。

「若靈萱，妳找死──」怒眸一瞪，右手猛地舉起。

啪！震耳欲聾的響聲過後，四周猶如死寂般沈靜。

半晌，君昊煬才一字一句地從牙縫裡擠出話來。「若靈萱！妳竟敢打本王?!」活這麼大，他是第一次被人搧耳光，這該死的女人！

她抬起下巴，凜然無畏地直瞪他。「打你又怎麼樣？難道還要選日子？」

君昊煬雙眸噴火，只感覺胸口憋著一口怒氣發不出來，俊逸的臉上，已然出現了五道鮮紅的指印。

「瞪我幹麼？是你要打我，我才自保的。」看著他恐怖的臉色，她心裡還真有些怕怕的，不禁小聲地咕噥了句：我這可是本能的自衛，又沒有錯。

「該死的女人，妳還有理由?!」君昊煬徹底被惹怒，伸手一甩，就把她甩到了床榻上。

「你想幹什麼？」看見他也跟著跨上床，若靈萱心中警鈴大響，趕緊往後縮。

可君昊煬比她更快，才剛動一步，他就整個人欺壓而上，將她緊緊錮在身下。

「放開我！你要幹麼？」若靈萱有些慌了，拳打腳踢地想掙開他，卻敵不過他的蠻力。

冷眼看著她掙扎反抗的樣子，君昊煬森冷地扯動唇角，磨著牙陰沈地道：「從來沒有人敢打本王，若靈萱，妳是第一個。」

「就是沒人打過你，你才會變得這樣混帳。」她不怕死地繼續捋虎鬚。

「妳──」他的黑眸狠瞇成一條直線，想打她又下不了手。突地，他俯下臉，封住她惹人憤怒發狂的小嘴。再讓她說下去，恐怕他真會失手掐暈她。

不過話說回來，這女人的唇還真是該死的甜。如蜜糖般的甜美誘人，讓他沈迷不已，以至於完全忘記自己為什麼要這樣做了。

若靈萱瞪大眼睛，不敢置信地看著眼前放大了好幾倍的俊臉。這天殺的自大狂，居然強吻她?!她又羞又氣，拚命轉頭抗拒著，但不管她怎麼閃躲，紅唇依然被他牢牢攫住。

君昊煬捏住她的下巴，另一隻手伸向她身後，將她柔軟的身子緊緊摟住。

如此甜美的唇，他已經捨不得放開了，那受驚的小舌越是躲避，他就越想征服，原本只是單純地想著要封住她的小嘴，不讓她說話，如今卻變成了瘋狂的掠奪，完全淪陷在她的美好之中，無法自拔。

這時，一抹纖細的身影緩緩地來到門外，透過門縫看到裡面的一幕時，驀然僵在原地，震驚地張大櫻桃小口，臉上血色盡失。

若靈萱幾乎透不過氣來，惱恨地怒視著眼前男人的俊臉，突然，她心念電轉，佯裝陶醉地馴服在他的霸悍之下，慢慢回應，然後看準時機，趁他吻得投入的時候，狠狠咬下去，濃濃的血腥味頓時在彼此的唇間蕩開。

「唔！」突然的疼痛讓他發出一聲沈哼，該死的，居然敢咬他！

若靈萱怒瞪著他，氣氛駭人地僵持著。

突然，一道輕柔的聲音在門外響起——

「請問，我可以進來嗎？」

君昊煬臉色一凜，倏然甩開若靈萱，然後站起身，走過去將門打開——林詩詩正站在門口，臉色蒼白，雙唇微顫。

「詩詩，妳怎麼來了？臉色這麼差，生病了嗎？」他趨上前扶住她，語氣溫柔，帶著關心。

「我沒事。王爺，我是來探望王妃的……」林詩詩說到這兒，心痛了一下，臉上閃過暗淡，但是很快地，她又故作輕鬆地笑道：「沒想到王爺也在這裡。對了，你們在聊什麼呢，能告訴臣妾嗎？」說著，她舉步走了進去。

這時，若靈萱已快速整理好略顯凌亂的衣物，站了起身，抬頭看向她。

「妳……」林詩詩本要打招呼，卻被眼前的絕色容貌驚怔住，紅唇微張，欲言又止，水靈的大眸不斷地眨呀眨，一臉詫然。

她雖早有耳聞，但以為只是府裡的下人加油添醋，誇張了而已，如今親眼看到，卻讓她震驚不已。為何幾天之內，若靈萱居然得此容貌？為什麼?!

眸中一絲妒光掠過，她儘量很自然地道：「姊姊，多日不見，沒想到妳竟變得如此美麗，妹妹真替姊姊高興啊！」

若靈萱微扯唇角。這女人還真虛偽，剛剛眼裡明明就閃著妒意，現在卻裝得若無其事的樣子。她也只好假意地回應道：「哪裡，妹妹才是真正的大美人呢！對了，妹妹，妳上次中毒，現在沒事了吧？」

「謝謝姊姊關心，妹妹好多了。」林詩詩柔柔一笑，跟著也關心地問：「姊姊呢？妹妹聽說妳受傷了，還很嚴重，現在可好？」

「還行，福大命大。」若靈萱冷淡地道，根本不想與她多說廢話。

氣氛似乎有些尷尬，三個人都默默的不再說話。

林詩詩看看君昊煬，再看看若靈萱，臉色突然一下子變得很暗淡，幽幽地轉過身。「王爺，臣妾先回去，不打擾你和王妃了。」

「本王送妳回去吧！」君昊煬見她臉色不太好，心中有些擔憂，便上前扶著她走出暖閣。

見閒雜人等終於離開，若靈萱的心情才好了些，但一想到剛才的強吻，心中的無名火就冒起。該死的君昊煬！

回到惜梅苑，紅棉和紅袖已經準備好了晚膳，精緻美味的菜餚擺滿了一桌。

林詩詩落坐後，君昊煬坐在她對面。

用膳時候，一般是沈默無語的，氣氛也因此更沈悶不少。

紅棉等丫鬟皆是小心翼翼地侍候著，怕不注意之時就犯了錯誤。

君昊煬低頭，無聲地吃著，偶爾輕輕擰眉，或是微沈著臉，似乎心不在焉的樣子。

林詩詩將他的神色盡收眼底，想起剛才在清漪苑看見的一幕，想開口問，又覺得不適宜，心中十分壓抑。到口的飯菜，明明是色香味俱全，卻越是咀嚼，就越不是滋味，品著品著竟有一絲酸味！

一旁侍候的紅棉見主子竟不動筷子，連忙訝異地問道：「側妃，難道這些菜式不合您胃口？」

話落，君昊煬也看向她，見她臉色不妥，也關心起來。「怎麼了？詩詩，身體不舒服嗎？還是想吃點別的？本王現在就讓廚房去做。」

「不是的，王爺，臣妾沒事，只是不餓，沒什麼胃口而已。」林詩詩搖頭，嬌麗的臉容上硬擠出一抹笑後，重新舉起筷子用膳。

君昊煬還想再說什麼，剛好這時有人稟報，說侍衛隊長張沖回來了。

君昊煬心一震，莫非是下毒事件有眉目了？於是他揚聲吩咐道：「立刻讓他到議事廳去，本王隨後就到。」

「是！」那人領命而去。

不一會兒，君昊煬和林詩詩來到了議事廳。

「張沖，本王讓你調查的事，是不是有什麼發現了？」君昊煬一坐下，就迫不及待地詢問。

一想到居然有人敢在他的王府裡興風作浪，還想加害詩詩和若靈萱，他就怒不可遏，非要查個水落石出不可。

張沖一拱手，恭恭敬敬地回稟道：「回王爺，屬下按您的吩咐，暗中將林側妃中毒那天所用過的東西，全都原封不動地交給御醫檢驗，終於發現毒的來源不是糕點，而是那雙千年烏木筷——」

「什麼?!」話未完，在旁聽著的林詩詩突然尖聲打斷，雙眸圓瞪，緊盯著張沖。「你是說，是我用來吃糕點的那雙筷子？」

「是的。御醫說，烏木筷裡有金剛粉的毒。」張沖點頭。

得到確認，林詩詩身子微顫，只覺一陣怒火直沖到腦頂。她緊握著拳頭，俏臉更是陰沈至極。是她……居然是她！

怪不得跟自己這麼要好的稱姊妹，原來，早就有預謀了！自己真是太大意了，竟著了她的道！

「詩詩，怎麼回事？」君昊煬看到她憤恨的神色，不禁問道。

「王爺，如果真是那雙烏木筷有毒，害臣妾的人就是柳側妃。」林詩詩水眸中的怒恨之色越發外露，咬牙吐出話。「那雙筷子就是她送給臣妾的。」

聽罷，君昊煬的臉色瞬間變得陰鷙無比，目光凌厲。「是柳曼君？」居然是她?!

「王爺，您一定要替臣妾主持公道！」林詩詩生氣地看向他。

君昊煬安撫地拍拍她的手，並不出聲，畢竟有了若靈萱的前車之鑑，送東西的人未必是凶手，需要仔細確認才行。於是，他凝神沈思半晌後，才對張沖吩咐道：「你現在立刻進宮，傳本王的命令，讓侍女小豔來王府一趟，本王有話要問。」

「是，王爺！」張沖領命而去。

翌日，林貴妃的侍女小豔就被帶到了睿王府。

此刻，她戰戰兢兢地跪在地上，神情十分緊張，低著頭不敢看面無表情的君昊煬。

林側妃中毒一事她早有耳聞，糕點也是經過自己之手，如今突然被傳來王府，她心中自是忐忑。

「說！妳送來的糕點上，怎麼會有毒？」原本冷著臉的君昊煬，倏然暴喝一聲，準備來個先聲奪人。

小豔自是嚇得眼淚都掉出來了，身子抖得猶如風中落葉，但仍是搖首道：「回……回王爺，奴婢……奴婢只是奉命去給林側妃送點心，至於怎麼會有毒，奴婢真的不知道。」

「不知道？」君昊煬冷冷一哼，極其憤怒地道：「妳負責從宮中傳膳，就該擔起確保食物安全的職責，但是如今有人在膳食裡下毒，妳居然不知道，這就是有虧職守！妳說，該當何罪？」

小豔心一顫，結結巴巴地為自己辯護。「王……王爺，這……這真的不關奴婢的事，奴婢在將糕點交到……交到王妃手上時，是沒事的……」

「喔？那妳的意思是說，下毒的事跟王妃有關了？」君昊煬冷冷地瞇起眼睛，惱怒地開口道。

「我……」小豔咬著唇，不知該怎麼回答。

君昊煬知道再不下點猛藥，這丫頭是不會承認的了，因此目光一冷，揚聲喝道：「來人啊，把這個膽大包天的奴才帶進刑房侍候，直到她說出真相為止！」

刑房？小豔一聽只差沒暈過去，王爺的意思是打算嚴刑逼供嗎？一想到陰森森的牢房，她不禁渾身恐懼地打著顫。

眼見侍衛領命走來，就要押走她，嚇壞了的小豔什麼也顧不得了，立即跪爬到君昊煬腳下，哭喊道：「王爺恕罪！奴婢說了，奴婢什麼都說！求王爺千萬別將奴婢送進刑房呀！」

君昊煬的唇角勾起一抹冷諷的笑。果然跟她有關！

「妳最好給本王老實交代，若是有一絲一毫的謊言，休怪本王無情！」他說著，利眸一掃，寒光四射，嚇得小豔又是一陣心驚膽顫。

她哆嗦著道：「回王爺的話，其實這事奴婢也不知道是怎麼回事，只記得那天，柳側妃突然捎信要奴婢跟她單獨相見，說林側妃想吃貴妃娘娘做的芋頭糕，奴婢當時覺得很奇怪，為什麼林側妃不直接進宮找娘娘，或是派婢女來說呢？可是柳側妃說，是她剛巧有事進宮，所以就順便幫林側妃傳個話了。

「……她還說，不要讓別人知道這事是她說的，還給了奴婢金子。奴婢當時看到金子很高興，也不想多問原因了，就這樣通報了貴妃娘娘。糕點做好後，奴婢就送來王府，準備交給林側妃，可柳側妃又說林側妃不在家，她也有事要出去，要我交給王妃娘娘，所以奴婢就交了。可誰知道後來……後來林側妃居然吃完糕點就中毒了……」說到這兒，她淚眼矇矓地看向座上的君昊煬。「王爺，該說的奴婢已經全說了，這真的不關奴婢的事，奴婢沒有下毒啊！」

君昊煬面無表情地聽著，半瞇的黑眸中散發著凌厲的目光。這事真的跟柳曼君有關嗎？先是送詩詩烏木筷，再來是芋頭糕，雖然兩件事看起來似乎毫無關聯，但事情卻發生在同一天，會有這麼巧嗎？

藏有金剛粉的木筷……芋頭糕……

金剛粉、芋頭……

猛地，君昊煬像想起什麼似的，雙眸一瞇，臉色變得鐵青。

今天，君昊煬突然下令，將府裡各院的主人聚集於議事廳。

因此沒多久，若靈萱、林詩詩、柳曼君、殷素蓮，還有玉珍和麗蓉，六人相偕出現，分別坐於廳中的檀椅上。

隨後，君昊煬和君昊宇也出現在廳中。

「見過王爺、晉王爺！」六人起身，皆朝他們福了一福。

「坐吧。」君昊煬看了她們一眼，點點頭，隨後入座。

君昊宇也隨意挑了個位置坐下，有一下沒一下地搖著玉扇，神情悠閒鬆散，像是正在遊山玩水，愜意至極。

反倒是君昊煬神情嚴肅，黑眸如冰。

似乎感覺到了氣氛的不對，柳曼君蹙了蹙眉。不知是不是她的錯覺，總覺得王爺掃向自己的目光裡，帶著隱隱的怒意……

為此，她莫名的有些不安，不禁問道：「王爺，您叫我們來，是不是有要事？」

「問得好，本王要妳們來，是有重要的事。」君昊煬冷冷開口，目光盯視著她，一字一句道：「就是要審一樁案子。」

「審案？」柳曼君水眸輕顫，不自覺地低下頭，突然不敢再問下去。

殷素蓮、玉珍和麗蓉聽了後，仍是不明其意。王爺要審什麼案子呢？

若靈萱只是淡淡地品著茶，一副雲淡風輕的樣子。

林詩詩則是面無表情。

「來人！傳宮婢小豔，還有陶瓷店的姚掌櫃。」君昊煬倏地揚聲吩咐。

柳曼君聽罷，面色驀地一變，心中的不安越發擴大，但很快地，她就恢復若無其事的樣子，手中的絲絹卻揪得死緊。

君昊煬掃視全場後，語氣威嚴地道：「等一下本王問到誰，誰就答，要是胡亂插嘴，別怪本王動刑。」

「是，王爺！」眾人感到氣氛不對，也肅然地齊聲應道。

沒多久，宮婢小豔和姚掌櫃帶到，垂首跪下。

君昊煬轉頭看向柳曼君，叫道：「柳側妃。」

柳曼君震了震，然後恭敬地答：「臣妾在。」

「林側妃中毒的那天，也就是九月初三，妳都去了什麼地方？做了些什麼？」君昊煬盯視著她，不放過她臉上的任何表情。

「回王爺，臣妾去了娘家。」柳曼君儘量表情自然地回道。

「那妳有沒有去過其他地方？比如……」君昊煬故意頓了一下後，聲音變冷，輕吐道：「皇宮！」

柳曼君驚了一下，但仍強作鎮定。「沒有。」

「柳側妃，妳說的都是實話，沒半句謊言？」君昊煬冷眼看她。

柳曼君額上微冒冷汗，咬咬牙，還是肯定地道：「臣妾說的都是實話。」

君昊煬不問她了，轉而看向地上的宮婢。「小豔，本王問妳，九月初三那天，妳見過誰、都說了些什麼，原原本本道出，不得隱瞞！」

「回王爺，當天早上柳側妃突然邀約奴婢在後花園相見，讓奴婢幫她傳話，說林側妃想吃貴妃娘娘做的芋頭糕，奴婢當時不疑有他，就去告訴貴妃娘娘了。」小豔恭恭敬敬地回道。

「那就是說，柳側妃是特地去找妳，讓貴妃娘娘給林側妃做點心的是吧？」君昊煬掃視了眼柳曼君後，繼續問。

柳曼君仍是鎮定自若地坐在那裡，彷彿眼前的一切皆與她無關。

「回王爺，是的。柳側妃當時還給了奴婢十兩金子，並叮囑奴婢不要告訴別人是她說的——」

「簡直胡說八道！」還未待小豔說完，柳側妃就冷聲打斷，眼神惡狠狠的。「本妃什麼時候給妳金子了？什麼時候叮囑妳了？」

她真的萬萬想不到，王爺會調查到小豔的身上。但，那又如何？口說無憑。

「柳側妃！」君昊煬倏然厲喝一聲，冰冷的目光直射向她。

柳曼君這才發現自己竟然罔顧王爺的命令，擅自插嘴，忙驚應道：「臣妾一時失言，望王爺恕罪！」

「柳側妃，本王再重申一次，若再擅自插嘴，必動刑罰！」君昊煬冷冷地下著最後通牒。

柳曼君唯有點頭應是。
這時，林詩詩聲音柔柔地開口了。「王爺，柳妹妹也是一時情急，就算了吧，還是審案要緊。」她只想快些讓害她的始作俑者得到報應。
君昊煬冷著臉，又轉向小豔問道：「繼續說下去。」
「是！」小豔恭敬地應了聲後，繼續回稟道：「奴婢當時因為起了貪念，要了金子就沒多問什麼了，心想著只不過是做個點心而已，何況貴妃娘娘也經常往王府送點心給林側妃，因此就沒往深處想。到了王府後，柳側妃又讓我把點心交到王妃手上。奴婢當時看在金子的分上，還是沒有多問，就按她說的去做了。」
「那即是說，林側妃之所以會吃到芋頭糕，全是因為柳側妃嘍？」君昊宇突然開口詢問。話聽到這裡，他已猜到了七、八分，中毒事件應是跟柳曼君有關了。
小豔遲疑了一下後，點了點頭。「是的。」
柳曼君驚怒在心，手中的絲絹揪得更緊了。
「柳側妃，對於小豔的話，妳作何解釋？」君昊煬凝著一張沈容。
「啟稟王爺，臣妾沒有跟她說過任何話，更沒有給她金子！這全是子虛烏有的事，請王爺明鑑！」柳曼君極力鎮定著自己，她是絕不能承認的。
君昊煬冷笑著，眸光極為陰寒地道：「柳側妃，妳還想在這裡砌詞狡辯是吧？真以為自己做過的事，沒人知道嗎？」
「……」柳曼君在他凌厲的目光下，不由自主地別開了視線。「臣妾不知王爺在說什麼？」

「本王會讓妳知道的。」君昊煬冷哼一聲，轉向地上的老者道：「你是陶瓷店的姚掌櫃嗎？」

「回王爺，草民正是。」老者恭敬地回答。

「兩個多月前，是不是有人向你購買過金剛粉？」君昊煬繼續查問。

「是的。」姚掌櫃思索了一會兒後，便點點頭。

「那你可認得那人是何模樣？」

這下子，姚掌櫃面有難色了。「王爺，實不相瞞，那個客人身穿斗篷，頭戴斗笠，草民實在看不清他長的是何模樣……」

柳曼君微昂著頭，水眸稍縱即逝一抹得意之色。

可正當她為自己的細心感到慶幸時，姚掌櫃接下來的一番話，卻頓時讓她置身冰窖。

「不過王爺，草民雖然看不到那人的樣子，但在對方給付銀票的那瞬間，看到的是一雙女人的手，而且那右手腕上，有一個紅色的心形胎記。」那樣特別的特徵，他至今仍印象深刻。

君昊煬的臉色陰沈得駭人，一雙冰冷的眼睛，如同尖銳的刀鋒，直射向柳曼君。「柳側妃，舉起妳的右手腕。」

柳曼君心裡驚慌，手心不由得冒出冷汗。

該死！早知道當時就帶雙手套！這掌櫃怎麼如此眼利，竟讓他給看見了，這下可如何是好？

一直冷眼旁觀的若靈萱，這時冷冷開口。「柳側妃，王爺的話妳沒聽到嗎？還是妳心虛，不敢舉手？」

柳曼君惱恨自己的大意，但仍強迫自己深吸口氣，冷靜下來。反正所有證據都讓她銷毀了，口說無憑，又能把自己怎麼樣？於是，她挺了挺腰背，若無其事地緩緩舉起右手——

在那手腕中心，赫然出現一個紅色的心形胎記，耀眼奪目。

林詩詩和若靈萱一看，面色陰沈至極。果然是她！

而不知情的殷素蓮和玉珍、麗蓉三人雖然不明所以，但也覺察出了大概——林側妃中毒，極有可能與柳側妃有關。

君昊煬冰冷寒冽的眼眸，迸射出一絲絲寒氣，倏地喝道：「柳曼君！事到如今，妳還有何話要說？」

「王爺，臣妾不明白您的意思？」柳曼君依然力持鎮定。

「柳側妃，妳別在這裡裝模作樣了，我們已經知道，上次林側妃中毒，並不是因為那盒糕點，有毒的是妳送的那雙——」若靈萱肅然盯著她，一字一字地道：「千年烏木筷！」

柳曼君臉色驟然一白，渾身顫抖了一下。他們果然是查出來了！這麼說，今天是特地來審自己的?!

「妳早有預謀，購置了一些漆料和金剛粉，然後將其混合，給筷子上色，謊稱千年烏木筷送給了林側妃，事前又進宮收買林貴妃的侍女小豔，藉口說林側妃想吃芋頭糕，再讓她送到我的手上。金剛粉遇芋即發，所以林側妃吃了芋頭糕，就出現了中毒的跡象，這樣一來，我就變成了下毒的凶手。」若靈萱神色清冷，緩緩而道。

「御醫說，金剛粉是慢性毒藥，如果我這次中毒不死，以後用膳的時候，金剛粉也會積聚於我的五臟六腑之中，到時大羅神仙也難救。」林詩詩的聲音也很冷，眸裡全是憤懣之色。

柳曼君的臉色更白了，冷汗不斷從額頭冒出，但仍理直氣壯地反駁。「無憑無據，你們怎麼能一口咬定是我？就憑一個宮婢的片面之詞？還是這個連客人樣子都認不出來的掌櫃？再說了，手中有這樣胎記的人，難道天底下就只有我一個嗎？你們這樣也太武斷了吧？」

「事到如今，妳還想狡辯！」君昊煬倏然厲喝一聲，冰冷的目光直射向她。「小豔與妳無冤無仇，冤枉妳對她有什麼好處？再者，詩詩中毒的那雙烏木筷，就是妳送的，如今御醫驗出有問題，難道連這都有假不成？」

「我……」柳曼君不敢直視他犀利的眼神，低頭道：「臣妾不知道小豔為什麼要誣衊我，至於那雙烏木筷，或者是它本身就有毒，臣妾一時不察買下了，才會讓林側妃中毒……」

「是嗎？那為什麼本王查探的結果，卻是京都城裡沒有任何一家食具店出售過千年烏木筷？妳又是從哪裡購來的？而且管家也告訴本王，兩個多月前，妳曾請教過他如何雕製木筷，世上真有這麼巧的事情？」見她死不悔改，君昊煬的目光更冷了，語氣也冰寒似刀刃。

柳曼君的水眸閃過一絲慌色，身形不由得抖了又抖。「臣妾不知道，但臣妾真的沒有做過……」

「證據確鑿，妳還敢狡賴，真是不見棺材不掉淚！」君昊煬極其憤怒，重重地拍了下桌子，凌厲的黑眸直看得人心驚肉跳。

柳曼君一顫，嚇得由椅上摔落在地，被君昊煬的氣勢震懾到，驚慌的心急速跳動著。她拚命要自己冷靜，一定要死撐到底，絕不能承認，否則只有死路一條！想到這兒，她急忙辯駁。「王爺明鑑，臣妾是冤枉的！您不能單憑一面之詞，就定了臣妾的罪，臣妾沒有下毒——」

「閉嘴！柳曼君，是不是要本王用刑，妳才肯招？」君昊煬伸手嚴厲地指向她，眸中憤怒的焰火彷彿要將她燃燒殆盡一般。

「我沒有……王爺，您要相信臣妾……」聽到他的話，柳曼君的身子隱隱顫抖，儘量讓自己平靜些。「沒有確實的證據，就這樣對臣妾用刑，臣妾不服……」

在王府裡跟王爺生活了幾年，直到這一刻，她才感到害怕。她看多了犯人受刑後的慘狀，她絕不要落得那樣的下場。

更何況，現在只是有人證，沒有物證，只要自己不自亂陣腳，是不會有事的……

「昊煬，柳側妃說得對，沒證沒據的，怎麼能讓人心服呢？」君昊宇這時懶洋洋地開口，手上的玉扇仍是有一下沒一下地搖著。

「昊宇？」君昊煬疑惑地看著他，一時不知他是什麼意思？

「沒錯！晉王爺，我是冤枉的，請您勸勸王爺，把事情查清楚！」柳曼君立刻打蛇隨棍上。

「放心，妳是不是冤枉的，等一下就清楚了。」君昊宇微微一笑，隨即揚聲道：「來人啊，將柳側妃的清芷苑仔仔細細地搜查一番，看看有沒有線索？」

「是，晉王爺！」侍衛們領命後，便走出議事廳。

君昊煬不明所以，其他人也是不解，就算柳側妃真藏有金剛粉，也不會將之放在自己的寢居裡吧？更何況她可能早就銷毀證據了。

果然，侍衛們很快就回來了，帶來的結果便是什麼都沒有搜到。

柳曼君鬆了一大口氣，幸而自己早就扔掉了所有對她不利的證據，不然這下可就人贓俱獲了。心中不禁得意起來，但表面上仍是恭敬地道：「王爺，這下您相信臣妾了吧？臣妾真的沒有做過。」

「那倒未必，還有一個地方沒搜呢！」君昊宇笑了笑，一絲精光掠過了眼底。

「什麼地方？」柳曼君愕然了。

君昊宇沒理她，轉眸看向若靈萱，眨眨眼道：「嫂子，請搜搜柳側妃全身，看看她身上有沒有帶著金剛粉？」

「好！」若靈萱立刻會意，站起身，大步走到柳曼君面前，冷然道：「柳側妃，本宮要搜妳的身了。」

「請吧！」柳曼君也站起身，舉著雙手讓她搜。

眾人不由得屏息起來，等待著若靈萱搜身的結果。

君昊煬則是陰霾著臉，就算搜不出證據，他也絕不會放過柳曼君的。
只見若靈萱由上而下，仔仔細細地摸索檢查著，最後手落在她的腰帶上，略微用了點巧技，一張紙便徐徐落下，掉在地上。
柳曼君還沒有反應過來，若靈萱已拾起了紙張，看了一眼後，隨即大叫。「這不是陶瓷店的單據嗎？妳果然買過金剛粉！」
柳曼君聞言，猶如五雷轟頂，臉色遽變，驚慌地脫口喊道：「怎麼可能？我明明已經把它扔掉——」突然住口，這時她才驚覺自己說了些什麼，臉色瞬間慘白。
君昊宇臉上的笑容更深了，帶著譏諷的冷意。
若靈萱笑盈盈地揚揚手中的紙張，看著柳曼君，嘲弄地道：「沒錯，妳是扔掉了，這張紙是我放在妳身上的，只是普通的單據而已。」
柳曼君這才明白自己上當了，當下又氣又恨，心中更是恐懼得不知如何是好。
「柳曼君，果然是妳！妳好狠的心腸，居然想毒死我？」林詩詩憤恨至極。
雖然知道她跟自己不和，但沒想到她居然這麼歹毒，想要殺死自己！
「不，不是我……不是……」柳曼君這下真的慌了，想辯解，卻無從辯起，突然有種天即將要塌下來的感覺。
「剛才妳已經親口承認了，現在還想抵賴，難道真的想本王用刑嗎?!」君昊煬臉色暴戾地大喝，雙眸冰冷駭人。
柳曼君一下子癱軟在地，臉色慘白如紙，心裡的恐懼越來越大。她哆嗦著身體，上前抱住君昊煬的大腿，哭著道：「王爺，臣妾錯了，再也不敢了，求王爺原諒臣妾這一次吧……」

她抱著最後一絲希望，期待王爺會看在自己以往侍候他的情分上，不要罰得她太重。

君昊煬卻毫不留情地一腳踢開她，陰沈冰冷地道：「已經太遲了！像妳這種心腸惡毒的蛇蠍婦人，本王豈能饒妳？來人，將她押往刑部！」

「不，不要……」柳曼君忍著痛，再次爬到他腳邊，哀聲喊著。「王爺，臣妾不是存心要害人，臣妾只是想做王妃而已，王爺饒了我吧……」

一送往刑部大牢，就要按國法處置，謀害皇親，那可是死路一條啊！

林詩詩漠然地看著，想起她狠毒地要害自己，心中就恨得咬牙切齒，就算王爺放過她，自己也不會放過她的！

若靈萱冷眼旁觀，見柳曼君承認了，雖是意料之中，但也不由得氣憤起來。這女人實在是太可惡了，下毒害人不止，還要設計陷害自己，想著一箭雙鵰，著實可恨！

其他人看了，紛紛搖了搖頭，心想柳側妃平時看起來一副不問世事的樣子，沒料到私底下竟如此毒辣，真是人不可貌相。

「如此狠毒之人，睿王府絕不姑息養奸！」君昊煬寒著張俊顏，瞧也不瞧她一眼，對著侍衛喝道：「帶她下去！」

「是！」侍衛應聲，上前就架起柳曼君。

誰知，柳曼君卻突然瘋了般，拔出頭上的金釵，用力一揮，侍衛措手不及，驚得退開，她就趁著這個機會，惡狠狠地衝向離她最近的若靈萱。
就算死，她也要拖個人來墊背！
若靈萱驚恐地看著雙眼通紅的柳曼君，下意識地往後靠。
君昊煬見狀大驚，想上前阻止，可是有個人影卻比他更快，一個俐落的飛掠，便將若靈萱輕抱在懷中，旋即轉身避開，一掌極快地拍出，正中柳曼君前胸。
柳曼君的身子倏然墜落，「噗」的一聲，一口鮮血從口中噴出，金釵也隨之掉在地上。
「昊宇，你受傷了?!」見自己被他抱在懷中，若靈萱在安心的同時，卻看到君昊宇手腕處有一點紅，頓時驚叫起來。
「沒事，這一點傷，我還不放在眼裡。」君昊宇笑笑，隨即帶她走向一旁，以防失去理智的柳曼君再次襲來。
君昊煬一見若靈萱沒事，這才放下心來，但一看到兩人親密的樣子，無名火又冒起。只是理智告訴他，現在不是計較這種事的時候。
於是，狠瞪了兩人一眼，隨後對著因傷倒在地上的柳曼君怒道：「都到了這個時候，妳還要逞惡行凶，世上怎麼會有妳這種可怕的女人！」
「可怕？」柳曼君淒然大笑，抹抹嘴角的血絲，強忍著痛楚站起身，目光怨懟地看著他。「王爺，你想知道曼君為什麼會變得如此可怕嗎？那麼我現在就告訴你，因為我愛你，我嫉妒你寵愛別的女人，妒嫉你因為她們而冷落我！這些賤人，一個個都該死——」
「閉嘴！」

一個耳光隨即甩上她的臉，柳曼君蹌踉幾步，臉上頓時出現觸目驚心的鮮紅掌印。

「自己做錯了事，還不知悔改？今天的一切，全是妳自己咎由自取，怨不得人！」君昊煬冷冷地喝斥。

「不要再跟她多說了，昊煬，立刻將她送去刑部吧！」君昊宇也厭惡地說道。

張沖立刻上前，將柳曼君緊緊制住。

「放開我！我要殺了若靈萱還有林詩詩，我要殺了她們——」柳曼君不甘心地大吼大叫，拚命掙扎，雙眸仍恨意十足地看向若靈萱和林詩詩。

「帶她走！」君昊煬嫌惡至極，心中直怪自己以前怎麼那麼沒眼光，居然讓這種女人在府裡待了這麼久。

張沖不顧柳曼君的反抗尖叫，和一名侍衛強行將她拉了出去。

望著仍窮凶極惡、死不悔改的柳曼君，若靈萱不禁搖頭嘆氣。女人的嫉妒心真是瘋狂可怕，先是孫菲、趙盈，再來是落茗雪，現在又多了一個柳曼君。以後還不知自己會遇到多少個這樣的女人？這王府還會有多少這樣的陷阱？

越想，若靈萱就越覺得煩悶，她真的厭惡極了這樣明爭暗鬥的日子……不行，她一定要想個辦法，一定要拿到休書！繼續留在這樣的王府裡，什麼時候玩完了都不知道啊！

第十六章

下毒事件，就這樣水落石出，還了若靈萱一個清白。

翌日，她乘著涼風，坐在清漪苑的亭子裡，饒有興趣地看著前面的表演。

多多興高采烈地玩著毽子，那毽子在她腳上就像有了生命般，忽左忽右，上下翻飛，精彩極了。草草和幾個婢女拍手跺腳，為她喝彩。她心中得意，玩得越發起勁，不斷翻新的花樣讓人眼花撩亂，當下響起了一陣又一陣的歡呼聲。

若靈萱越看越心癢難耐，曾經她也很喜歡毽子，可是自從國中開始，就沒怎麼玩過了，現在再看到這樣的情景，心中的那股熱情又被挑起。

終於，她忍不住了，嚷道：「多多，我也要玩！」

眾人驚訝地看著朝她們走來的主子，不由得停下動作。

多多驚奇地問：「小姐，妳也會玩嗎？」奇怪，在她的印象裡，小姐好像從來不碰這些玩意兒的。

「試試看吧！來，把毽子給我。」懶得解釋了，反正對多多來說，她的奇怪之處不只是那麼一、兩樁，多多早就習慣了吧。

果然，很快地多多就笑嘻嘻地點頭。「是，小姐！」

院中再次掌聲、笑聲不斷。

一個華麗的毽子，被多多踢了幾下後，踢傳給草草，草草接著踢，踢了幾下後，踢傳給冰兒，冰兒接著踢，踢了幾下後，又踢傳給若靈萱，她以一個漂亮的姿勢接住，眾人的掌聲立即響起，喝起彩來。

「哇——王妃好厲害啊……」

若靈萱興致勃勃地踢了幾下後，完全被喚起了童年的回憶與好勝心，接連做了幾個漂亮灑脫的動作，引得大家又是一陣拍手叫好。

這時，君昊宇搖著玉扇走了過來，看到這一幕，情不自禁地就被院中踢毽子的若靈萱給吸引住，放緩了腳步。

他先是驚訝，然後滿面笑容地欣賞若靈萱曲線優美、玲瓏有致的身姿。

在眾人的歡呼喝彩聲中，若靈萱踢得十分起勁。她神采飛揚，活潑俏皮，額頭微微沁出汗來，白皙無瑕的雪膚浮起兩抹嫣紅，笑得燦若桃花。最後，她做出一個超難度的漂亮動作結束，大家更是掌聲如雷。

若靈萱發覺喝彩和拍手聲中多了一個人，聲音十分熟悉，不禁轉過頭，就看到一身翩然朱紅、俊美如妖魅的君昊宇，正笑意盈然地看著她。

「昊宇，你來了。」她高興地打著招呼。

「靈萱，沒想到妳這麼會踢毽子，真是讓我大開眼界呢！」君昊宇笑著走上前，幾天沒見，她精神恢復了很多呢！

「當然！小的時候，我可是踢毽子高手，無人能敵呢！」她十分驕傲地笑道，跟著又朝他揚了揚手中的毽子。「怎麼樣，你要不要也來踢踢？」

君昊宇連連擺手。「妳是高手，我可是差遠了，還是不要獻醜了。」他可是一見到毽子就頭痛啊！

若靈萱呵呵笑了起來，隨後她轉眸，指了指亭子，笑道：「對了，我弄了些點心，你有口福了。這些呀，在其他地方可都吃不到的喔！」

「點心？」君昊宇驚訝了，雙眸難掩欣喜。「是不是妳又發明的新美食？」說著，迫不及待地走進亭子裡，拈起一塊，新奇地左看右看。

模樣還真夠特別呢！放進嘴裡，輕嚼了下。「嗯～～好啊，味道真是好極了！」香甜的口感令他忍不住連連讚嘆。

若靈萱聽了更是得意。「呵呵，那當然嘍，這是在西餅……呃，學了很久的呢！」糟，忘形過頭，差點說錯話了。

「真的啊？那這些點心叫什麼名字？」君昊宇啃完了一塊又一塊，吃得津津有味。

「這叫蘋果派……啊還有這個，香蕉派，也很好吃，你嚐嚐看。」若靈萱言笑晏晏。這可是她花了一個早上做的，只是味道和形狀跟現代的比，就差得遠了。

君昊宇又嚐了一塊香蕉派後，雙眼再次發亮，連連讚嘆。

「對了，靈萱，那兩個捉妳的侍衛招供了，他們的確是林貴妃指派的，昊煬掌握了證據後，今天當著父皇的面指證林貴妃，這下可幫妳出了口惡氣了。」君昊宇想起了早朝的一幕，林貴妃那驚慌失措、挫敗憤恨的神情，真是大快人心。

聞言，若靈萱很是驚訝。「你說君昊煬他指證林貴妃？」不是吧？

「這個當然。林貴妃公然插手睿王府的事，還將妳傷得那麼重，就算昊煬不追究，我也絕對不會放過她的！」提起這件事，君昊宇的臉色就難看了起來，邪魅的雙眸也泛著一絲冷光。

若靈萱還在驚訝中。沒想到君昊煬這傢伙，還滿有正義感的嘛，為了替她討公道，竟指證了林詩詩的姑姑、皇上的寵妃……心中不禁對他刮目相看了起來。

「那林貴妃現在怎麼樣了？」皇上會不會稟公處理呢？畢竟鄖國公可是朝廷的大功臣，她應該不易被定罪吧？

君昊宇冷哼一聲，唇邊勾起嘲諷的弧度。「那個女人自以為有鄖國公在背後撐腰，父皇就不會動她，殊不知，夏國丈也早就瞧林家不順眼了，他跟昊煬一同據理力爭，父皇當然是按法規來處置了。現在那個女人被關在冷宮裡，就不知會待多久了。」

若靈萱聽了，心中頓時有種解氣的感覺。那個惡毒的林貴妃，現在算是得到報應了。

這時，君昊宇也吃完了點心，拍拍手，仍是意猶未盡地嘖嘖道：「靈萱，妳的手藝實在是太好了，如果能天天吃到這樣的點心，真是折幾年壽都甘願啊！」

「就你嘴甜！」若靈萱睨了這個油嘴滑舌的男人一眼。

「我說真的喔！」君昊宇突然靠近，迷人的眸子睨著她，用著邪魅至極的語調道：「就像妳，如果我也能天天見到，折多少壽都無所謂。」

這傢伙……若靈萱翻了翻白眼，真是受不了他。

「如果你喜歡吃的話，那有空就來吧，反正弄這些點心，花不了多少時間的。」

「真的?!」君昊宇眉一揚，有點不敢相信。

「就當是你這陣子幫我的謝禮吧！」她向來都是恩怨分明的呢！

君昊宇當即驚喜不已，這可是第一次，她自願為自己做事情呢！心中難掩興奮，他忍不住輕握起她的小手。「靈萱，記得自己說過的話，以後我會天天來的，到時候妳可別不認帳——」

「君昊宇！你是不是太閒了?滾過來，跟我到書房去！」

君昊煬一到這裡，就看見這一幕，不由得大聲怒吼。該死，這兩人又瞞著他黏在一起了！站那麼近，還在大庭廣眾下握起手來，竟明目張膽到這個地步了！

君昊宇只好鬆開手，無奈地朝她眨眨眼，然後一個飛身，奔下臺階，依舊一副放蕩不羈的模樣，笑著問：「昊煬，什麼事呀？」

「父皇有事讓你做。」君昊煬冰冷的眼神先掃過若靈萱後，才轉過頭硬聲對他道。

「那走吧！」君昊宇瀟灑地搖搖玉扇，率先向著錦翊樓走去。

望著兄弟倆離開的背影，她心中有些好奇，到底皇上要昊宇做什麼?居然重要到讓那自大狂沒有再像以往一樣對他們發飆……

突然，多多揚聲對她道：「小姐，有人給妳一封信。」從粗使丫鬟手中接過信函，走上了石階。

她的書信?若靈萱接過，問道：「誰送來的？」

「好像是寧王府的人送來的。」多多不確定地說。

寧王府？難道是九皇叔？她心中有些高興，連忙拆開信，只見上面寫著——

靈萱，明天早上我來找妳，出府有事商談。

若靈萱收起信，心中疑惑不已。九皇叔要找她商談什麼事呢？還要出府才能說？算了，不管了，反正明天就知道了。

「多多，我明天早上要出府，如果王爺早朝後回來問起，就說我去了晉王府。」要是說去寧王府，他肯定又要大發脾氣了。

「嗯，我知道了。」多多瞭解地點點頭。

清早，若靈萱簡單地裝扮了一下，就等在王府的門口。

沒多久，一輛豪華的馬車緩緩而來，停在了王府的門前。若靈萱走上前，車簾剛好在這時打開，映入眼簾的，是君狩霆微帶笑意的俊顏。

「靈萱，請上車。」

「好！」若靈萱笑意盈然地點頭，上了馬車。

君狩霆側目看她，上次從心腹的口中，知道她已恢復了容貌，整個人像脫胎換骨似的，他還不以為然，但今日一見，才知道並沒有誇張。沒想到這女人瘦下來，印記也消失後，竟是如此美麗。

猶如上天創造的完美傑作，任何形容美貌的詞語都無法形容其十分之一，傾國傾城也不過如此。

薄唇微勾起若有似無的笑意，聰明又美麗的女人，還真的不多見呢！被他灼灼的目光打量著，若靈萱有絲不自在，不禁摸了摸臉，道：「九皇叔，是不是我臉上有什麼？」

「沒什麼，妳很美。」君狩霆淡笑讚賞道。

呃？「謝謝。」有些微愣，很快又自然地笑了起來，女人都喜歡被人誇讚，她也不例外。不過很奇怪，自從她恢復容貌後，見到她還很鎮定的人，他是第一個呢！

「對了，九皇叔──」

「叫我君大哥吧，這樣親切一點。」他輕聲要求，清磊的俊容漾出一抹溫和的笑。

「好，君大哥。」若靈萱不在意這些稱謂，也很爽快地答應了。「君大哥，你今天約我出府，是不是有什麼要事呢？」

「其實也不算是要事，只是我想購買一些樂器，剛好妳對這些也熟悉，就想著找妳幫忙看看罷了。」君狩霆斂眉思索一下，才說出今天的目的。

「喔？」若靈萱聽了有些疑惑，繪雅軒不是有很多樂器嗎？但又不能問出口，只好點頭道：「好啊，沒問題。」

君狩霆唇角微彎，面帶淺笑，目光卻一直停留在她身上，似乎在深究什麼。

京城的街市繁華似錦，街道的兩旁，各種店鋪林立。玉器、美酒、書畫、絲綢、樂器應有盡有，吸引了不少遠道而來的商人。一些雜技舞劍的江湖賣藝者，更是吆喝聲四起，顯得整條大街生氣勃勃。

君狩霆和若靈萱一起走進奏樂館，一陣紫檀木的香氣頓時便撲鼻而來。

店鋪內的樂器多而廣泛，五花八門，應有盡有，而且都是上好貨色，品質一流，價格又合理，是京都城裡很有名的百年老店。

「這個好像不錯。」君狩霆睨了一眼旁邊的古箏，手指輕觸了一下，是上等的貨色。

「嗯，材質是紫檀木，想必彈出來的曲子定會很動聽。」若靈萱點頭贊同，曲子好不好聽，跟樂器品質的好壞有很大的關係。

「是呀，公子、小姐一看就是識貨之人，我這店鋪的器材可都是專供達官貴人和皇親國戚選購的，品質絕對上等。」店家看見來人衣服華貴，趕忙走上前來介紹著。

君狩霆鳳眸微沈，似在思索什麼，突然，他看向若靈萱，笑著提議道：「靈萱，不如妳彈奏一曲，試試如何？」

她彈奏？若靈萱微愣，略想一下，突然生出一個主意。不如趁著這機會琴簫合音，她想再聽七彩玉簫吹奏想很久了呢！想罷，月亮般的笑眼回視他，櫻唇泛笑。「這樣吧，君大哥，咱們來合奏一曲怎樣？」

「沒問題！」君狩霆一口答應。還沒聽過她彈奏，這次倒要開開眼界。就不知她的琴藝，是不是和她的人一樣漂亮？

店家立刻將琴放在桌子上，若靈萱笑著上前，輕聲道：「君大哥，開始吧！」

君狩霆輕持著玉簫，薄唇微動，簫聲緩緩流洩而出。

若靈萱認真地傾聽了一會兒，記住旋律後，玉手輕觸琴弦，配合他彈奏合音。

此曲悠悠長長，如清泉過耳一般。他深邃的眼眸劃過一絲微訝，她竟能如此巧妙地融合他們之間的音律？這女人，果然不一般。

她的琴聲合著他的簫聲，增加了些韻味，優美委婉，又帶有一絲淡淡的憂傷。

琴聲與簫聲平分秋色，配合得天衣無縫。音律縷縷環繞著奏樂館，不斷徘徊盤旋，流洩至外面。此時，經過奏樂館的人們，已經被他們的音律吸引住，不禁停下腳步，靜靜聆聽，沈醉其中……

若靈萱的眸光盈盈流轉，笑顏如花。這種感覺真是妙極了，合音的感覺真棒！

許久，一曲奏畢。四周的人們適才回過神來，一陣譁然，接著就是連綿不斷的鼓掌聲，久久沒有停止。

君狩霆放下玉簫，深邃如潭的鳳眸靜靜地凝視她，眸中難掩讚賞。她的琴技，比他想像的還高。凝住她麗顏綻放的淡淡笑意，猶如天邊渲染開來的雲彩一樣，鳳眸微怔，似乎有一種特別的感覺，在心裡蔓延開來。

唇角微彎，牽起一抹笑，他讚嘆道：「靈萱，沒想到妳的琴藝如此之高，君大哥佩服了。」

他的簫樂，從來沒有人能夠合上，而她，是第一個。

「君大哥的簫技，才是堪稱一絕呢！」若靈萱微笑坦言，說出了心裡話。

他唇角含笑，目光一直停留在她身上，觀察著她的每個細微舉動。看來，自己的確是遇到知音了，這種感覺，很不錯。

之後，他們試了很多樂器，合奏聲絲絲不絕地隨風飄蕩，兩人默契十足地配合著，把曲樂發揮到了極致。

在場的人，也完全沈醉在這有如天籟一般的樂聲中。

「好過癮啊！」若靈萱一臉笑意，心裡樂滋滋的。合奏的感覺真的好棒，讓她都捨不得停止了。

君狩霆面掛淺笑，樣子也極為愉悅，不得不說，今天的合音，是他人生一大樂事。

「店家，我們試過的這些樂器全部都要，明天你全送去這個地址。」他說著，從懷裡掏出一疊銀票和一張單子，交給店家。

店家看著那厚厚的銀票，愣愣地點了點頭，雖然購買的數量很多，不過那些錢卻多出更多，這種客人不常見，真是千載一遇呀！他便樂呵呵地接過，道：「謝謝公子！小的明天一定如數送到！」

「走吧！」兩人相視一笑，走出奏樂館，後頭的店主人仍在點頭哈腰恭送著。

兩人又逛了一會兒，然後走進玉器店，若靈萱立刻被眼前琳琅滿目的精美玉器吸引住了。

「很漂亮耶！」她走到櫃檯前，看著裡面所陳列的名貴飾品，玉簪、手鐲、翠牌、玉璧、玉璜，還有晶瑩剔透的美玉，在在令她讚嘆不已。

「靈萱，幫我挑選，看哪些適合當禮品的。」君狩霆看著一列精美的玉器說道。

「好！」若靈萱的清泉美眸一一掃過，從裡面挑出了手鐲、玉珮等樣式精美、做工精細、品質上乘之物。

然後，她拿起一支翡翠玉簪道：「君大哥，這個送給紅顏知己，一定很不錯。」

「喔？」君狩霆挑眉淡笑，接過玉簪。他的身邊除了燕子和飛雪這兩個心腹，根本沒有任何女人，何來的紅顏知己？

目光瞥向晶瑩剔透的玉簪，玉質溫潤、純淨完美，倒是跟她很相配……

「就要這個吧。」君狩霆一聲吩咐，店家立刻包裝起來。

若靈萱看著他，有些好奇，不知是怎麼樣的女子，能當寧王的紅顏知己呢？

走出店門後，天色有點晚了，兩人便坐回馬車上，準備打道回府。

「靈萱，可以和我一起用膳嗎？」君狩霆凝住她滿蘊靈氣的眼眸，語氣輕柔地問。

「這……」若靈萱有些猶豫，時間不早了，她再不回去，恐怕那個自大狂會發火，說不定還會乘機找她碴。

「好的，我明白，我送妳回去吧。」看出她的為難，他也不勉強。

「謝謝君大哥。」若靈萱一笑，感激他的體諒。

馬車緩緩地向著睿王府的方向行駛。

若靈萱其實也很想跟他多相處一會兒，畢竟知音難覓，那種琴簫合奏的感覺依然令她意猶未盡，但是她卻必須回去。御賜王妃的頭銜牽絆著她，讓她毫無自由可言，即便逃離，也不是辦法。

為今之計，就是取得休書，以後想幹麼就幹麼，誰管得著呢？

「君大哥，我想問你一個問題。」突然，她開口打破沈靜。

「什麼事？」君狩霆好奇地看著她。

若靈萱輕咬櫻唇，糾結了一會兒後，才道：「如果我想離開睿王府，除了得到睿王的休書，還有哪些辦法？」

聽罷，君狩霆有些訝異，不禁問：「妳怎麼會有這種念頭？是不是發生了什麼事？」現在的若靈萱雖然不比以前，但沒想到她居然有離開王府的想法。

對於她性格的改變，已讓他驚奇連連，莫非現在，除了聰穎的頭腦、驚人的才情外，連對君昊煬的那份感情也變質了？

越想，就越覺得她是個謎。

「沒有感情的婚姻何必死守？我只想離開睿王府。」若靈萱只是淡淡地解釋了一下，並未多說。

沒有感情？君狩霆疑惑地揚眉，直瞅著她半晌後，倏地心念一轉，沈吟道：「妳這樁婚姻是御賜的，也就是說，如果妳想恢復自由身，必須得讓皇上答應，頒下和離書才行。」

「皇上？」若靈萱眼睛一亮。「對啊，我怎麼沒想到呢？只要皇上肯答應我就行了。」

「話雖如此，但御賜婚姻事關重大，沒有合理的理由，皇兄是不會輕易答應的。」君狩霆搖搖頭，說出了問題的關鍵。

可她卻信心十足。「沒問題，我一定會想到辦法，讓皇上答應的。」她無論如何得試試。

這時，馬車停了下來。

外面的侍衛回稟道：「九千歲，睿王府到了。」

君狩霆先下馬車，然後再攙扶若靈萱下來，手輕巧地在她腦後一晃，便將那支玉簪插在她的髮髻上，薄唇勾出一抹完美的弧度。

美玉，就應該配美人。

「靈萱，謝謝妳今天陪我，日後再見。」君狩霆送她到門口，看著她說道。

「嗯，君大哥慢走。」若靈萱淺淺彎唇，泛起好看的笑弧。

君狩霆再次深深地凝視了她一眼，含笑點頭，隨後轉身，走進了馬車。

一聲令下，馬車轆轆前行。

遙望著遠去的馬車，若靈萱微嘆口氣。回想起剛才天衣無縫的合音，心中便澎湃不已，不知以後還會不會有機會再合奏一次呢？

「小姐。」多多一出門口，就看到主子站在那裡，出神地望著遠方。她顧不得多問，急急地道：「小姐，妳怎麼現在才回來？王爺見不到妳，正大發脾氣呢！」

「他又怎麼啦？」回過神，若靈萱扭頭望向多多。

「小姐，妳也知道王爺的，他最不喜歡妳單獨跟晉王爺在一起，現在火氣大著呢！」多多有些憂心地看著她。

「嘖，真受不了他！我去看看。」若靈萱撇嘴翻眼，真懷疑那個自大狂是不是吃炸藥長大的，怎麼動不動就發火？

君昊煬面色陰沈地坐在大廳，直瞪著由門外走進來的若靈萱。

瞧她一副容光煥發、意猶未盡的樣子，心裡就不爽極了，臉色也更難看。大廳裡的氣氛有些凝重，大家都盯著她，沒有說話。

「若靈萱！妳知不知道現在是什麼時辰了，還在外面瞎逛？」忍無可忍的，君昊煬終於咆哮出聲。

一想到她又不知跟君昊宇說了什麼卿卿我我的話，兩人又會怎麼玩鬧，喉中就像梗了一根刺般，難受極了。

「我……」若靈萱想反駁又頓住，這麼晚才回府，好像真是她的不對。

君昊煬不經意間看見她頭上的玉簪，冷眸一瞇，指著它暴喝道：「妳頭上戴的東西又是哪裡來的？說！」她的打扮一向簡單，且很少戴什麼頭飾，今日怎會戴上如此名貴的簪子？

頭上戴的？若靈萱微微一愣，摸了摸髮髻，然後抽出一支晶瑩剔透的玉簪，不禁有些訝然。這不是君大哥買的嗎？怎麼會戴在她的頭上？什麼時候戴上去的，她怎麼絲毫未察覺？

「怎麼不說話？心虛了嗎？」君昊煬又吼了一句。

「這是我自己買的，我喜歡它就買下來了，幹麼大驚小怪？」被他連轟帶炸，若靈萱也火了。該死的自大狂，就不能好好說話嗎？

「妳買的？」君昊煬眸中帶著懷疑，直直盯著她。

「廢話！」若靈萱白他一眼。

「那妳去晉王府幹什麼？這麼晚才回來，你們聊了什麼？」君昊煬心裡一直耿耿於懷著這件事情。

「我……沒什麼，就隨便聊聊。」眼珠子轉了轉，有些心虛地回道。

「隨便聊聊？隨便聊聊會從早上聊到晚上？」他擺明了就不相信。

見他不停地追根究柢，若靈萱不高興了。「我說王爺，雖然這麼晚回來是我的不對，但你也沒必要像審犯人一樣地審我吧？」

「妳還有理由？」君昊煬倏地站起身，惡狠狠地瞪著她。「哪有一個身分尊貴的王妃，這麼晚了還在外面遊蕩，拋頭露面的？」

「我又不是在外面，我是在晉王府裡面啊！」她繼續理直氣壯地撒著謊。

「妳——」君昊煬死瞪著她，她還敢說在晉王府！

若靈萱也不甘示弱地回瞪。誰知，肚子卻在這時不爭氣地發出了咕嚕聲，她這才想起，自己還沒有用晚膳呢，現在真是有點餓了。

君昊煬皺眉，陡然站起身，一個箭步上前抱起她，往裡面走去。

若靈萱微怔，他該不會是要懲罰自己吧？她趕忙掙扎地喊道：「你要帶我去哪裡？」

「閉嘴！」

「喂，你這人怎麼那麼小氣！我都承認回來晚是我不對了，你還想怎麼樣啊？」見他無動於衷，若靈萱也有點生氣了。

君昊煬沒有理會她，徑直地走向花廳，將她放在椅子上。

「你到底要幹麼？」若靈萱忍無可忍地吼了聲，隨後卻愣住了，只見他擊了兩掌，幾個小丫鬟馬上端著豐盛的菜餚走了進來，一一擺在餐桌上。

「吃飯！」君昊煬揮手讓丫鬟退下後，便開口命令道。

「你……」若靈萱驚訝地看著他，他抱她來，就是為了讓她吃飯？他有這麼好心？剛才不是還像座火藥庫嗎？

「你什麼你？還不快吃，不想吃嗎？」君昊煬沒好氣地道，這笨女人在發什麼愣？

「當然要吃，我快餓壞了。」若靈萱趕緊拿起碗筷，大口地吃了起來。

君昊煬邊用膳邊打量著她，舉止沒有千金小姐該有的秀氣，也沒有以前的做作，而是落落大方。這時他突然想到，如果有一天她恢復記憶了，會不會變回原先的傲慢驕橫？一想到這兒，他莫名的胃口全無。

「你老盯著我幹麼？」察覺到他緊盯不放的視線，若靈萱抬頭瞪了他一眼。

「本王吃飽了。」君昊煬放下碗筷，停了一下又說道：「妳繼續吃吧，我還有事。」

「喔！」若靈萱只好點頭，心裡有些納悶，這傢伙怎麼怪怪的？聳聳肩，不管他了，吃飯要緊。

膳後，若靈萱回到清漪苑，就看見殷素蓮正在等著她。

「咦？素蓮，妳來了。」若靈萱開心地上前，坐在她旁邊。

「姊姊……」殷素蓮欲言又止地看著她，眉心緊蹙著，神情似乎很鬱悶的樣子。

「怎麼了？是不是有什麼事呀？」若靈萱關心地問。

「姊姊，我想求妳一件事，請妳一定要答應我。」再次猶豫了一番後，殷素蓮猛地跪倒在地道。

見狀，若靈萱嚇了一跳，忙擺手。「噯噯，妳這是怎麼了？有話好說呀！妳跪著幹麼呢？快、快起來。」說完，伸手去攙扶她。

殷素蓮站起身，目光懇求道：「姊姊，妳一定要答應我。」

「有事妳只管說就行了，咱們是好姊妹呀！」若靈萱拍拍胸口，很義氣地道。

聽她這麼一說，殷素蓮就放心了，於是將自己的目的說出來。「姊姊，我想請妳教我學琴棋書畫還有曲藝，妳那些獨特的曲藝。」

「喔？」若靈萱微微一愣，有些疑惑。「為什麼突然想學這些呢？」

「因為……王爺他懷疑我了……」殷素蓮咬著唇，輕垂著頭，語氣極度憂慮。

「什麼?!」若靈萱睜大了眼睛。「懷疑？他怎麼會懷疑的？」

殷素蓮索性將上次燕王到府中一事全盤托出。

「……事情就是這樣子了。雖然王爺什麼都沒說，但我感覺得到，他起疑心了，已經對我疏遠了……」說著說著，她紅了眼眶。

「不是吧？竟有這回事？」若靈萱揉了揉額頭。居然讓那自大狂懷疑了，這下子事情恐怕不好辦啊……

殷素蓮一邊點頭，一邊流淚，捉住她道：「姊姊，怎麼辦呀？我不能讓王爺懷疑，不能失寵呀！所以妳一定要幫幫我！」

望著她緊張的神情，若靈萱輕聲安慰道：「別怕，有姊姊在呢！這樣吧，我等一下畫一幅畫，妳就隨便找個理由，送王爺也好，請他品鑑也好，讓他看去。這樣一來，他或許就能消除對妳的疑心。如果他要妳彈唱，妳就說這陣子生病了，彈唱出來的效果不好，先搪塞過去。然後我教妳一些歌曲，妳學會後唱給他聽，應該就能過關了。」

「可是，我們的聲音不像呀！」

「那就說妳最近都在練歌，想著要唱首新曲給他聽，可是沒想到練習過度，竟弄壞嗓子了。」

殷素蓮一聽，也覺得這些方法甚好，起碼不是一竅不通了。當下，她歡喜極了，水眸露出欽佩之色。「姊姊，妳真行，這也想到了，謝謝妳這麼幫我。」

「傻瓜，我們是姊妹嘛，不幫妳，幫誰啊？」

殷素蓮笑著將淚水一擦，緊握著她的手，笑逐顏開。「嗯，姊妹！我們要當一輩子的好姊妹！」

「好！」若靈萱也笑盈盈地回握住她的手。

寧王府。

夜半三更時分，一個敏捷的人影飛快地躍進府內，隨後在一處豪華的樓閣前停下腳步。

正在房裡批閱公文的君狩霆，手中的動作不禁頓了頓，勾唇一笑，放下筆，靜待門外的不速之客降臨。

隨著推開的房門，一名高大的男子走了進來。

黑紫色的錦服襯托著他高貴的身分，五官如刀刻般俊美，朱唇皓齒，幽暗深邃的眸子顯得狂野不拘，但眼裡不經意流露出的精光卻讓人不敢小看，整個人散發出一種威震天下的王者之氣。

「你來了。」像是早料到他會出現似的，君狩霆沒有絲毫驚訝。

男子輕輕一笑，眉目清朗。「寧王，別來無恙。」

「請坐。」君狩霆做了個請的手勢。由於男子身分特別，他沒有叫小廝進來奉茶，而是自己親自沖泡一壺，放在茶几上。

待兩人坐定後，男子開口道：「寧王，你邀約本帥，到底有何要事？」他知道君狩霆一定有事，才會千里迢迢地派人通知他。

君狩霆並沒有急著回答，而是端起茶杯輕啜了一口，這才慢條斯理地說：「元帥，不知你對君昊煬有什麼看法？」

一聽到這個名字，男子的神情立馬冰冷起來，眸光狠厲無比。「這個絆腳石，本帥恨不得除之而後快！」

君狩霆的黑眸閃過一抹精光，隨即歸於一片深沈，猶如深不見底的寒潭。

「這麼看來，元帥碰到一個真正的對手了？」他狀似無意地拋出一句話。
「什麼對手不對手的？不過是一個初出茅廬的小子，靠的只是運氣罷了。」男子不以為然的冷哼，握著茶杯的手因怒氣而微微緊了緊。「等著瞧，本帥遲早要他身首異處！」
「其實，要對付他也不是沒有辦法，本王倒有一計，就不知元帥可有興趣？」君狩霆緊緊凝望著他，唇角勾起別有深意的笑。
「喔？」男子揚了揚眉，也不由得凝視著他，不多時便恍然大悟道：「寧王，莫非你請本帥來，就是為了對付君昊煬？」
君狩霆輕點了下頭，笑意更深了，卻令人寒入骨髓。
「本王這個計劃，不但能令君昊煬在劫難逃，甚至連君昊宇、銀騎和鐵騎兩大軍隊，都能一併收拾掉。」
「寧王這麼有把握？到底是什麼計劃？」男子感興趣了，迫不及待地問。
君狩霆示意他附耳過來，將自己的計謀一五一十地道出……

今天，京都城南有家新店開張了。
君昊宇請休沒有上朝，早早地就來到這裡，與若靈萱兩人主持開張儀式。新店開張，熱鬧非凡。
掀起紅布，鞭炮聲大響，伴隨著舞龍舞獅，肯得基餐館，就此落成。
街上的行人紛紛被「肯得基」這個店名所吸引，感到十分新奇，裡面到底是賣什麼的？

趙青按照若靈萱的方案佈置店鋪，四張小椅子圍著方形的桌子，上頭則吊著薰香燈。前臺是張又長又寬的紅木大桌，後面是一排排透明的水晶櫃子，裡面擺放各式各樣的炸雞、美食等，同時，各個樓層的環廊都掛有美畫，供客人欣賞。

一樓經營漢堡、炸雞等速食食品；二樓是西式餅屋、西式餐點；三樓則是中式；四樓是客房；五樓則不對外開放。

裡面的工作人員，一半是晉王府的，一半是君昊宇聘請來的，利用了一個多月的時間，學懂了所有的吃食。

開張的第一天，全部餐點都半價出售，這樣更能吸引客人前來，熙熙攘攘，好不熱鬧。男女老少全都擠在一起，全被獨特的炸雞、壽司、薯條、蛋糕……等一些新奇的吃食吸引住，個個搶著購買，然後興高采烈地圍坐著品嚐。小孩子則玩鬧成一團，歡樂地奔跑著。

若靈萱微笑著站在肯得基門前，聽著裡面喧譁嬉鬧的聲音，頓覺精神百倍，心中十分滿足。第一天就吸引這麼多人，真的好有成就感。

「這種熱鬧的氣氛真好！」若靈萱露出大大的笑容，在陽光拂照下，周身恍若輕籠著一圈柔和的金色光暈。

沒想到新店的落成，能讓她高興成這樣，君昊宇搖頭淺笑。不過，看著裡面的佈置，還有各種各樣新奇的吃食及玩樂，他就不得不佩服她的腦子，怎麼能想出這麼多與眾不同的東西呢？

「靈萱，忙了一個早上，累了吧？不如我們也進去坐坐。」他體貼地說道。

「好呀！」若靈萱朝他一笑，踏著快樂的步伐走進了肯得基。

走上二樓，在一個靠窗的位置坐下，這是趙青特意為他們留下的，要不然現在座無虛席，恐怕得站崗了。

兩人坐下後，一個小廝立刻走了過來，壓低聲音道：「王爺、睿王妃，要吃點什麼嗎？」

若靈萱看著其他桌的桌上擺滿了三明治和壽司，那也是她最愛吃的東西。

「一盤壽司，多放點芥辣粉，我喜歡辣辣的感覺。」她不顧對面的男人眼睛睜得大大的，一臉驚詫的表情，繼續興奮地說道：「不了，你還是把芥辣粉拿來吧，我自己放得了。」

「好的。」小廝記下，然後轉眸問君昊宇。「王爺，您呢？」

「跟睿王妃的一樣。」他沒吃過這麼奇怪的東西，不知點什麼好，還是跟隨靈萱吧。

「是！」小廝點頭，恭敬地退下。

不一會兒，壽司和芥辣粉端上。

君昊宇看著眼前這些竹筒形狀的食物，紫菜包著米飯，還有一些食材，不禁好奇地問：「靈萱，這就是妳說的壽司？」

「是呀，它也有吃法的喔！」若靈萱笑笑，然後解說道：「首先得把它們切開，然後放些芥辣粉，一口一個，很美味的。」

切了一塊塊，她拿起勺子舀了兩勺芥辣粉撒在紫菜卷壽司上，然後用筷子翻轉攪拌幾下後，挾起一塊放到口中，嚐了嚐。「啊，好棒！好好吃喔！你也快嚐嚐吧，真的好好吃！」

君昊宇見她吃得香，不由得也學著她嘗試了一塊，可是剛進嘴，俊臉立刻皺成了一團，只覺得一股辛辣的感覺由喉嚨直衝鼻端，難受得幾乎擠出淚來。

若靈萱看著他的狼狽樣，忍不住格格笑了起來。

「天啊，辣得要命！靈萱，這能吃嗎？妳不覺得難受嗎？」他說著，急急倒了杯茶，去掉辣味，嘴裡還發出「嘶嘶」的聲音。

這女人也太能吃辣了吧？他只不過是吃了一塊，便辣得要命，這女人怎麼就吃得這麼香呢？

他皺眉看著眼前的女人，見她吃得津津有味的樣子，不由得暗暗咋舌。

若靈萱初時還是吃得很香，誰知一時興奮過頭，吃多了，漸漸就感覺臉很熱、鼻很麻，眼裡還冒出了淚花。真的是太辣了，饒是她那麼喜愛吃辣，也受不了啦！

一手捂緊鼻子，小臉皺得死緊。真的是太辣了，她差點哭出來。

君昊宇見狀急忙起身，倒了一杯茶給她。「傻女人，有妳這種吃法嗎？放那麼多芥辣粉，不辣壞才怪。」

他邊說邊取過桌上的絲絹，給她擦著眼淚，樣子極為疼愛。若靈萱所有心神都被那濃烈的辣味給引去了，不停地發出低低的哀嚎聲，完全沒注意到兩人的樣子像極了一對恩愛的夫妻。

在座的女客官們全都羨慕地看著美得妖孽又溫柔的男子，鄰座的大嬸更是八卦地開口道：「小媳婦啊，妳相公真疼妳，跟著他，妳一定會幸福的。」

若靈萱的大腦一下子空白，看著眼前的男人，他也正好望向她。她有些尷尬地笑了笑，趕緊推開他，坐直身子。

「多喝點水吧。」君昊宇輕咳一聲，返回座位坐好。

「嗯。」若靈萱淺淺一笑，儘量讓自己自然些。

一時間，氣氛有點尷尬。

若靈萱低著頭，有一下沒一下地吃著沒放芥辣粉的壽司，俏臉微微發熱，不知為何，突然沒勇氣抬頭看他。

「嗯，果然好吃啊！」不忍看她窘迫，君昊宇便挾起一塊沒沾芥辣粉的壽司入口，邊嚐邊故意大聲地道：「沒想到紫菜加些米飯而已，味道就這麼好了，真不錯！」

「當然了，我徒弟做的呀，能不好吃嗎？名師可是出高徒的。」一提起自己的專業，若靈萱笑得可驕傲了，神情也自然起來。

她可是花了十天的時間，教會冰兒做壽司和炸雞等食材，然後再寫成本子，讓冰兒派發給肯得基的其他小廚師學著做呢！冰兒現在不再是睿王府的丫鬟了，而是她新店的大廚師傅。

「靈萱，這樣吧，我幫妳宣傳一下這間店，讓更多的人知道，這麼好吃的東西，可不能埋沒了。」他說著，又挾了一塊進口中，再次嘖嘖稱讚。

「好呀，那謝謝你嘍！」若靈萱開心地笑眯了眼。

「要謝我，就彈琴吧。」君昊宇眨著邪魅的雙眸，乘機提出要求。

又是這個！若靈萱沒好氣地翻翻白眼，然後又忍不住笑了起來。

同一時間，皇宮宣政殿裡，順武帝正召集群臣議事。

順武帝坐於大殿上，君狩霆立於階下左側，君昊煬和君奕楓則立於右側，其餘親貴大臣羅列站立其後。

此刻，他們正聽著邊關回來的將軍稟報軍情。

「……這一個月來，溪蘭王朝屢次組織軍隊調防，末將們也都習慣了，就沒去在意，但誰知，昨天他們突然舉兵犯境，直殺進盛州，令我們措手不及，我軍……已死傷大半……」

群臣聽得訝然，臉色更為沈重。

盛州是軍事重地，如果被攻陷了，那對晉陵可是相當不利啊！

君昊煬緊皺著眉，沈吟道：「怪不得一直以來，他們調防的時候都故意張揚高調，原來是想迷惑我軍，這赫連胤，還真是詭計多端！」

「溪蘭真是不死心，都已經吃了三次敗仗了，居然還敢捲土重來?!」君奕楓微沈著俊臉，顯得十分氣怒。

順武帝凝思了一番後，看向眾臣。「各位愛卿，你們有何看法?」

「臣弟覺得溪蘭這次聲東擊西，一定是有備而來，說不定已在盛州設下陷阱，因此我們若是要迎戰，必須得從長計議。」君狩霆中肯地分析道。

「皇叔說得有理。」君奕楓也贊同地點頭。「我們這次出兵，最好不要聲張，化明為暗，這樣能減少敵軍半途襲擊的機會，我們的勝算也會多一分。」

「沒錯，這樣一來，溪蘭軍就會防不勝防了。」順武帝對於兩人的戰謀大為稱讚。其他的親貴大臣也甚表贊同。

這時，君昊煬越眾而出，看向順武帝，昂然道：「父皇，既然如此，那就讓兒臣帶兵出征吧！」

順武帝揚眉看向他，溫和地微笑。「煬兒，上半年你出兵紫焰國，已經辛苦你了。」他這個兒子，真是做什麼都喜歡身先士卒啊！

君昊煬沈著地說道：「為國效命，兒臣責無旁貸！」

「皇兄，臣弟也覺得昊煬出兵勝算較大。」君狩霆眉眸輕揚，微笑進言。「對付溪蘭軍，臣弟相信沒有任何人會比昊煬更有經驗了。」

此話一出，眾人再次點頭稱是。溪蘭軍驍勇善戰，他們幾次出兵都勝不了，但自從睿王君昊煬帶兵三戰溪蘭軍後，終於獲得了勝利，並且收回了許多海岸城市。

君昊煬撩袍單膝跪地。「父皇，請允許兒臣掛帥。」

「好吧，煬兒。」順武帝不禁流露出讚許的眼神，撫著鬍子道：「那朕就封你為兵馬大元帥，賜虎符帥印，明日出發盛州。」

「謝皇上！」君昊煬恭敬謝恩。

下朝後，君昊煬直奔軍機處，開了個會議，然後又去了一趟駐軍城堡，交代銀、鐵兩騎軍隊整裝，明天出發盛州。

回到睿王府時，已經是酉時初了。

君昊煬下了馬車，正準備踏進王府大門，就在這時，眼角卻瞥到遠處走來兩道熟悉的人影——

若靈萱與君昊宇並肩而行，邊走邊交談，沒有很親密的動作，畫面看起來卻很和諧。跟著，君昊宇不知在她耳邊說了什麼，讓她不顧形象地笑了起來，神情十分愉悅。

君昊煬黑著臉，拳頭緊攥著，像是突然喝了一缸醋，五臟六腑都酸得難以安寧。

而那女人還在嬌笑連連！

「若靈萱！」忍無可忍的，君昊煬大步走上前，一聲怒吼也隨之而出。

若靈萱微微一顫，抬眸對上了他凌厲、散發著怒火的眼眸，不禁皺眉。怎麼會這麼巧？

一把扯住她的手臂，君昊煬厲聲道：「妳居然又瞞著本王在外遊蕩這麼久，是不是想本王從此禁妳足？」

若靈萱掏掏耳朵，這傢伙說話非要用吼的嗎？「現在又不是很晚，只要我天黑之前回來就得啦！」

「妳還有理由！」君昊煬瞪著她。

「昊煬，你別怪靈萱，是我硬拉她陪我買東西的，要怪就怪我好了。」站在一旁的君昊宇見狀，連忙出聲解圍，對上君昊煬憤怒的雙眸。

「你──」君昊煬臉色鐵青，冷掃了他一眼。「昊宇，雖然你們是叔嫂，但不要忘了，男女授受不親，要是不懂得避嫌，會惹人閒話的。」

君昊宇還未說話，若靈萱就不滿地反駁了。「我們光明正大的，何須避嫌？你不要沒事找事！」

君昊煬的臉色難看極了，想發作又強忍住，一把扯過她。「回府！」看著兩人站在一起，他就不舒服。

「昊煬，你可不要為難她。」君昊宇趕緊在背後出聲。

君昊煬腳步停頓，沒好氣地回頭瞪了他一眼，沒有說話，拉著若靈萱走進了王府大門。

看著她的背影，君昊宇眼裡閃過一絲複雜的光芒，隨後，壓下心底冒出的異樣感覺，若無其事地轉身離開。

君昊煬硬扯著若靈萱回府，兩人話不投機半句多，沒一會兒，清漪苑再次傳出爭吵聲。

「你說什麼？要我陪你出征？」若靈萱震驚地睜大了眼，幾乎懷疑自己聽錯了。剛剛聽到他要出征時的喜悅，此刻全都煙消雲散了。

君昊煬睨了她一眼，慢條斯理地坐在長椅上，繼續發言。「沒錯，父皇已宣詔，要我前往盛州都護府，妳這做妻子的，當然也要隨夫出征。」

她愣了半晌後，才疑惑地道：「行軍打仗，可以帶女人同行嗎？」

「本王說可以就可以！」君昊煬一臉「我說了算」的表情。「不要廢話了，快給本王收拾收拾，明天咱們就出發。」

這是什麼語氣？若靈萱不悅了。「我不要！」拜託，她才不要整天待在全是男人的地方呢！何況他離家後，她就可以光明正大地出府玩個夠了，傻子才要跟著去！

「不要？由得了妳嗎？」君昊煬冷笑一聲。他就是想將她綁在身邊，原因他目前不想深究。

若靈萱怒視著他。「我就是不去，你又能拿我怎麼樣？」

君昊煬火了，上前使勁攫握住她，惡狠狠地道：「若靈萱，本王是不會讓妳單獨留在這裡，再跟別的男人幽會，丟我睿王府顏面的。如果妳敢不聽話，本王就讓妳以後都不得出府！」

「你、你卑鄙！」若靈萱氣極地罵道。這混蛋，為什麼偏要這樣強迫她？

「所以，妳最好乖乖的，別再反抗了，隨夫出征吧！」君昊煬得意地輕拍她的臉頰，看到她氣結的樣子，心情就無限好。

若靈萱恨恨地瞪著他，一想到要與這個自大狂同赴盛州，起碼有一陣子都要跟他相處在一起，心情就沮喪至極。但如果不去，恐怕以後出府就難了……

可惡！

惜梅苑。

「什麼？你又要出征？」林詩詩乍聽到這個消息，差點打翻了手中上好的茶水。

君昊煬點點頭，沈聲說道：「盛州要是被攻陷，那麼對我國是非常不利的，所以出征是勢在必行。」

林詩詩憂慮著一張臉，淚水不知不覺盈滿眼眶。「王爺出征，臣妾又要擔心了。」

「擔心什麼？我又不會死——」

「不要說那個字！」林詩詩焦急地打斷他的話。

君昊煬看見她蒼白的臉，心有不忍，便握緊了她的小手，柔聲道：「詩詩，別這樣，本王可不是第一次帶兵打仗，所以妳用不著害怕。」

「是，臣妾不怕的。」林詩詩搖搖頭，努力想抑回淚水，勉強擠出一個笑容。「臣妾相信王爺，一定會凱旋歸來，王爺一定不會丟下臣妾的。」說完，淚水仍是滑落了。

君昊煬微微一笑，擁著哭泣的她入懷，輕聲安撫著。

翌日。

護城河入海口，密密地停泊著數不清的軍船，戰旗在空中飛舞，上萬名士兵披盔戴甲，整齊地站在河邊。

君昊煬身上穿著刀劍不入的金甲戰衣，錦繡鑲邊戰袍，更加挺拔俊朗，威風凜凜，又兼具王者氣勢。

此時，他看向馬上的張沖說道：「張沖，軍隊兵分三路，去跟盛州都護府的將領們會合。記住，要暗中進行，不能走漏風聲。」

「是，屬下知道該怎麼做了。」張沖鄭重地點頭。

這時，順武帝從托盤中取出一只雕刻精美的銀杯，遞上前。「煬兒，這是上古月神的聖杯，飲了聖水的人，月神必定保佑他勝利回歸我晉陵。」

君昊煬單膝跪下，恭敬地接過聖杯，懷著無比的虔誠，一口喝乾。

另一邊，若靈萱站在河邊等待著，一身白衣的她，姿容俊美，像個丰神如玉的佳公子。為了避免不必要的麻煩，君昊煬硬要她穿上男裝，掩人耳目。

多多也跟著來，方便照顧她。

「靈萱。」君狩霆不知何時走了過來。

「君大哥，你也來了？」若靈萱立刻轉頭，微笑著看向他。

君狩霆凝住她滿蘊靈氣的眼眸，輕聲說道：「靈萱，這次妳跟昊煬一同前往盛州，必定會很辛苦，記得要萬事小心。」

「嗯，我會的。」若靈萱輕勾櫻唇，揚起好看的弧度。「君大哥，等我回來後，咱們再合奏一次樂曲，好不好？」她真的很懷念那種感覺。

「當然好，只要妳喜歡，我隨時都可以奉陪。」君狩霆輕微頷首，唇角淺揚起一個淡淡的笑容。

「真的？那就這麼說定了！」若靈萱十分高興，情不自禁地輕捉著他的衣袖笑道。

君狩霆依然是淺笑著，眸底深處卻稍縱即逝地閃過一抹複雜的神色。

君昊煬老遠就看到這一幕，俊顏微沈，心中不悅至極，猛地大步走過去，一把扯過她。

「走，上船去！」

「放手啦，我自己會走。」一而再地被人粗魯對待，若靈萱很是惱火，用力掙扎想甩開他的手。君昊煬不予理會，只是面無表情地拽住她走上戰船。

張沖交代了各隊隊長幾句話後，也躍上了船，朝後面的大軍一揮手，喝令：「出發！」

順武帝領著文武百官，向遠去的戰艦揮手致意。「大家要勝利歸來啊！」

君狩霆轉過身，面無表情地踏步離去，到了轉角處的時候，一身白衣的飛雪閃身出來，單膝跪下。

「王爺！」

「立刻派些人暗中跟著船隊，隨時等候本王的命令。」

「屬下遵命！」飛雪應聲，閃身離去。

君狩霆回轉身，遙望著風馳而去的船艦隊，秀美的唇角勾起一絲詭秘，神情陰冷酷寒。

君昊煬，本王要你有去無回，盛州就是你的葬身之地！

第十七章

出海沒多久，君昊煬就召集幾個將領上頂層商量事情，若靈萱和多多不宜參與，因此兩人留下來自行找樂子。

「哇～～多多，快來快來！」若靈萱跑到船的甲板上，迎著吹來的清涼海風，興奮地張開雙臂，感到十分舒適和愜意。

「小姐小姐，多多還是第一次坐船呢！感覺好棒喔！」多多也興奮的蹦蹦跳跳，然後指著前方浪花尖上的白色飛鳥。「那些是什麼鳥啊？叫聲真好聽！」

「啊，那是海鷗！」若靈萱笑呵呵地答道：「如果是成群結隊地結伴在一起，聲音一疊加一疊，還更悅耳呢！」

「真的嗎？」多多更興奮了，扶著船舷，手臂不停地伸著，逗弄忽遠忽近的海鷗。「來來，到我們這邊來！我也會鳥叫，不信吹給你聽聽……」

若靈萱好笑地看著她的動作──小指彎曲放進嘴巴裡，拚命地試圖擠出聲音，卻是五音不全。

「哈哈，多多妳別搞了，笑死我了……」她抱著肚子笑得直不起腰。

突然，多多停下了吹哨的動作，「咦」了一聲。「小姐，妳看，那個人好像晉王爺耶！」

若靈萱立刻朝她指的方向看去，果然看到不遠處，一匹白馬緩緩而至，馬背上那熟悉的俊挺身影，即使隔著那麼遠的距離，她依然能夠一眼就認出了他。

「昊宇？真的是他耶！」若靈萱笑逐顏開，心中一片莫名而來的喜悅，使她情不自禁地揚起手，朝那抹身影揮了揮。

那邊的君昊宇，也看到了站在船甲板上的若靈萱，立刻漾起了笑容，邪魅誘人的深瞳中，深深映著前方纖美的倩影。

今天一早，聽到君煬要出征，靈萱也將陪同前去，他立刻就進宮向父皇請行。除了要為昊煬助陣之外，還有就是……想見靈萱。

對，他想見她，想天天都見到她！

曾經迷惘的心已經明朗，他終於知道自己為什麼老喜歡往睿王府跑，見到她出事會這麼擔心緊張，見她受傷，自己的心會這麼痛，那是因為他早就愛上了這個靈慧可人的女子了。

雖然她是昊煬的王妃，但昊煬並不愛她，而她現在也不愛昊煬，那是不是代表，他可以為自己爭取一次機會呢……

唇角勾起自信的微笑，馬鞭再次甩下，立刻加快了駿馬飛馳的速度，向著漸行漸遠的戰艦疾奔而去。

邊關的冬天來得比京都城早，君昊煬一行人在赴盛州途中，天空已細雪紛飛，白茫茫一片。

盛州的街道寬廣而筆直，多數居民為了防範敵兵的劫掠，大多數都用封閉的外牆圍護，對外窗戶很少，大門則多以青石做框，感覺上十分堅固牢靠。

若靈萱充滿興味地東瞧西瞧之際，一座帶著異國色彩、十分巍峨宏偉的府邸已顯現在眼前。

奉命留守的副帥楊軒以及軍師李清，早已在大門外恭候主帥——睿王君昊煬。

「末將楊軒！屬下李清！恭迎王爺！」二人齊聲說。

「辛苦你們了，近來可好？」君昊煬領著若靈萱下了馬車，微笑問候道。在這幫生死相交的兄弟面前，他一向冷峻的臉龐也不禁變得柔和起來。

「謝王爺關心，屬下們一切都安好。」楊軒和李清也回以一笑。跟著，他們看了看對面的若靈萱，不禁問：「王爺，請問這位是……」

君昊煬還沒答，若靈萱已搶先道：「我叫若靈萱，兩位大人好。」

楊軒和李清怔愣了一下，隨即醒悟過來，慌忙作揖。「原來是王妃娘娘！末將失敬、失敬！」不過奇怪了，傳言中的王妃不是相貌奇醜的胖女人嗎，怎麼卻是眼前的大美人？心裡雖疑惑，但臉上並沒表現出來。

「兩位大人客氣了。」若靈萱也微笑回禮。

「王爺、王妃，一路辛苦了，屬下們早已準備了酒宴，為你們接風洗塵。王爺、王妃，請進吧！」楊軒恭敬地說著。

「好，有勞你們了。」君昊煬點點頭，隨即轉頭朝身後的兩大軍隊道：「大家牽好馬，都進府休息吧。」

「是，王爺！」晉陵軍十分有氣勢地齊應了一聲。

溪蘭王朝原本只是東方的一個小國，但在十年前，出現了一位年輕睿智又有雄才大略的赫連胤大元帥後，由於他行事狠辣，計謀深沈，在短短幾年內便統御了東方很多部族，迅速壯大了溪蘭的勢力，讓其一下子成為與晉陵王朝並駕齊驅的大國。

而且自從老皇帝駕崩，小皇帝繼位之後，身為皇親的赫連胤更以攝政大臣的身分獨攬大權，再聯合盟友紫焰國的軍力，南征北討，攻陷了無數大大小小的國家，因而打響了溪蘭王朝的名號，令許多國家為之聞風喪膽。

赫連胤更是躊躇滿志，把目標對準了東方最為強大的晉陵王朝，並且三番四次的進攻。只是，晉陵王朝也不是省油的燈，兩方對峙了近三年後，最終打了個平手。

但是，野心頗大的赫連胤卻不甘心，隔了半年後，又再次發動戰爭。只是這次，他終於遇到了一個強勁的對手，那就是睿親王君昊煬。

不但首次嘗到了失敗的滋味，更因此而失去了許多戰船和海岸城市，令溪蘭王朝企圖統一天下的心，遭到了沈重的一擊。

赫連胤當然不會就此甘休，他檢討了自己失敗的原因，休養生息了兩年多後，再次挑起戰役。他先以調防的名義混淆晉陵守關的將士，然後迅雷不及掩耳地帶兵突襲，將士們抵擋不及，幾乎全軍覆滅，如今的盛州，有一半已落入溪蘭人手中。

此刻，在城內的大將軍府——金衫堡裡，赫連胤正在與謀臣們商議軍機要事。

「君昊煬果然兵分三路，悄悄聚集到了平城，足見寧王給我們的消息不假。」赫連胤道。

雖然君昊煬很精明地隱瞞趕赴盛州的消息，一路上的行蹤也極隱密，只是早有了情報的他們，一下子便發現了晉陵軍的蹤跡。

「那我們接下來該怎麼做？」副帥錢宏問道。

「按計劃進行！」赫連胤果斷地下令。

君昊煬，你等著吧，這次本帥一定會親手解決你！

盛州都護府。

接風洗塵的盛宴過後，君昊煬旋即召楊軒和李清到書房，商議大事。

「……溪蘭軍這次突襲盛州，邊關將士死傷大半，幾乎全軍覆沒。」楊軒神色凝重地說道。

「該死的赫連胤！」君昊煬拳頭緊握，臉色陰沈至極。「這傢伙三番四次挑起戰事，一天不除，晉陵永無寧日。」

被君昊煬強迫共聽的若靈萱，很快就掌握了狀況——原來溪蘭軍仍駐守在盛州，暫時沒有任何動靜。而他們則決定，明天整裝出發，殺溪蘭軍一個措手不及！

從小對兵法便頗感興趣的若靈萱，忍不住插嘴提議。「最好避實就虛，一舉擊中要害。」

三個男人全因她的話而齊瞅住她。

看什麼看？臭男人！是不是要說我婦人之見？果然，古代的男人就是這麼迂腐，容不得女人參與正事，嘖！若靈萱沒好氣地在心中腹誹著。

誰知，君昊煬卻是目露讚賞地看著她，充滿誠意地下令。「繼續說！」

若靈萱驚訝極了，這自大狂竟肯聽女人的意見？於是，她便繼續說下去。「現在溪蘭的精銳部隊都在我國，內部空虛，如果我們帶兵向溪蘭的都城突襲，向他們的國都大樑進攻，到時候，赫連胤必然會帶兵回國自救。」

「說得好！那妳認為該如何派兵？」君昊煬進一步問。

若靈萱欲罷不能地說：「先派一些軍兵前去，佯裝攻擊，而我們的精兵就繞道而行，等他們軍隊打得疲倦的時候，再一舉攻陷。」

君昊煬聽得縱聲大笑，讚許連連。

「很好，這個戰略不錯，那就這麼辦吧！楊軒，交給你去安排了。」

「是的，王爺！」

楊軒和李清也認同若靈萱的戰略，看她的目光都充滿了讚賞。

若靈萱則有些驚詫地看向君昊煬，沒想到這男人，有時還挺開明的嘛！

夜初靜，人將寐，天空一片靜謐祥和。

若靈萱泡在香氣四溢的水裡，頓時感到身心都鬆弛了不少，不禁舒服地閉上眼睛。熱氣繚繞的水霧，將她的身影變得虛無縹緲，那凝脂般的雪膚更被烘得淡淡粉紅，散發出一種珍珠透亮的光澤，美得如此無瑕。

此次出征，得在盛州待上很長的時間，要是征戰不順利，恐怕還得待上一年半載。

她不懂，君昊煬為什麼硬要她陪同而不找林詩詩呢？難道這也是他的報復手段之一？要是這樣，那他也太無聊了吧？

若靈萱真的無法明白，君昊煬那自大狂心中在想些什麼？

「小姐，妳還要加水嗎？」多多叩了叩門，在外頭喊道。

「不用了，妳去休息吧！」她知道趕了幾天路，大家都累了，便體貼地說道。

「好的，小姐。」多多就蹬蹬地離去了。

若靈萱依然閉著眼睛，眉宇間顯露出幾分疲憊之色，淡淡的霧氣繚繞，花香清新淡雅，讓她的意識有些模糊，睡意漸漸襲來……

甩甩頭，撐起精神，可千萬不能在這裡睡著了，否則感冒了會很麻煩的。

趁著水溫還可以，若靈萱迅速站起身，跨出浴桶，伸手取過巾帕擦試著身子，然後又穿上肚兜，取過一旁長長的白色浴衣披上。隨著她的每一個動作，晶瑩的水珠順著她完美白皙的嬌軀滑滾而落，極為惑人心智。

她哼著小曲來到床榻前，正要拿起衣架上的衣物穿，誰知伸出的手突然感到一陣癢癢的，不由得轉頭一看——

「啊——」

君昊宇來到都護府後，沒有從正門進入，而是用自己絕佳的輕功悄悄潛入府邸，打算給靈萱一個驚喜。誰知好巧不巧的，剛剛潛入的地方正好就是靈萱住的院子，而她的驚叫聲也同時傳到耳中。

「靈萱！」他臉色一變，想也不想就衝向聲音來源。

暖閣裡，若靈萱一臉驚恐地持續尖叫，死命拍打著手上的恐怖生物——蟑螂，卻由於太過驚慌，混亂之下拐到了桌腳，一個沒站穩，身子直接向前撲去——

「靈萱！」房門正好在這時被撞開，君昊宇見狀一驚，本能地伸出雙臂，將她接了個正著！

若靈萱就這樣落在他懷中，好聞的花香混合著男子獨有的清新氣息，一時間，教人意亂情迷。她只穿浴衣，而他則穿著整齊，這樣看上去似乎有些……曖昧。

若靈萱瞪大了眼睛，腦子一片空白，只是呆呆地看著他。

而君昊宇也呆怔住，一時間竟也忘記了要將她推開，就這樣摟著她動也不動，邪魅的雙眸深邃如一汪幽潭。

「你……」若靈萱好半晌才反應過來，俏臉驀地嫣紅似火，羞赧地掙扎著推開他。「你什麼時候來的？怎麼可以不敲門就進人家的房間呢！」

君昊宇猛然回神，臉色頓時尷尬無比，連忙鬆開手。「對不起，靈萱！我、我只是聽到妳在喊叫，以為妳出事了，所以才——」

「唉呀，你別說了，快出去啦——」

若靈萱哪還顧得上其他，兩人之間的距離這麼近，近到讓她心慌意亂，只顧著拚命推開他，卻不小心一腳踏在浴衣的一角上，整個人倏地失去重心。

「小心！」君昊宇急忙上前想攙扶她，誰知手勁一時沒控制住，就這麼抓到了浴衣上，整個人往她倒去——

霎時，兩人大驚失色！

由於若靈萱原本就沒有站穩，被他高大的身子這麼壓過來，一下子便摔倒在白色柔軟的山羊毛毯上，浴袍則滑落在地。

君昊宇身下的，是只穿著一件貼身小肚兜的若靈萱……

這下子，畫面更加曖昧了。

若靈萱被摔得七葷八素的，柔軟的身子被強健的身體壓住，呼吸差點就停止了，混沌的腦袋已忘記了掙扎和尖叫，只感覺到強烈的男人氣息將她密密地包裹著……

而君昊宇只覺得屬於女人的柔香之氣撲面而來，令他一陣心蕩神迷，不由自主地盯著她的小臉，忘記了一切。

懷中的女子眼睛美如清泉，又像是夜間的星子般璀璨明亮，小巧堅挺的鼻梁，紅唇嬌豔欲滴，香腮雪臉柔滑而無瑕。

她的粉頸如天鵝般柔美，香肩細薄似柳，一雙微微起伏的豐盈曲線直抵在他結實的胸膛上，柔軟飽滿的感覺令人浮想聯翩。

在燭光的照映下，她的雙頰似火通紅，絕美的容顏更添一抹豔色，裸露的雪膚如玉生光，吹彈可破，美得足似顛倒眾生。

君昊宇的眸光不自覺地被吸引，一瞬也不瞬地注視著，這刻，他忘了她是他的嫂子，忘了這可能是他大哥的房間，整個人像著了魔似的，抬手輕觸她柔嫩的臉頰。

「靈萱……」他啞著嗓音說道，情生意動下，終於俯首印上她的紅唇，索求她口內的芳津。

突如其來的親吻，讓若靈萱震驚極了，腦袋一片混亂，完全無法思考，只能像個泥塑娃娃般釘在原地，任他的唇貪婪地掠奪著。

君昊宇吻得更深入、更沈迷，她的甜美幾乎讓他鬆不開手，直到若靈萱感到快透不過氣而微掙扎著身子，他才猛然驚覺自己在做什麼！

「靈萱……」他連忙起身，轉過頭不再看她誘人的身軀，將浴衣絲毫不差地披在她的身上，裹住了玲瓏有致的無限風光。「對不起，我不是有意的。」

若靈萱連忙坐起身，緊緊揪住浴衣，臉蛋像火燒一樣，尷尬得簡直不知該說什麼。她作夢也沒想到，他竟會對她做出如此親密的舉動，而她居然也沒拒絕……天啊，她真想挖個地洞鑽進去。

見她低著頭坐在地毯上，一副不知所措的樣子，君昊宇的心扯痛了一下，再度俯下身，二話不說便將她攔腰抱起。

「你幹什麼？」若靈萱嚇了一跳，見他朝著床榻的位置走去，心中更加慌亂。

「盛州這兒較寒冷，不要坐在地上，容易著涼。」將她放到床上後，他才輕聲說了句。

若靈萱咬了咬唇，低著頭沒有說話，因為她不知該說什麼。心中尷尬又紛亂，還有一種陌生的、又甜又酸的奇怪感覺。

驀地，外面傳來一陣不快不慢的腳步聲，跟著，就是侍衛的聲音——

「王爺好！」

君昊煬?!若靈萱心一顫，暗叫糟糕。她慌亂地看了君昊宇一眼，發現他也正好看向她，似乎要說什麼的樣子。

立刻跳下床，推著他。「快！躲起來，別讓他看見了！」不然真要變天了！

君昊宇也知道大哥的脾氣，若是讓他看見自己出現在靈萱的房間，而且她還衣衫不整，恐怕渾身是口也解釋不清了。當下便點點頭，身子一躍跨上床，躲藏在紗帳後面。

若靈萱趕緊拉了拉紗帳，然後扯過衣架上的衣服，手忙腳亂地穿戴起來，可是才剛穿好白色裡衣，君昊煬高大的身子便走了進來。

她神色慌張的樣子剛好落在他眼底，黑眸不禁一瞇。

「妳怎麼了？」他皺眉，冷冷地問。

「什、什麼呀？你來到我的房間，應該是我問你吧？」若靈萱深吸一口氣，讓自己自然些。

「不要跟本王打啞謎！快說，妳為什麼一副心虛的樣子？」君昊煬逼近，銳利的目光在她臉上掃視著。

好精明的男人！若靈萱暗暗心驚，腦中飛快地思索著該如何回答才不會讓他心生疑竇。

君昊煬薄唇緊抿著，眼神犀利地巡視著四周，似乎在尋找什麼。

「說，妳有什麼隱瞞著我？」毫無預警地，他將她扯到自己懷裡，抬高她的下巴，令她無所遁形。

被他凌厲的冷眸一瞥，若靈萱心驚了一下，但很快就鎮定下來，沒好氣地道：「你好莫名其妙，一進來就對我大呼小叫的，什麼意思呀你？」

「少轉移話題！本王警告妳，最好老實交代，否則別怪本王不客氣！」她眼神閃爍，分明就是有事瞞著他，他豈能任她蒙混過關？

「我不知道你在說什麼！」若靈萱掙扎著，想甩開他的箝制，君昊煬卻攥得更緊。

「看來妳真的很缺乏調教。」君昊煬怒火沖天地扯住她的手，繞過桌子，另一隻手作勢要打開房門。

沒有人敢不將他放在眼裡的，這該死的女人！

若靈萱羞憤地大叫。「你到底想做什麼？」現在身上只穿著裡衣，想這樣讓她在外頭示眾嗎？

眼看她臉色由紅轉青又轉白，君昊煬知道自己的威脅已收到效果，因此冷笑著，用令人忐忑不安的口吻道：「對付妳這種倨傲的女人，凌辱就是最有效的懲罰，所以本王打算把門打開，在眾目睽睽之下跟妳親熱，這樣妳才能好好記住這次教訓。」

他說著，做出欲猛力打開門的動作——

「昊煬，住手！」君昊宇忍無可忍，再也顧不得了，立刻掀開紗帳躍下床。

「你……」看著突然出現的熟悉身影，君昊煬睜大了眼睛。隨後，想起若靈萱衣衫不整的樣子，再看看從床榻上下來的君昊宇，臉色驟然一變！

難道……

「你們剛才在幹什麼？說！」倏然暴喝一聲，他緊握著拳頭，竭力控制著洶湧的情緒。

若靈萱咬咬唇，她該怎麼解釋？

「昊煬，你別誤會，是靈萱睡覺的時候發現紗帳裡面有蟲子，我剛好經過，聽到她大叫，所以才進來幫忙的。」君昊宇出聲解釋，溫柔無懼的眼神對上他憤怒的雙眸。

「剛好經過？」君昊煬鐵青著臉，語氣冰冷。「你當我是傻子嗎？有那麼巧，她一喊，你就出現了？還有，修堤的事還沒有完成，你來這裡幹什麼？」

「是父皇吩咐，他要我來協助你。」君昊宇很識相地搬出了父皇。

「父皇？」君昊煬一瞇眸，皺起眉，語氣相當懷疑。

「是的！不過就算父皇不說，我也會來。」君昊宇上前，拍拍兄長的肩膀，語氣認真。「每次上戰場都是咱們兄弟聯手，這次，我又怎麼能讓你孤軍作戰呢？」

他們除了是兄弟，還是生死之交。

君昊煬一聽，臉色漸緩，也不由得想起兄弟兩人並肩作戰的情況，冰冷的唇角微掀一抹淺淺的弧度。

「啟稟王爺！大事不好了，溪蘭軍突然襲擊我軍，情況危急，請您速來主持軍議！」副帥楊軒在門外大聲稟道。

君昊煬面色微變，與君昊宇相視一眼後，揚聲道：「好，本王立刻前去！」話落，快步走出了房間，去商討緊急軍情。

「靈萱，妳好好在這兒待著，千萬別亂跑。」君昊宇吩咐了她幾句後，便隨著君昊煬匆匆而去。

路上，君昊煬邊走邊問：「知道對方有多少兵力嗎？」

「天黑了看不清，但聲勢聽起來頗浩大，我軍傷亡了一些將士。」楊軒答道。

「怎麼會突然襲擊？難道……」君昊煬的雙眸倏地變得凌厲。「他們知道了我軍暗中出征的事？」

「昊煬，要真是這樣，那我軍肯定出現了內鬼。」君昊宇的臉色也凝重了起來。

「這事遲些再議論，昊宇，現在你馬上去點兵，準備出發！」從侍衛手中接過披風，君昊煬直直走向議事廳。

房間只剩下若靈萱，她看著匆匆離去的兩人，心中有些擔憂。他們這次出征一事可是極為隱密的，為什麼溪蘭軍會知道？現在他們站在明處，等於暴露在敵人的地盤上了，那勝算又會有多少？

她蹙著眉，心想不如自己也去看看吧，或許有能幫到忙的地方……

心動不如行動，若靈萱想罷，趕緊穿好衣服，衝了出去。卻在這時，一個黑影竄到她身後，敏捷地用布團堵住她的嘴，不等她掙扎，已經迅速捆住了她的雙手，動作快得驚人。

若靈萱驚駭到了極點，拚命想掙脫繩索。眼前這人一身黑衣，又蒙著臉，看不出是男是女。究竟是什麼人？為什麼要捉我？

她還來不及細想，便感到頸部一麻，暈了過去。

黑衣人嘿嘿冷笑，扛起她，飛快地躍上牆頭，瞬間便出了都護府，將若靈萱甩上馬背，自己也騎了上去。

主子，這女人從今往後，不會再出現在您面前了。黑衣人在心中說著。

經過森林的時候，似乎嗅到了空氣中傳來的不尋常氣氛，黑衣人倏地勒住韁繩，警惕地環視詭異又寧靜的四周。

「誰?!」感受到殺氣的黑衣人不由得大喝一聲，全身的神經都繃得緊緊的。

「警惕性不錯嘛，看來你不像是一般的賊。」聲音從樹後面傳來，接著，一個白衣飄飄的男子緩緩出現。

「你是誰？」黑衣人冷冷地問。

「別管我是誰，聰明的話，把你馬上的女人留下，我還能給你一條生路。」白衣男人說道。

什麼？他也想捉若靈萱？黑衣人一愣，隨即環視四周一圈。如果他猜得沒錯，這裡應該不只眼前的白衣男人，自己只有一人，恐怕沒有勝算。而且主子是要殺若靈萱，讓她不能再留在睿王爺身邊，不如將她交給這些神秘人也一樣，自己沒必要蹚這渾水……

想罷，他出聲了。「好，我把她交給你們！」說著，放下若靈萱，調轉馬頭，快速疾馳離去。

「九千歲，要殺他嗎？」白衣男人回頭望著主子，恭敬地詢問。

鵝黃色的高大身影翩然出現，轉眼間，若靈萱已落入男子懷中。

「算了，沒這個必要。」君狩霆淡淡地說道。

凝望著眼前這個引起他強烈興趣的女子，絕美的容貌令人屏息，此刻昏迷的她，更增添一抹楚楚動人的柔弱氣質。

「若靈萱，我的最佳王牌……」薄唇勾起一抹得意的笑，箝緊她，飛向早已準備好的馬匹，隨即策馬往山峽中奔去……

「昊宇，溪蘭兵都攻退了嗎？」

「都投降了，他們的兵將不多，好像並不是要攻取都護府。」

「奇怪，怎麼不見主帥？」君昊煬疑惑地左右搜望，由始至終，就只有一些兵士，赫連胤哪裡去了？

「王爺，這該不會是個圈套吧？」軍師李清警覺了起來。「赫連胤不可能會派這麼少的兵來攻擊我們，除非……」

「王爺！出事了！」一個士兵突然飛奔而來，氣還來不及喘就稟道：「王妃失蹤了！小的找遍了整個都護府都不見她！」

「什麼?!」君昊煬心一震。

君昊宇更是大驚，急急趨上前喝問：「怎麼會不見的？到底發生什麼事？」

「小、小的也不太清楚，是多多姑娘告訴我們，說王妃不見了，我們就去找，可就是找不到。」

君昊宇的臉色陰沈極了，他的心霎時糾結起來，與君昊煬擔憂地對視一眼。

這時，又一名士兵匆匆而來，顫抖著手交給君昊煬一張信條。「王爺，他們捉了王妃，讓王爺您去這個地方找他們。」

君昊煬立刻接過，掃了一眼，怒火聚滿眼眶，將信撕個稀爛。「該死的！」

「昊煬，怎麼回事？信上說什麼？」君昊宇突然有了不好的預感。

「赫連胤！」君昊煬咬牙切齒地道：「他把若靈萱捉到金衫堡去了！」

「我明白了，是調虎離山！」李清頓悟般一拍手。「赫連胤一定是知道王妃在府中，如果捉走了她作為人質，那我們就會投鼠忌器。」

「這卑鄙小人！」君昊宇怒極，隨後看向兄長。「昊煬，我們現在就去金衫堡！」

君昊煬狂怒的神色轉為冰冷，面孔是一片可怕的平靜，風暴卻隱逸在無波的表面下。

「李清，這裡交給你！昊宇，你帶一些精兵跟我來！」他說完後，躍上馬背，風馳電掣地策馬離去。

赫連胤！你要是膽敢傷害她，我一定要你付出代價！一定！

若靈萱的睫毛輕輕地眨動著，從深沈的昏睡中緩緩醒來。

一片全然陌生的擺設映入眼簾，她眨了眨惺忪的雙眸，一時間，有些不清楚自己在夢中，還是在現實中？

黛眉輕蹙，她困惑地打量著這個陌生而又華麗的臥室，透過那扇半開的窗子，看見了外面漆黑如墨的夜色，而自己正躺在一張上等的香檀木雕花床上……

咦？這並不是她的房間呀！

美眸倏地睜大，整個人瞬間清醒過來。

她想起來了，自己原本是在都護府的，然後敵兵來犯，她就想著出去看看能不能幫忙，誰知突然潛進了一名黑衣人，將她拐走，然後後頸一陣痲，之後就什麼也不知道了……

到底是誰擄走她的？目的是什麼呢？她有些驚慌地自床上坐起身，下意識地看看自己——衣裳仍在，絲毫沒有凌亂的痕跡，這才稍稍鬆了口氣，但內心的擔憂和疑慮仍在。

這裡到底是什麼地方？擄她來的人，究竟想幹什麼？

「多多？」她不抱希望地喊了聲，果然沒半點回音。

怎麼辦？她到底是在哪兒？

「妳醒了？」

醇厚磁性的嗓音驀然響起，嚇了她一跳，她急忙抬眸，一張俊美絕倫的男性臉龐驀地映入眼簾，明亮深邃的丹鳳眸波光流轉，閃動著絲絲笑意。

君大哥?!若靈萱驚訝極了，美眸瞪得圓圓的，怎麼也沒料到居然會在這裡見到他！

「怎麼了？還有什麼不舒服的地方嗎？」君狩霆走了進來，坐到她身旁輕問著。

瞪著眼前俊逸非凡的男子，若靈萱好半天才反應過來。「君大哥……這是哪裡呀？你怎麼會在這裡的？」

「這是我的璟瑄離宮。」君狩霆微笑道，鳳眸帶著一絲凝重之色。「我本來是打算去都護府找你們的，誰知在半路上，卻看到妳遇險了。」

「就是呀，睿王妃，幸虧我們王爺及時出現，要不然，妳可危險了。」身後跟來的丫鬟也搭上一句話。

若靈萱總算聽明白了，不禁感激地看向他。「君大哥，那真是謝謝你了！」要不是他，自己現在不知會怎麼樣了。

「咱們是自己人，客氣什麼？」他溫柔一笑，隨後雙目一凝，又道：「不過，妳怎麼會被人擄走的？昊煬呢？他沒在妳身邊嗎？」

一說起這個，若靈萱就憂慮地擰起眉，看向他。「君大哥，你不知道，我軍出現內鬼了！溪蘭軍發現了我們暗中出兵，來個大突襲，王爺他們正前去迎戰。」

「什麼？居然有這種事？」君狩霆一怔，眉心皺起。「那現在戰況如何？」

若靈萱搖搖頭。「不知道，我本來想著要跟去看看的，卻突然來了一個黑衣人擄走我，然後我就什麼也不知道了。」

君狩霆沈凝著臉，似在思索什麼，沒有說話。

忽然，若靈萱像想起什麼似的，道：「君大哥，我失蹤了，大家一定會很擔心，我得快點回去才行。」她一邊說，一邊下床。

「小心！」君狩霆倏地出聲警告，但已經來不及了。

若靈萱的腳剛碰觸到地面，一陣劇痛就猛然傳來，措手不及的她，整個人狼狽地往旁傾倒，以為自己肯定會摔個狗啃泥，因此認命地閉上雙眼，然而，一雙大手卻穩穩地接住了她，柔軟的身子落進了一個厚實的懷抱裡。

「靈萱，妳的腳受傷了，快躺好休息。」君狩霆攙扶著她，鳳眸裡滿是關懷。

「受傷？」若靈萱愣然，不禁低頭看自己的右腳，果然紅腫了一大片。

怎麼會這樣？明明記得好像是有人劈了她的後頸一下，怎麼這會兒連她的腳也受傷了？難道在她昏迷的這段時間內，發生了什麼事？

「那我的傷嚴重嗎？」她有點緊張地問，畢竟剛才痛得厲害。

見她因疼痛而微蹙著眉，君狩霆眸光一凝，眼底泛起一絲狀似心疼的感覺，不禁溫聲道：「放心，妳的腳傷雖然不輕，但只要按時上藥，很快就沒事了。」

「那就好。」若靈萱聽了他的話，微微鬆了口氣。

「不過這幾天，妳得好好休息。」

「可是……」

「聽話。」他的語氣溫柔卻堅定。「妳的腳受傷了，連走路都很困難的。」

「可是君大哥，我怕我再不回去，王爺他們會因為我而分心的。」若靈萱面有難色，她不想增加大家的麻煩。

「那這樣吧，我現在派人前去都護府，說妳在我這兒休養，這樣妳可以安心了吧？」他提議道。

若靈萱一想也對，便舒心地笑了。「那好，君大哥，就拜託你了。」

君狩霆含笑點頭。「放心吧！妳現在先躺著休息，受傷的腳不宜久站。」

「嗯！」她聽話地應了聲。

原本想自己勉強走回床邊的，沒料到他竟突然將她打橫抱起！低呼一聲，她本能地摟住他的頸項以免摔下去，可和他貼靠得這麼近，熾熱的氣息恰巧拂在耳畔，她心中不免有些尷尬。

君狩霆似乎沒察覺到她的不自然，猶自溫言叮囑道：「靈萱，妳的腳雖傷得不重，但也不能用力的，不然留下病根就麻煩了。」

「我知道，謝謝你。」他的體貼讓她心底滑過一道暖流，化去了微赧，恢復自然的笑容。

「好啦，妳就乖乖地躺在這裡休息吧！」說著讓她躺下，並替她拉好被子，隨後招呼丫鬟走出房間。

看著他們離去的背影，若靈萱在心中祈禱著，希望大家早點知道她是平安的，不要太過擔心。

清亮的月光，灑落在從房內昂然步出的高大身軀上，那皎潔的輝芒在他身上鍍了一層銀光，令他看起來更加尊貴凜然。

君狩霆旋過身，望著剛才緊閉的門扉，明亮的瞳眸閃過一抹算計的光芒。

她腳踝的傷是他弄的，目的就是要留下她，自己才有機會對付君昊煬和君昊宇。除去了這兩個障礙後，皇帝的兒子就只剩下君奕楓有資格跟自己一爭長短了。然而，君奕楓一向宅心仁厚，並沒有太大的野心，根本不足為懼。至於那個還在山上學藝的皇嫡子君奕宸，沒有任何戰功，皇位更不會輪到他。

只要君昊煬和君昊宇一死，年事已高的皇帝，帝位最多也只能再坐個三、五年，自己有朝臣擁護，皇帝之位，一定非他莫屬！

薄唇一勾，俊美無雙的臉孔揚起一抹勝券在握的笑。

這時，身後傳來一絲聲響，他轉過身，看著匆匆而來的黑衣少女，冷冷地問：「事情辦得怎麼樣了？」

「回王爺，一切安排妥當！」黑衣少女燕子恭敬地回道。

「好，接下來，就等著看戲吧！」君狩霆唇邊的笑容加深，在月光的映照下，卻是冰冷得寒入人心。

若靈萱，本王今天就要看看，妳的價值有多大？

金衫堡，是盛州最大的城堡，原本是盛州驃騎將軍的府邸，但自從溪蘭帶兵突襲後，驃騎將軍戰敗成俘，因此金衫堡便成了溪蘭軍的軍營。

「昊煬，金衫堡到了，看來守衛很森嚴。」

君昊宇指著前方不時來回的溪蘭兵，輕聲對兄長說道。

君昊煬打量了四周一圈，說：「要注意，我們已經在敵人的地盤上，一切都要小心！走吧！」

不一會兒，他們施展輕功，像兩隻大鳥，在屋簷上飛掠而過，悄悄地摸近城堡，躍上一株高大的古樹上，輕輕撥開濃密的樹葉往下打量。這時明月異常光亮地高掛在空中，將四周山巒、城堡裡的屋宇樓閣和小道照得清清楚楚。

兄弟兩人小心翼翼地躍下樹，伏在屋頂上，向四周觀察著，見巡邏的兵一過，便悄悄地翻身躍下圍牆。

卻不料，就在快要碰觸到地面時，一腳踩空，雙雙跌入了伸手不見五指的陷阱之中去了！

兩人大吃一驚，想提氣往上躍，但上面是一個自動覆蓋的鐵板，人一跌落下去，鐵板便自動蓋好，想躍出去已不可能。

在跌落地底時，君昊宇憤怒不已。「該死，我們中陷阱了！」

君昊煬冷著臉，沈聲道：「看來我軍真的出現了內鬼，能在這麼短的時間裡設下這樣的陷阱，而且還料到我們會從哪個方向進來，這個人，必定是很熟悉我們的人。」

君昊宇氣憤地一拳擊在牆壁上，極為焦躁憂急。「現在怎麼辦？要是我們出不去，靈萱會不會有危險？」

君昊煬四下摸了摸，這陷阱不大也不小，兩丈寬左右，四面都是石壁，他試探地用拳捶了幾下，沒有響聲，可見石壁非一般厚，唯一的出口，應該就是剛才他們掉下來的方洞口，看來他們要出去，並不是那麼容易。

「我們可能真的要被困了。」

「再四下看看有沒有其他通道或門口。」君昊宇不放棄地說著，細心地四下察看起來。只要有一個小門，那麼他們兩人合力，完全可以震開。

只可惜，他們找了半天，也沒有找到任何小門，這陷阱完全是密封的。

「可惡！我就不信，這小小的陷阱能難得倒我們！」君昊宇偏不信邪，他一定能找出離開的方法。

君昊煬擰著眉，沈思的目光掃視著四周，最後定在剛才掉下來的洞口上。黑眸微眯半晌後，他靈光一閃，突然指著洞口說道：「有辦法了！那個方洞口只是一面鐵板，並不是厚厚的石壁！」

君昊宇聞言，立刻會意。「對，合你我二人之力，說不定可以將它擊開。」

「就是這樣！」

「那還等什麼？動手吧！」

兩兄弟暗暗運力，衣衫無風自起，淡淡的紫光從掌心浮起，兩人同時向方洞口使勁拍出一掌，一塊一丈多長、寬五寸之厚的鐵板頓時四分五裂。

兩人再提氣一躍，身形如白鶴衝天而起，瞬間便出現在地面上。

可還沒有等他們鬆一口氣，一大批溪蘭兵和弓箭手已蜂擁而來，將他們包圍住，箭頭對準他們，蓄勢待發。

「哈哈哈……」

驀然之間，一陣得意的笑聲響起。隨後，一身黑色錦服的男子踏著悠閒的步伐，緩緩從人群中走了出來。

「君家兄弟，這次你們插翅也難飛了！」

「赫連胤！」君昊煬和君昊宇同時皺起眉，渾身戒備。

君昊煬覷起晦暗的眼眸，俊顏陰霾。「說，若靈萱是不是在你手上？」沈沈的聲音是極力壓抑怒意的結果。

「哈哈……睿王爺真是多情種啊，死到臨頭了還有心思關心別人。」赫連胤笑意更深了，語氣是十足的猖狂。

「該死的你，竟然敢動我的人……」君昊煬黑眸冷冽如刀，大手緊緊握著腰間的寶劍，因怒火而泛起的青筋說明他正處於盛怒之中。

「想救她嗎？那就要看你們有沒有本事了？」赫連胤笑得越發詭異。

「你以為憑這些跳樑小丑，就可以對付我們兄弟？」君昊宇冷冷地看著他，邪魅雙眸泛起一絲陰狠殺氣。

赫連胤陰鷙一笑。「那就試試看吧！放箭——」霎時之間，四面八方的冷箭如蝗蟲般飛來。

君昊煬迅速解下外袍，擋在身前，手腕一轉，咻一下便將所有弓箭全都擋了下來。

君昊宇猛然飛身躍起，衣袖一揮，剎那間撒出滿天飛鏢。

「啊！」

「啊——」

其中一些弓箭手慘叫著紛紛倒下，眉心上均插著一枚細長的飛鏢。

「不錯，君家兄弟果然有兩下子，但就不知道，是不是每次都能這麼幸運了。」見他們輕而易舉地擋下飛箭，赫連胤也不覺得驚訝，而是姿態悠然，彷彿在看戲般。

沒多久，又一批弓箭手湧來，這些弓箭手，可是菁英中的菁英，個個訓練有素，臂力甚強，箭可入石，而且無一虛發，幾乎枝枝射中目標。

君昊煬的眸子迸發一道精光，殺氣頓現。他渾身真氣激蕩，衣袍無風自起，將所有的冷箭全都反擊回去，身形更似白鶴沖天而起，瞬間出現在一眾弓箭手面前，拍出一掌，掌風凌厲，幾乎令他們透不過氣來。

同時間，君昊宇的軟劍在手，如飛魂躍起，只見一片寒光閃過，鮮血飛濺，剎那之間，十多名菁英侍衛已全部倒下。

赫連胤看得微怔，看來幾年沒見，這兄弟倆的武功更勝以往了，就不知自己對付他們，勝算有多少？

想罷，他神情一凜，對著餘下的弓箭手喝道：「退下，讓本帥來！」

腰間寶刀滑落在手，飛身直取君昊煬，攜著一股強大的氣旋捲去，招招辛辣無比，一時之間，戰成平手。
這時，溪蘭軍的副帥錢勇領著幾十名溪蘭兵趕了過來，紛紛攻向君昊宇。
君昊宇飛快地想了下，決定挑幾個武功次要的弓箭手和兵將下手，不與錢勇纏鬥，免得眾敵擁上，對自己更不利。旋即，他施展自己極佳的輕功，驟然而來，倏然逝去，不給任何敵人糾纏自己的機會，轉眼之間，已放倒了二十多個溪蘭兵，重傷了十多個弓箭手。
錢勇看得又氣又恨。「君昊宇，你有本事就跟我單打獨鬥！」
君昊宇傲然一笑。「你急什麼？等本王解決掉這些人，就會輪到你。」說著，又有幾名溪蘭兵喪生在他的劍下。
正在這時，楊軒帶的五十多名菁英將士趕到，躍進了戰圈。
君昊煬見他們來了，更是精神大振。「赫連胤，你三番四次地帶兵突襲我軍，這筆帳本王今天就要好好地跟你算！」
「那就看看你有沒有這個本事了！」赫連胤冷冷一笑，出招狠辣無比，招招致命。
君昊煬再不答話，眼中殺意迸出，招式之狠毒與他不相上下。
一場血腥戰役，在金衫堡拉開了序幕……
此時，璟瑄離宮。
若靈萱坐在床榻上，望著外面依然是漆黑如墨的夜空，暗忖：已經過了兩個時辰，不知現在的戰況怎麼樣了？我失蹤後，會不會讓他們分心？君大哥將我的消息帶到都護府了嗎？

君昊煬、君昊宇，他們沒受傷吧？其他將士，現在可平安？越想，內心越是憂急，真想插翅飛回去！

這時，君狩霆走了進來。

「靈萱。」他輕喚一聲，走近她。

「君大哥，你還沒休息啊？」若靈萱回神，看向他，綻開一抹微笑。

「現在不知戰況如何，心裡掛念著，哪睡得著？」君狩霆輕嘆口氣，面帶憂色地坐在床榻邊。「敵暗我明，還真讓人憂慮。」

若靈萱一聽，更加緊張了。「君大哥，依你看，我軍有勝算嗎？」

看出她心裡的擔憂，君狩霆便溫聲安撫道：「放心，昊煬和昊宇都是身經百戰的，而且也不是第一次面對溪蘭軍了，我相信，他們一定能夠凱旋歸來的。」

若靈萱這才略略放下心，嘆道：「希望如此吧！」

君狩霆不想再在這話題上兜轉，改而問道：「妳的腳還疼嗎？」

「不疼了。」雖然仍是感覺陣陣作痛，但為了不讓別人過於操心，她硬是撒了個小謊。

「是嗎？」君狩霆俊眉微挑，有點懷疑。以他當時下手的狠勁，就算是有內力的高手，都不可能這麼快就好轉的，更何況她只是一介弱質女流。「來，我看看。」

「嗄？」若靈萱愣了愣。替她看腳傷，這……好像不太妥當吧？雖然他們是朋友，也是親戚，可畢竟男女有別呀……

君狩霆似乎沒看出她的顧慮，兀自拿過旁邊的藥箱，從裡面取出一瓶藥。

「這是藥王谷主家傳的療傷靈藥，對於筋骨損傷的療效很好，我幫妳敷上，這樣妳的腳會好得更快。」

「這……」她想拒絕，可是見他這麼有心，又不知該怎麼說。

不過君狩霆也沒有給她拒絕的機會，坐在床榻上，伸出手輕握她的腳。若靈萱有些赧然地想縮回，可是玉一般的小腳已落在他的手心裡。

「君大哥……我、我自己來就行了……」她掙扎著想縮回。

「沒關係，讓我來幫妳。」君狩霆說完後，動作迅速地褪下她的羅襪。

若靈萱見狀，只好由他去了。

「靈萱，這藥敷上去後會有點疼，而且得要一刻鐘左右疼痛才會消散，妳要忍著點。」他抬頭，俊逸的臉龐滿是關心的神情。

「嗯，我明白的。」她點點頭。

那全然信任的神情，令君狩霆滿意地勾起唇角，眸底一抹詭光掠過。

其實，他手中這瓶根本就不是什麼療傷靈藥，而是催發傷口惡化的毒藥！

他要讓她的腳暫時無法復原，無法正常行走！除了對付君昊煬和君昊宇之外，還有就是想將她囚在身邊。這樣聰明靈慧的女子，要是肯幫自己，一定會是最得力的助手。

當然，前提是引誘她付出真心！

君狩霆打開那瓶藥，毫不憐惜地敷在她受傷的腳踝上，痛呼聲立刻響起。

「啊——」若靈萱慘叫一聲，俏臉瞬間蒼白如紙。

腳踝上傳來劇烈的刺骨之痛，像萬蟻同時啃噬她的腳骨般，她幾乎無法思考，只能顫抖著身子，咬緊牙關，不讓自己再次大喊出聲。

君狩霆溫聲軟語，不斷地拍撫著她的背。

漸漸地，一刻鐘過去了，腳踝上噬骨的痛慢慢消失，若靈萱也安靜了下來。渾身冷汗的她，像是經歷了一場浩劫般，全身虛軟無力。

她微微喘息，緩過神後，才倏地發現自己居然在他懷裡！驀地，她像燙到似的，趕緊推開他。「對不起！我、我失態了……」天啊，怎麼老在他面前丟臉呢？他會不會以為她是個不夠矜持的女人？

「沒事，腳現在還疼嗎？」君狩霆微微一笑，極為關心地問道。

「好多了。」她搖搖頭，還真的沒那麼疼了。

「那就好，不過這個藥，妳必須要天天敷，才會有效果。」

「什麼？要天天敷？」她頓時瞠目，清亮水眸不由得浮現一抹恐懼。剛剛那種噬骨的痛，現在想起來都還心有餘悸，她真的沒有勇氣再來一次了。

「不用怕，我會陪著妳的。」他柔聲說道，伸手輕拂著她額前的濕髮。

若靈萱怔了怔，凝著眼前男子溫柔閃動著的眸光，頓覺心頭暖意增生。君大哥這麼關心自己，她怎麼好意思讓他失望呢？而且，要是腳傷不好，就回不了都護府，戰場上的將士或許會需要她的幫忙的。

這麼一想，勇氣頓時增加了，她才不怕呢！

「謝謝你，君大哥。」若靈萱感激地看向他。剛才要不是他陪著安撫自己，她恐怕真的會捱不過那劇烈的痛楚。

君狩霆笑了笑，憐愛地摸摸她的腦袋。「妳既然叫我一聲大哥，就不要那麼客氣了。大哥照顧妹妹，可是應該的呢！」

「嗯！」若靈萱甜甜一笑。老實說，她真的很享受這種親人般的關懷。

看著眼前笑意盈然的女子，他的唇角微勾，心中十分滿意。只要她完全信任自己，那麼要攻破她的心房，也不是難事。

金衫堡，一場生死交鋒仍在進行著。

「赫連胤，沒想到這麼久沒見面，你的身手仍然這般好，真的讓本王很不愉快。」君昊煬起一抹淡笑，眼神卻越發陰寒，舉劍狠狠地朝他刺去。

赫連胤雖然閃得極快，但衣服上仍是被劃開了一道小口。

「我也是，最討厭一些跟自己旗鼓相當的對手存在世上，那會令我想不惜一切地毀滅他。」赫連胤也淡然一笑，手上的劍毫不客氣地劈向對方。

可惜，同樣沒有正中目標，只在那有力的手臂上留下一道血痕。

儘管已交鋒了數十招，但兩人仍打得難分難解。

惡戰持續了小半夜後，全場的局勢有了新的進展——晉陵兵漸漸掌握著主導權，開始進攻敵方。

君昊宇出神入化的劍術，再加上削鐵如泥的寶劍，不但已將敵方副帥錢勇刺傷，更殺得溪蘭兵節節敗退。隨後，他與楊軒交換了一記眼神，便飛身而起，劍一揮，挾帶著強大的氣流，直掃向赫連胤！

本來，赫連胤和君昊煬的武功是不分上下，誰也難勝誰的，可現在君昊宇加入，赫連胤就有些吃力了。再加上君家兄弟出自同一師門，長年的戰鬥已讓他們十分有默契，因此不出二十招，赫連胤已處於下風。

就在這時，前方驀然響起一聲大喝——

「晉陵兵聽著！你們的睿王妃若靈萱在此！」

聞言，君昊煬和君昊宇面色一變，急忙看向聲音來源——只見一名溪蘭兵押著若靈萱，出現在他們不遠處。

赫連胤趁兩人分心之際，突然一刀砍向離他較近的君昊煬，誰知君昊宇眼角餘光瞥到了，反射性地一推君昊煬，自己卻閃避不及，手臂上硬生生挨了一劍，傷得幾可見骨，俊顏微微扭曲了下。

「昊宇！沒事吧？」君昊煬忙回轉過身，擔憂地看著他。

「沒事。」君昊宇不在意自己，眼睛直盯著被挾持著的若靈萱，眸底凝著一絲緊張。

赫連胤不再戀戰，飛身躍到溪蘭士兵身邊，搶過若靈萱，將劍抵緊在她的粉頸上，對君家兄弟脅迫道：「快點棄械投降，否則本帥一劍宰了她！」

「啊，那不是王妃嗎？」

「王妃真的在他手上！」

「怎麼辦？」

晉陵兵怔住了，一時不知所措。

「赫連胤！」君昊煬不得不顧忌，憤怒地瞪著他。

「赫連胤，是男人就來大戰一場，別拿女人當盾牌！」君昊宇怒極一喝。

「難得有王牌在手，本帥當然得好好利用一番。」赫連胤不以為意，笑得詭譎危險。「快，棄劍投降，晉陵兵也不許再戰，不然別怪本帥不懂得憐香惜玉！」

君昊宇氣憤至極，卻只能怒目相瞪，不敢再妄動干戈。

「大家住手！先退下！」君昊煬沈聲下令。無論如何，他都不能眼睜睜地看著若靈萱受傷。

晉陵兵沒有辦法，只好停止了廝殺，退到一旁。

溪蘭兵也撤回到他們的主帥身邊。

赫連胤這時再下令。「君昊煬，把你手上的寶劍丟過來！」

君昊煬咬著牙，臉色陰沈得可怕，兩道犀利的目光像利刃一樣直射向他。「赫連胤，你別得寸進尺！」

「怎麼，不願意嗎？那就是不想管她的死活了？」赫連胤笑了笑，作勢要割若靈萱的頸項。

若靈萱害怕得直發抖，美目含淚，一副楚楚可憐的樣子。「昊煬，快救救我呀，昊煬……」

淒然柔弱的聲音，直直撞擊著君昊煬的心。「靈萱……」情不自禁地喚出她的名字，語氣含著難以掩飾的情愫。

君昊宇焦急憂憤，握劍的手緊得泛起青筋。該死！現在要怎麼做才能平安救出靈萱？

這時，赫連胤繼續出聲威脅。「君昊煬，我數三聲，你再不棄劍，就休怪本帥無情了！」頓了一下後，他開始數道：「一……二……」手上的劍也開始移動——

「住手！」

君昊煬見狀連忙出聲，不敢再多加猶豫，猛力一拋，寶劍在空中劃下一道優美的弧度，隨即「噹啷」一聲，擲落在地。

「王爺！」晉陵兵焦急了，難道真要投降嗎？

「哈哈哈……」赫連胤大笑，剛毅的俊臉上盡是得意的表情。他真是押對寶了，若靈萱果然是君昊煬的軟肋！

就在這時，君昊宇猛地飛身而起，趁他得意分神的一剎那間，袖中飛鏢激射而出，以風馳電掣之勢襲向赫連胤，接著趁他應付飛鏢之時，快速向前奪過若靈萱！

下一刻，君昊煬接過他遞來的寶劍，直取赫連胤。

晉陵兵見狀，也再次舉起武器，攻打敵軍。

「靈萱，妳沒事吧？有受傷嗎？」君昊宇趕緊察看懷中女子是否無恙。

若靈萱卻撲進他懷裡，哭了出來。「昊宇，我好怕，你為什麼現在才來？」

他的心一顫，雙臂不由得將懷裡的人兒擁緊。「對不起，靈萱，我來遲了。」她的依賴，勾起他隱藏已久的柔情，教他一時忘了場合，只想好好安撫懷裡受驚的女子。

「昊宇！」她自懷中仰起小臉，眼中卻閃著兩簇危險的光芒。

「呃……」一聲悶哼，君昊宇被迫放開她，踉蹌地後退幾步，邪魅的俊眸睜得大大的，錯愕、不敢置信的視線從她的臉龐移到自己的胸口。

「妳是誰？」她的手上不知何時多了一把匕首，毫不留情地狠狠刺向他，在這一瞬間，他知道了眼前的女子並不是靈萱！都怪他太關心靈萱了，關心則亂，降低了警覺性，才讓敵人有機可乘。

「哈哈哈……你說的沒錯，我不是若靈萱，可惜你知道得太遲了！」女子得意地大笑，揚了揚染血的匕首。「這把刀上餵了毒藥，你必死無疑！」

正在與赫連胤激烈交鋒的君昊煬驚見這一幕，不由得大叫。「昊宇——」可他這麼一分心，肩膀頓時中了赫連胤一掌。

強忍著氣血翻湧，他借著這一掌的力道，飛身躍開。

此時，君昊宇緊緊地捂著胸前，毒性發作令他整張臉痛苦扭曲著，最後終於支撐不住地跪倒在地上，止不住的鮮血不斷流出，染紅了一身，觸目驚心。

君昊煬迅速來到他身邊，出指如風，點了他身上幾處要穴，防止毒液蔓延流竄。

「王爺，你帶晉王爺先走！」楊軒一劍揮開敵人，對著他大喊。

「哼！走得了嗎？」赫連胤冷冷一笑，揚聲喝道：「弓箭手聽令！一個晉陵兵也不能放過！」話落，他繼續逼上前與君昊煬交鋒。

很快地，弓箭手又來了一批，箭頭瞄準晉陵兵，源源不絕地發射。

楊軒等人吃力地應付著，由於弓箭手實在太多，晉陵兵快要招架不住了，中箭倒下的已不少人。

而君昊煬，由於要照顧受傷暈迷的君昊宇，因此面對赫連胤的連環攻擊難免力不從心，再加上右肩受了傷，動作更遲緩了，好幾次都險象環生。

「君昊煬，明年的今日，就是你們兄弟倆的忌日！」赫連胤得意地大笑，出招更快更狠，不留一絲喘息的餘地。

君昊煬暗暗心驚，難道他們今天真要葬身於此？

驀地，一條黑影凌空而來，人到掌出，凌厲的掌風逼得赫連胤不得不退後數步。隨後，那人迅速將手一彈，「砰」地一聲，濃烈的煙霧瞬間竄出，跟著，一道低醇溫潤的聲音在君昊煬耳邊響起——

「快走！」

君昊煬點頭，與那人攙扶著君昊宇，施展輕功火速離開。

待揮開煙霧後，三人的身影已消失在黑夜之中，無影無蹤。

赫連胤憤恨至極，眸中怒火幾乎將人吞噬。

該死的，這也能讓他們逃了?!

第十八章

盛州都護府。

君昊宇昏迷地躺在床上，由於失血過多，使他白皙的俊顏變得慘白一片，原本紅潤的嘴唇也漸漸發紫。

君昊煬臉色陰沈地坐在床榻邊，滿目憂急之色。

他緊握著弟弟的手，始終沒有放開，就像小時候一樣，每次只要自己生病，他就會陪在自己身邊，握著自己的手，不停地打氣鼓勵。

「小弟，你千萬不能有事……」用著小時候的稱呼，君昊煬啞著聲音喃道。

君奕楓佇立在旁，一身淡雅白袍的他，看上去雖風塵僕僕，卻絲毫沒能減去他如玉般貴雅的風華。

此刻，他背著雙手，同樣目露憂光地凝看著床榻上的君昊宇。

很快地，軍醫來了，餵君昊宇服下解毒丹後，總算止住了毒，保住性命。然後，軍醫又為他把脈診治。

「王爺，晉王爺的傷口雖深，但幸好沒有傷到心臟，而且他身上中的毒也及時清了，暫時來說沒有生命危險。只是因為失血過多，恐怕得要昏迷上一陣子了。」許久後，軍醫診治完畢，站起身回稟道。

「那他什麼時候會醒？」君昊煬一聽，極為擔憂地問。

「這個說不定，如果是一般人，就要昏迷上一年半載，但晉王爺內功深厚，可能幾天，也可能幾個月。」軍醫如實地道，跟著翻找藥箱，掏出綁帶和止血散。「微臣現在先幫晉王爺止血包紮傷口，再開點藥，免得他傷口惡化就不好了。」

「好，麻煩軍醫了。」君昊煬略略放下心，朝他點頭道。

「王爺別客氣，這是微臣該做的。」軍醫恭敬地說著。

將兩位王爺的傷口都處理好後，軍醫隨即轉身退下。

君昊煬的目光又調回弟弟身上，輕輕鬆開手，體貼地替他蓋好被子，然後站起身，看向旁邊的君奕楓。

「二弟，這次真是謝謝你了！」要不是他突然出現，恐怕自己和昊宇就要命喪金衫堡了，晉陵軍也會輸得一敗塗地。

君奕楓微微一笑，拍拍他的肩。「自家兄弟，就用不著客氣了。更何況，這也是我應該做的。」須臾，目光又轉向床榻上的君昊宇，凝眉道：「七弟這次受傷頗重，起碼要好些日子才能康復。這一來，咱們晉陵大軍的士氣，怕是要受到影響了……」

君昊煬也想到了，不由得沈嘆口氣，神色更顯憂慮。

這時，軍師李清聞訊而來。「王爺，屬下聽說晉王爺受傷了，現在怎麼樣？」他一進門就問。

君昊煬臉色一凝，視線不由得落回床榻上，道：「暫時沒有生命危險，不過軍醫說，昊宇失血過多，恐怕會昏迷一段日子。」
「怎麼會這樣？」李清聽了皺起眉，靠近床榻，目露憂色地看著昏睡中的君昊宇。
「赫連胤他利用靈萱引我們前去，然後讓人假扮她，威脅我們投降，昊宇一時不察，結果就……」想起那一幕，君昊煬心中就極為痛悔。要是當時救人的是他，那麼昊宇就不會受傷了。
「卑鄙小人！」李清一聽憤懣至極，隨後，他又急急地問：「那麼楊軒他們現在怎麼樣了？」
君昊煬黯下神色，擰著眉，拳頭一握。「將士們為了掩護我們離去，現在還在金衫堡裡……」
李清心一沈，聽出了弦外之音——恐怕，大家都成為戰俘……或是喪命了。
「李清，你立刻飛鴿傳書通知華陽左先鋒他們，按原計劃進攻溪蘭的國都大樑。然後召集所有將領，到議事廳來。」君昊煬沈思了一會兒後，便果斷地吩咐道。
「是，王爺！」李清應聲而去。
君昊煬擰著眉，眉宇間勾勒出兩道深刻的厲紋，目光陰鷙。赫連胤，本王這次一定會取下你的項上人頭！
若靈萱待在璟瑄離宮的這兩天，雖然被人侍候得很周到，而君狩霆也很照顧她，但因心裡老掛念著戰況，還有大家的安危，因此總是吃不好、睡不穩。

動了動腳踝，受傷的地方仍舊傳來陣陣疼痛，看這情形，恐怕再過個三、五天也不會痊癒。

但繼續待在這裡窮擔心也不是辦法，唯一能做的，就是讓君大哥派人前往都護府打聽消息，看看晉陵軍目前到底是什麼情況，不然她真會憋死！

打定主意後，若靈萱忍著腳踝的疼痛，緩緩走出房間。

在費力地步行一段迴廊後，她來到有著一片美麗梅花林的庭園，裡面種植著無數臘梅。由於是初冬，臘梅開得繽紛奪目，奼紫嫣紅，那美麗的景致讓若靈萱看癡了。

這個璟瑄離宮真的很大，也很漂亮，雕樑畫棟的樓閣，繽紛美麗的庭園，和皇宮比起來，一點也不遜色。

她就這樣邊走邊打量參觀著，不知過了多久，才發現自己竟在不知不覺中走到了一個偏僻的角落。

她懊惱地拍拍頭，正打算沿著原路返回，卻在這時，聽見前方隱隱傳來低沈的談話聲。

若靈萱一愣，疑惑湧上心頭。誰在那兒呢？刻意選擇在這麼隱蔽的地方交談，該不會是要做什麼見不得人的事情吧？於是，她停下腳步，輕手輕腳地靠近一棵樹後面，屏息靜氣地四處觀望，結果在遠處的幾株臘梅樹處，驚訝地看見一抹熟悉的俊挺身影。

是君大哥？他在這裡幹什麼？

視線不由得移向一旁，這才發現與他交談的，是一個渾身黑衣的女子。這又是誰？難道是君大哥的紅顏知己？

不過，偷聽別人交談是不對的，還是待會兒再問問君大哥好了。然而，就在她轉身要離去時，他們詭異的談話內容卻讓她停下了腳步——

「王爺，飛雪的易容術和模仿術果然妙極，連君昊煬都分不出真假。」黑衣女子的口吻，帶著難以掩飾的得意。

若靈萱聽得錯愕，詫異地挑起眉心。什麼易容術？君昊煬怎麼了？她這樣說又是什麼意思？

「只可惜，還是功虧一簣。」

「赫連元帥本來已經快要成功了，誰知卻突然殺出一個人，救走了君昊煬和君昊宇。」

「知道那個人是誰嗎？」君狩霆鳳眸一眯。能在赫連胤面前將人救走，對方肯定不簡單。

「關於這個，屬下正在努力追查。」

若靈萱越聽越感到詫異，心中疑竇頓生。

為什麼聽他們的口吻，好像是巴不得君昊煬和昊宇有事？還有赫連元帥，該不會是敵軍主帥赫連胤吧？

一種不好的預感緊緊揪著若靈萱的心，她隱隱覺得似乎有什麼驚人的計劃正在秘密進行著……思緒紛亂間，她又聽見那個黑衣女子憂慮地說道——

「王爺，雖然君昊宇受了重傷，但一天不死，始終是個麻煩事……」

昊宇受了重傷?!

這六個字如同威力強大的火藥，在若靈萱的腦中轟然炸開，她震驚得幾乎不能思考。

昊宇受傷了，而且還是重傷？重傷到底是多重？他的武功不是很厲害嗎，怎麼會重傷的？

緊捂住惶恐不安的心，若靈萱咬著唇，豎直了耳朵，打算上前兩步，繼續傾聽接下來的話。她要知道，究竟發生了什麼事？然而，才邁開一步，就倒楣地踩到地上的樹枝，斷裂聲隨即響起。

「什麼人?!」君狩霆臉色一變，叱喝道。

剛才他們對話的內容，涉及一些機密，要是讓不該知道的人知道了，會引來不必要的麻煩。眸中殺意閃過，他像疾風一般迅速飛掠而至，一見竟是若靈萱，頓時臉色大變。

「是妳?!」

該死，他太大意了！原本以為她的腳受傷了，就只能安分地待在房裡，沒想到她竟然會離開樓閣，而且還聽見了他與燕子的對話。

君狩霆眯起眸子，試圖看出她到底聽到了多少。

驟然見他出現在自己眼前，若靈萱還真是嚇了一跳，神色一慌。但很快地，她就強迫自己鎮定下來。在事情未明之前，她還是裝作什麼都沒聽到為好。

「君大哥，你也在這裡啊！」唇邊扯出一抹笑，她若無其事地打著招呼。

君狩霆直直地盯了她一會兒，才緩緩出聲。「妳這丫頭，腳傷都沒痊癒就到處亂跑，真是的。」說著，臉色恢復了一如既往的溫柔。

若靈萱心中驚疑，他是真的不知道她在偷聽嗎？

雖然這樣想，臉上卻笑意盈然。「沒事，出來走走也好呀，不然再這樣躺下去，會發黴的。」

「妳就是不聽話，萬一再傷到腳可怎麼辦？」他關懷的語氣帶著輕責。

「那好吧，我聽你的，先回房了。」心中的不安和懷疑，讓她暫時不想再面對他，敷衍一笑後，轉身就要逃離。

誰知，君狩霆卻突然將她打橫抱起。

若靈萱被他突如其來的舉動嚇住，不由得掙扎，脫口驚呼。「你要幹什麼？」

君狩霆眸光一閃，低笑出聲。「靈萱，妳緊張什麼？我只是想抱妳回房罷了。」

「不用麻煩了，我自己回去就行。」她咬著唇，暗罵自己沈不住氣。

「那可不行，妳的腳不宜動得太多，還是我送妳吧，然後再給妳上藥。」不理會她的拒絕，他抱著她大步走向樓閣。

若靈萱僵住身子，心中十分徬徨。這君狩霆，到底是敵是友？她在這裡安全嗎？還有，想到剛才的談話，她更是惶然。昊宇到底傷得怎樣了？

不行，她要回去看看，一定要想辦法回去……

翌日，若靈萱起床後，侍女像算準了時間，給她送來早膳。

看著眼前忙忙碌碌的侍女，若靈萱嚥下幾口粥後，突然心生一計，開口喚道：「噯，妳過來一下。」

「什麼事，姑娘？」侍女立刻走了過去。

「幫我拿那個盒子過來！」她指了指梳妝檯。

「好的。」侍女應聲而去，若靈萱趁她不注意，扔掉手中的筷子，待侍女拿著盒子過來時，她又讓對方幫忙拾起筷子。

侍女不疑有他，彎下腰，摸向筷子。

若靈萱就趁著這瞬間，猛然舉起盒子，敲向她的後腦勺——侍女還來不及吭聲，就倒下了！

萬分抱歉地看了侍女一眼後，她迅速起身衝向門口，看看左右無人，便又關上門，然後走到侍女身邊，脫下她的衣服，快手快腳地給自己換上。

裝扮成侍女的模樣後，再將地上的侍女拖拖上床，蓋好被子，放下紗帳。一切妥當後，她就快步走出了房間。

清晨，四周都籠罩著一層層薄霧，前面的路有點不清，她忍著腳踝的痛，小心翼翼、儘量自然地行走。

幸好，一個小小的侍女，沒有人會去多加關心注意。很快地，她便來到宮門前。

咦？怎麼沒有侍衛駐守？若靈萱奇怪地左右張望。算了，管他的，只要能離開這裡就行！於是，她不再猶豫，邁著艱難的步伐，走出了宮殿。

殊不知，一道修長的身影也跟著她出現在宮門前，凝望她離去的纖纖倩影，唇邊勾起一絲詭秘的笑。

「燕子。」

「在！」黑衣女子輕然飄落在地，恭敬候命。

「按計劃行事。」他冷冷地吩咐，隨後俊眉一滯，似乎遲疑了下，才又道：「必要時，傷了她也無所謂，但別給我帶具死屍回來。」

「屬下明白。」

盛州都護府。

君昊煬和李清等將領正在商議出兵的部署，燕王君奕楓也加入其中。

突然，一名侍衛衝了進來，說道：「啟稟王爺，寧王府的侍衛求見。」

「寧王府的侍衛？」大家面面相覷，一臉不解。

君昊煬雖然疑惑，但還是吩咐道：「讓他進來。」

君奕楓微蹙眉，難道九皇叔也來了盛州嗎？

沒多久，一個侍衛裝束的年輕人彎腰弓背地走進來，單膝跪地行禮。「卑職參見睿王爺……燕王爺?!」顯然，他看到君奕楓時，著實愣了一下，沒想到燕王居然也在這裡。

「免禮！你有什麼事嗎？」君昊煬揮了揮手，直接問道。

年輕人恭敬地回道：「回王爺，卑職本奉寧王之命，前來打聽前線戰況，可在來時的路上，遇見了睿王妃，她——」

話還沒有說完，君昊煬就已經趨上前，大手猛地揪起年輕人的衣領，惶急地吼著。「你說在哪裡遇到睿王妃？」

自從若靈萱被擄之後，他的心就無一刻安寧，沒有人知道，他費了多大的勁，才強壓下再潛入金衫堡的念頭。

昊宇重傷未醒，而自己是軍隊主帥，他不能再貿然行動。但現在，竟然讓他聽到有人在路上見到靈萱的行蹤，這怎能不讓他激動？

年輕人被勒得脖子生痛，呼吸困難，臉都皺成了一團。「……王爺，放手……請放手……卑職好說——」天啊，他快斷氣了！

君昊煬見狀，連忙鬆手，臉色依然帶著焦慮和急躁。「那你快說！」

年輕人揉了揉脖子，咳了幾聲順口氣後才繼續道：「卑職是在金衫堡附近的珠郎峰見到的，可是距離太遠，而且卑職心想睿王妃怎麼可能會在這裡呢？以為看錯了，所以就沒多加在意。直到現在來了都護府，聽到有人說起睿王妃失蹤一事，我才趕緊說出這件事。」

「一定是靈萱……」君昊煬欣悅地喃喃自語。「她那麼聰明，說不定想到了辦法逃出金衫堡了……我要去找她！」

於是，他便朝李清下令。「你們留守在這裡，本王現在要去珠朗峰一趟。」

心急如焚的他，恨不得長雙翅膀，飛到靈萱身邊，確保她真的平安無事。

「等一下，大哥。」君奕楓攔著正要離去的兄長。「現在兩軍交惡中，你不能一個人行動，必須要帶些兵將在身邊才安全。」

君昊煬沈吟了一下，便朝李清道：「李清，你馬上調集十名菁英將士隨本王來。」然後，再看向君奕楓。「二弟，這裡交給你了！」

「放心吧，大哥，我知道怎麼做的。」君奕楓鄭重地點頭。

很快地，人員就集合完畢，君昊煬吩咐了幾句後，躍上白馬，手上的馬鞭狠狠地甩了下，駿馬立刻一聲嘶吼，率先飛馳而去。

後面的將士緊緊跟上。

若靈萱出了璟瑄離宮後，就向路人打聽都護府的路程，其中一個年輕小夥子告訴她，向南方一直走就是，她謝過後，便用口袋裡僅剩的一個小碎銀，打算坐馬車返府。

誰知……

坑爹呀！那該死的馬伕根本就是個路癡，沒把她送回都護府也就算了，居然把她送到這麼一個鳥不拉屎的地方，而且黑心地扔下她，說路程超過路費，然後一溜煙地跑掉了。

若靈萱欲哭無淚，現在自己身無分文，腳上的傷因走的路太多，更加疼痛了，這樣的她，要怎麼回都護府？

天快要黑了，難道她要在這荒山過夜嗎？

驀地，遠處傳來一陣又一陣的呼喚聲。

「靈萱……靈萱……」

徬徨無助的若靈萱，聽見叫聲陡地一震，覺得聲音很是熟悉，待聽出居然是君昊煬後，霎時喜出望外，又欣慰又釋然又溫暖又安心又想哭泣，滋味複雜。

從來沒有這麼一刻，這樣期待見到他！

「君昊煬！」她揚聲大喊，蹣跚地走向聲音來源。

「靈萱！」遠遠見到她，君昊煬急忙奔上前，再也忍不住一把抱住她，欣喜至極。太好了，她沒事，她是平安的……

「君昊煬，你怎麼會來的？你來得正好，你不知道我都快怕死了……」若靈萱抱住他，又哭又笑。

「別怕，我會保護妳。」

看到她平安無事，君昊煬只覺得慶幸無比，心中的擔憂不安才放下。

正當他們沈浸於重逢的喜悅裡時，前方的草叢中猛然有無數疾箭直射向他們，君昊煬見狀，立刻抱起若靈萱凌空躍起，險險地避過急射而來的冷箭。

可是還未等他們喘過一口氣，又有幾枝疾箭向他們射來。君昊煬因為要護住若靈萱，閃避不及，肩上中了一箭，鑽心的痛令他微微皺眉。

「啊，你受傷了！」若靈萱驚慌地大叫。

「我沒事，快走。」君昊煬忍痛拔出肩上的箭，不理會還在流血的傷口，抱住她飛身上馬，往前逃命。

這時，十多名騎著馬的蒙面黑衣人從草叢中竄出，緊追而去。

「剛才那些是什麼人？為什麼要追殺我們？」若靈萱不由得緊靠著君昊煬，第一次遇到這種場面，她心裡很是害怕。

「或許是溪蘭兵，或許不是。」君昊煬冷靜地道，騎馬的速度絲毫不敢放慢。

說話間，馬突然「嘶」地一聲停止前進。兩人同時發現，前面已是絕路，是斷崖，不由得掉轉馬頭，想改變方向，只是緊追的黑衣人已經趕到了。

「看你還往哪裡逃！」黑衣人疾奔而來，將他們團團圍住。

「你們是誰？」君昊煬目光一凝，聽出了黑衣人的話，似乎要對付的只是自己。而那口音，也好像不是溪蘭人。

「少廢話，納命來！」為首的黑衣人不屑答，揮劍前進，一雙眼睛露出冷厲的殺意。

其他黑衣人也全部揮劍逼近，直取君昊煬。

黑衣人似乎個個都訓練有素，不但劍法精準、狠辣無比，更是配合得十分有默契，招招皆欲致人於死地。君昊煬雖然武功奇高，但要護住不會武功的若靈萱，就顯得有些捉襟見肘了。

一開始，他還能應付自如地揮劍砍殺黑衣人，慢慢地，就只有閃躲的多了。因為他怕靈萱受傷，多半都用自己的身體護著她。

其中一名黑衣人，見他護住若靈萱，突然虛晃一劍刺向他，君昊煬反應迅速地閃避，誰知那人卻乘機揮向若靈萱——

「啊——」看著直逼向胸口的劍，她不由得尖叫一聲。

「靈萱！」君昊煬大驚，來不及阻擋的他，只能挺身擋在她前面，劍一下子刺入他的胸口。

他大怒，猛地反手一劍，削下了黑衣人的腦袋！

若靈萱愣愣地看著眼前的一幕，他居然會捨命救她？為什麼？

「老十！」黑衣人驚叫地看著身首異處的十弟，眸中怒火齊燃，吼道：「上！殺了君昊煬，為十弟報仇！」

眾黑衣人也被激怒了，殺氣更加淩厲，劍式更為狠辣，似乎豁出性命般地出招。

君昊煬越發力不從心，受了傷的他，動作也遲緩了不少，眼看包圍圈越來越小，他和若靈萱已經被逼到懸崖邊，只要稍不留神，就有掉下去的可能。

而那些黑衣人，看出了若靈萱是他的弱點，故意朝她下手，君昊煬只能護著她，不停閃避。

「君昊煬，你別管我了，自己走吧！」若靈萱不想自己再成為負累，便出聲對他道。

「閉嘴！」君昊煬瞪了她一眼，繼續拚力護她，沒多久，身上又中了一劍。

「我說真的，你別管我了，不然大家都會有危險，一個人死好過兩個人死呀！」若靈萱著急了，他為什麼還不放開她？

雖然自己討厭他，可是卻不想要他死呀！

「放心，我們都不會死。」君昊煬說完後，突然轉身抱住她，縱身跳入了那深不見底的斷崖！

沒想到他們竟會跳崖，黑衣人全怔愣了好一會兒才反應過來，紛紛急趨上前，俯身一看，兩人的身影已漸漸消失在視線裡。

「糟糕！那個女的也掉下去了，怎麼辦？」其中一個黑衣人目露憂色地看向其他同伴。

「那也是沒辦法的事。」其他黑衣人也皺起眉，君昊煬會抱著若靈萱跳崖，讓他們措手不及，想阻止也阻止不了。

「只好回去覆命了。」

「走吧……」

若靈萱感到耳邊的風急速呼嘯而過，她不由得閉上眼睛。雖然知道，他抱自己跳崖，但心裡卻不是太慌張，因為她相信，他一定有把握讓兩人都平安無事。

一會兒，她微睜眸子，果然看見他單手緊緊抱著自己，另一隻手則持劍劃在峭壁上，她知道，這是為了減低下落的速度，然而由於手用勁過度，受傷的前胸不斷有鮮血滲出，染紅了衣衫，顯得觸目驚心。

怔怔地看著他，老實說，到現在，她仍不敢相信他居然會為了救自己而受傷，甚至還……一時間，心頭五味雜陳。

不知過了多久，兩人雙雙跌落在地，懸著的心也終於落下，他們到崖底了。

「你還好嗎？」若靈萱著地後，忙上前察看他的傷勢。

「死不了。」這些小傷，他根本就不放在心上。

「可是，你身上的傷還是需要包紮的，你有治傷的藥嗎？」她邊說邊往他懷裡摸索，終於找著了一瓶紫色的藥瓶。

「妳這是在關心本王嗎？真難得。」君昊煬看著她忙碌的樣子，薄唇不禁勾起一抹笑，心情十分愉悅。

「你為了我才弄成這樣，我關心你也是應該的。」她可是恩怨分明。

小心翼翼地將藥粉撒在他的傷口處，再從自己身上撕下衣裙的布條，替他包紮好。

「算妳還有點良心。」君昊煬說著，閉上眼睛盤腿而坐，開始運功療傷。

她一向都是很有良心的好不好？若靈萱白了他一眼，隨即打量著四周，想看看有沒有什麼能吃的，只可惜，觸目所及盡是一片荒涼的山頭，連水也沒有。

看來要走遠一點才能有食物吧！她想著，便站起身，步伐蹣跚地離開。

走了一會兒，就看到前面有個桃樹林，這時桃花早已開過，綠葉滿山，纍纍果實垂滿枝頭。若靈萱心中大喜，隨意拾起一枝長竹，就走上前打果子……

璟瑄離宮。

「若靈萱也掉下崖了？」君狩霆語氣類似溫柔的重複，可裡面卻含著讓人凍結的寒霜。

「是……是的。」下屬聽出了主子話裡的怒意，嚇得跪在地上發抖，頭也不敢抬。想起王爺的可怕手段，他不禁冷汗涔涔。

「那君昊煬呢？死了沒有？」他面無表情地繼續問。

「懸崖深不見底，他應該是活不成了。」下屬趕緊回道，希望這個消息能讓主子不要發怒。

「應該？」君狩霆眼底閃過危險的光芒，冷諷道：「那就是說，你們沒有親眼看到他的屍體，只是在猜想而已，是嗎？」

下屬不敢回答，頭垂得更低了。

「廢物！」君狩霆沒有暴跳如雷，也沒有大吼大叫，只是淡淡地輕吐出一句，卻讓人感到刺骨的恐懼。

熟悉他的下屬都知道，這是王爺發怒的前兆。

「屬下知錯、屬下該死！萬望王爺恕罪！」下屬害怕極了，不停地磕著頭。

君狩霆只是冷漠地看了他一眼，並沒有作聲，修長的手指輕敲桌面，劍眉輕皺，似乎陷入了沈思。

下屬戰戰兢兢地跪著，全身抖得猶如風中落葉。

半晌，君狩霆終於開口。「下去吧，別再有第二次。」

「是，謝王爺不殺之恩！屬下告退！」下屬再次感激地連連磕頭，大有劫後餘生的感覺。

冷冷地看著他離去的背影，君狩霆對著暗處的人影命令道：「燕子，不要讓本王再見到他。」廢物，是沒資格留在他身邊的。

「是，王爺。」

「還有，立刻派人到珠朗峰山下，本王要知道……若靈萱是死是活。」最後一句，他說得異常低沈，眼神也多了一分複雜的凝重來，像是在壓抑著什麼。

燕子奇怪地看了主子一眼，但還是恭敬地應道：「屬下明白。」

君昊煬經過一個時辰的運功後，精神好多了，於是睜開雙眸，只見若靈萱正坐在他對面，津津有味地啃著果子。

「若靈萱，給本王果子。」緊張的情緒一過，他又開始連名帶姓地喊她，似乎這樣才自然一些。

「咦，你醒了？不好意思喔，我吃完了。」若靈萱睨了他一眼，攤攤手說道。

「妳故意的是不是？」君昊煬有些氣惱地瞪她。

「故意？沒有呀，你誤會了。」若靈萱一臉無辜，心裡卻腹誹：我就是故意的怎麼樣？誰讓你平時這麼可惡，這時候不乘機來個小小的報復，還待何時？

「妳現在就給本王去摘。」君昊煬當然看見了她眼底的戲謔，更惱了。

「抱歉，已經沒有了。」若靈萱忍著笑意。

「若靈萱！」君昊煬一聲怒吼。

若靈萱笑了笑，念在他捨命保護她的分上，不再戲弄他了，拿出藏在身後的桃果遞過去。「那，吃吧！」

君昊煬沒好氣地瞪了她一眼，接過吃了起來。說實在的，她的故意戲弄他並沒有生氣，反而覺得心中甜甜的，唇角也不由得微微揚起。

突然，若靈萱想起了一件事，笑容頓斂，急問：「王爺，昊宇是不是受傷了？他現在怎麼樣？有沒有事？」自從得知這件事後，她就擔心得不得了。

聞言，君昊煬微訝，她知道昊宇受傷？不過也沒多作細想，便沈聲嘆道：「暫時沒生命危險，但軍醫說他失血太多，不知要昏迷多久。」

「怎麼會這樣？」聽到沒有危險，她稍微鬆了口氣，可「失血過多」這四個字又讓她的心提了起來。

「赫連胤那個卑鄙的傢伙，不只擄走妳，竟然還派人易容成妳的面目，引我們去救人，我們一時不察中了計！昊宇以為救的是妳，沒有防範，結果被敵人當胸刺了一刀……」君昊煬憤懣地說出事情的經過。

「什麼？」若靈萱震驚地捂住嘴巴，她沒料到自己不在的那段期間，竟發生這樣的事情。

原來是赫連胤派人擄走自己，但沒料到自己卻被君狩霆救走了，然後……咦？等等！怎麼她覺得有些不對勁呢？

自己被人擄走，再被救走，那也只是很短的時間內發生的事而已，赫連胤難道是未卜先知，知道自己會被救走，所以事先弄出一個易容成自己的人來對付君昊煬？這肯定不會，何況他也沒見過自己呀，怎麼可能易容得連君昊煬和昊宇也認不出來？

倏地，腦中不由自主地憶起那個黑衣女子的話——

王爺，飛雪的易容術和模仿術果然妙極，連君昊煬都分不出真假……

赫連元帥本來已經快要成功了，誰知卻突然殺出一個人，救走了君昊煬和君昊宇。易容術？赫連元帥？想到這裡，若靈萱猛地水眸瞪大。難道……

「怎麼了？」見她一會兒深思，一會兒震顫，君昊煬奇怪地問。

若靈萱看了他一眼，咬了咬唇，心中衡量了一下，還是覺得自己說出來比較好，正打算開口的時候，上頭突然傳來一聲聲的呼喊——

「王爺——王爺……你在哪裡？」

「是李清！」君昊煬和若靈萱同時一喜，他們有救了！

若靈萱立刻站起身，揚聲回了呼喚，卻興奮過頭，忘了腳踝的傷，直接就用力踏在地上，劇痛驀地鑽心，忍不住大叫：「喔……好痛——」

「怎麼了？」君昊煬趕緊起身，攙扶著她。

「我被擄走後，腳受傷了，現在還疼。」若靈萱靠在他懷裡，皺著臉道。

「怎麼不早說呢妳，快讓本王看看！」君昊煬邊數落她邊蹲下身，握住她的右腳，脫下鞋子細看了起來。

腳踝處紅腫一片，帶著淡淡的瘀青，可想傷得有多重。

「妳這個笨女人！都傷成這樣了，剛才還去採什麼桃果！」君昊煬又氣又心疼地責罵著，心中也有些自責，是他太大意了，早應該注意到她的傷才是。

「凶什麼，肚子餓了當然要吃東西啊！」若靈萱知道他是在關心自己，但就是被數落得不服氣。

「來吧，我揹妳！」君昊煬瞪了她一眼，算了，還是盡快離開這裡要緊。

若靈萱遲疑了一下，但看看自己腫得厲害的腳，也顧不得要矜持了，便攀上他的背。君昊煬揹著她，不一會兒就來到了李清垂下繩子的地方。

「捉緊我！」

聽罷，若靈萱小手緊揪著他的衣領，修長的雙腿夾緊他的腰。

君昊煬深吸口氣後，握住麻繩，暗運內功，飛快地沿著峭壁攀越而上，不一會兒，就出現在懸崖上。

回到都護府後，君昊煬率先躍下馬，然後再抱著若靈萱下來，走進了廳堂。

多多像箭一樣地衝了過來，看到若靈萱回來了，立即驚喜地撲了過去哭喊：「小姐！小姐……謝天謝地，妳回來了，王爺他們把妳找到了……嗚……嚇死多多了……」說到最後，她嚎啕大哭了起來。

若靈萱微笑著伸出手，拍拍她的臉，柔聲道：「別這樣，妳看我不是好好的嗎？沒事了，不要哭！」

「天啊！王爺，你們受傷了……」多多留意到君昊煬和若靈萱的衣服都染有血跡，嚇得她驚慌地大叫。「到底是誰幹的？小姐妳還好嗎？我馬上給你們拿紫金活血丹、白玉止痛散——」

「好了，妳先去請軍醫過來吧！」君昊煬打斷了她的滔滔不絕，果決地吩咐道，然後抱著若靈萱快步走進臥室。
多多不敢怠慢，飛快地轉身去找軍醫。
君昊煬小心翼翼地將若靈萱放到床上，動作十分輕柔。
誰知，若靈萱卻掙扎著要下床。「我想去看昊宇，你帶我去。」不然她無法安心。
「妳給我坐好。」君昊煬當然是攔住她，再一次將她抱回床上。
「我的傷不礙事的，你就帶我去嘛！」若靈萱心急地揪住他的衣袖嚷道。
「不行！」君昊煬一口回絕，臉色繃得緊緊的，不知道是不是在生氣，語氣就是很不好。「妳的腳傷成這樣，又跑了那麼多路，還跌了幾次，已經傷上加傷了，要是再不好好休息，以後落下病根，妳就一輩子用枴子吧！」
若靈萱皺眉抗議。「哪有這麼誇張？」她剛才還去摘果子呢！
「總之妳就是給我坐著，哪兒都不許去，過幾天我自然會帶妳去看他。」君昊煬霸道地下達著命令。
看著他毫不妥協的神情，若靈萱撇撇唇，嘆口氣，認命地返回床上坐好。
怎麼說，他也是關心自己，就別再跟他嘔氣了，大不了，她再想辦法偷偷溜去看就是！
可君昊煬卻一眼看穿她的意圖，冷冷地道：「別想趁我不注意就偷走出房間，本王已經下令，在妳養傷期間，不許踏出房門一步。」
「你——」若靈萱瞪圓了眼。
「你什麼你？本王這是為了妳好！」君昊煬瞥了她一眼，然後走向櫃子，拿出藥箱打開，取出裡面的紫金活血丹，轉身遞給她。「吃了它，對腳傷有好處。」

若靈萱只好吞下，再接過他遞來的溫水，送服下去。

這時，軍醫走了進來，行禮道：「微臣參見睿王爺、王妃。」

「免禮，你給王妃看看，她的腳傷怎麼樣了？」君昊煬吩咐道。

「是！」軍醫走到若靈萱身邊，輕抬起她的腳踝，細心地診視著。

許久後，他才站起身，稟道：「回王爺，王妃的腳踝是被人使力扭傷的，再加上用藥不當，加重了傷勢，以致筋骨受損，恐怕這段時間都無法正常走動了。」

「用藥不當？」君昊煬愣了一下，她用過藥？不由得望向靈萱。「妳用過什麼藥？」

若靈萱聽了也怔住，她是用過藥，就是君狩霆給的那個療傷靈藥，可他不是說，那對於筋骨損傷有很好的療效嗎？怎麼現在軍醫卻說是用藥不當……眉心皺緊，心中有一種不知是什麼的感受，只覺得好不舒服。

「我也不知道那是什麼藥……」好半晌，她才輕聲道。

君昊煬也沒多加注意，轉頭問軍醫。「那她的傷不要緊吧？」

「王爺不用擔心，王妃的腳傷雖然重，但等一下微臣開些藥，只要按時上藥，好好調養，日後不會有問題的。」軍醫趕忙說道。

「那就好，你去開藥吧！」他鬆了口氣，沒事就好。

待軍醫退下後，君昊煬就對她命令道：「聽到軍醫的話了吧？從現在開始，妳要臥床靜養，哪兒都不許去，直到腳傷痊癒為止。」

若靈萱出奇的平靜，沒有抗議也沒有說話，一個勁兒的斂眉深思，一副心事重重的樣子。

見她沒反應，君昊煬不高興了。「妳到底有沒有在聽我說話？」

「君昊煬，其實這幾天，我都在璟瑄離宮。」若靈萱突然抬起頭道。她覺得，這點必須得讓他知道。

「什麼？」君昊煬有點莫名地看著她，一時會意不過來。

若靈萱索性將事情道出。「那天你們出征後，我就被一個黑衣人擄走，然後昏迷過去。等我醒來的時候，人已經在璟瑄離宮，君大哥說是他救了我……」

君昊煬靜靜地聽著她的敘述，由開始的驚訝，到後來的沈默，臉上也陰晴不定。

將自己所有該說的、思考的、懷疑的全說出來後，若靈萱便看向他。「事情就是這樣子了，你怎麼看？」

君昊煬擰著眉，良久才開口。「妳確實聽到了那個黑衣女子說過易容術的事？」

「對，她是這樣說的。」若靈萱點點頭。

君昊煬不出聲了，狹眸半眯，散發著精光。溪蘭兵突襲、出現內鬼、靈萱被擄、還有金衫堡的假靈萱，一切的一切，看似是赫連胤在搞鬼，但仔細想起來，背後必定有某種關聯。

看來，事情得要好好調查一番。

「噯，你說呀，君大哥是不是很可疑？」見他老不說話，若靈萱忍不住問了。

君昊煬冷睨了她一眼，聽到這個稱呼就覺得逆耳。「君大哥君大哥，讓妳不要跟他來往，妳就偏偏跟他混得那麼熟，遲早吃虧了都不知道！」

「我……」若靈萱想反駁什麼，又覺得無力，因為在她心中，也對君狩霆有了懷疑。

「好了，這件事我自會調查，現在，妳躺著休息吧！」君昊煬瞥了她一眼，給她挪了個舒適的位置，然後蓋上被子。

「你也受傷了，快去給軍醫看看吧。」若靈萱這時才想起了他胸前的傷，不由得關心地道。

「本王會的。」君昊煬的唇角微勾，心中因她的關懷而愉悅著。

金衫堡。

赫連胤正在書房裡，與軍師商議要事。

「元帥，不如讓末將去通知紫焰帝君，兩國聯手，一定能大敗晉陵軍。」軍師提議著。

「好，這事就交給你去辦。」赫連胤點點頭。無論如何，他都要打敗晉陵，一雪前恥，不然難以洩心頭之恨。

「是！」軍師拱手應道。

「啟稟元帥，大事不好了！軒轅將軍飛鴿來報，說晉陵軍突然攻打瀋陽，情況危急，希望我們速去解圍！」

瀋陽城是溪蘭王朝的軍事重地，僅次於首都大樑。

「什麼？攻打瀋陽？」赫連胤微愣，沈思半晌後，突然邁開步伐走了出去，頭也不回地吩咐道：「立刻宣將士們來議事廳！」

士兵領命而去。

在緊急會議後，赫連胤決定率兵親征瀋陽，畢竟軍事重地不能有任何差錯，只留下一些統領繼續駐守盛州。

都護府。

由於用藥得當，又在君昊煬的細心照顧下，若靈萱的腳傷恢復得很快，下床走動也不會覺得太痛了，只要別走得太多就行。

因此，心中掛念昊宇的她，一聽軍醫說能離開房間，就迫不及待地前去探望。

暖閣裡，君昊宇仍舊昏迷不醒。

看著他蒼白的臉龐，若靈萱心中一陣悶悶的疼。記憶中的君昊宇，永遠都是那麼意氣風發，像天塌下來都難不倒他似的，如今卻如此蒼白虛弱。輕撫他無血色的臉龐，眼眶不由得紅了起來……

「對不起，都是我不好，害你受這麼重的傷……你快點醒來吧，昊宇，快點醒過來……」

驀地，昏迷中的君昊宇彷彿睡得極不安穩，薄唇微動，似在喃喃自語，若靈萱不由得俯身去聽——

「靈萱……靈萱……」

原來，他是在喚自己的名字！在昏迷中，他還記掛著自己……

若靈萱淚水盈眶，有一種深深的感動湧上心頭。「昊宇，我沒事了！我回來了，你快好起來吧……」輕執起他的手，她輕聲低喃道。

君昊煬得知赫連胤返國的消息後，與君奕楓商量了一番，便讓他暗中帶著一萬精兵，繞道而行，截在溪蘭兵後面，伺機攻城。

而他則領著餘下的一千名兵將，再次潛入金衫堡，救出被捉的將領——據探子的回報，楊軒他們只是被俘，並未被殺——然後再與君奕楓會合。

「靈萱，好好照顧自己，有什麼事跟李清商量吧！」臨行前，君昊煬不放心地再三叮囑。

「行了，我會的。」若靈萱重重地點頭保證。

君昊煬深深地看了她一眼，隨後快步離開，整軍出發。

望著他匆匆消失的背影，若靈萱心中有些憂慮。孫子兵法雖然厲害，但也只是紙上談兵，她不知道用在現實中，他們能否獲得勝利？

各路大神啊，請保佑我們晉陵吧！她雙手合十，閉目祈禱。

左胸火燒般的疼……怎麼回事？

君昊宇清醒時，只有這種感覺。突然，腦中靈光一閃，想起了昏迷前的一切——扮作靈萓的女人刺了他的胸口一刀，而且劍上有毒……

那真正的靈萓呢，又在哪裡？他猛地坐起身來，驚動了一旁淺睡的若靈萓。

「你醒了？」她歡喜地叫道，他已經昏迷八天了。

「靈萓……」怔怔地看著眼前的女子，君昊宇又是驚，又是喜，又是不敢確定。是幻覺嗎？他心心念念著的女子，就這樣突然出現在他面前了。

「嗯，我是靈萓，我沒事了，我回來了。」若靈萓輕握他的手，笑著點頭。

感受著那柔軟小手傳來的溫暖，君昊宇心中激動不已，真的是靈萓，不是幻覺，她真的回來了！

「昊宇，你——」

才剛想說什麼，便已被猛力擁入一個寬闊溫暖的胸膛。

君昊宇緊緊地抱著她，一顆提著的心終於歸回原位。「妳能平安回來，真是太好了！」聲音異常的沙啞低沈，包含著欣慰和狂喜。

若靈萓揚起唇角，為他的激動而感動，靜靜地任他抱著。

「對了，妳被人擄走後，有沒有受欺負？身上有沒有受傷？」君昊宇輕輕放開她，緊張地上下巡視著。

「我沒事，你看我不是好好的嗎？」若靈萓笑了笑，跟著，笑容一凝，關心地看向他。「反而是你，傷得那麼重，又昏迷了這麼多天，才真讓我擔心呢！」

君昊宇這時才看到她眼下憔悴的陰影，不由得柔聲道：「是妳一直在照顧我？」

「我要親眼確定你沒事才能放心。」這是她唯一能幫他做的。

「妳照顧我，可是卻不會照顧自己，萬一累壞了怎麼辦？」他心疼地輕撫她的臉頰，語氣有著難以掩飾的關懷之情。

若靈萱微笑著搖搖頭，有事的人應該是他吧，可他還在關心自己。

拿過桌上的藥膳，遞過去。「剛剛熬好的，還熱著，你先吃了吧，軍醫說你醒來就要吃東西的。」所以她讓人每天按三餐準備著，以防他醒過來沒東西吃。

「好！」君昊宇笑了笑，剛接過，卻不小心牽扯到胸前的傷，鑽心的痛讓他差點把碗摔出去。

若靈萱趕緊接住碗，說道：「還是我來餵你好了，你別再亂動了。」說著，輕輕舀起一匙吹涼，再送到他嘴前。

君昊宇看著她體貼的動作，覺得心中暖暖的、甜甜的，臉上的笑容也越發亮眼。第一次覺得，受傷也挺好的，能得到她的關懷和照顧，一切都值得了。

一碗藥膳就這樣不知不覺中吃完了，若靈萱輕柔地替他拭拭嘴角，將碗放在桌上，回轉身道：「昊宇，你的身體還很虛弱，要多多休息才行，還是先躺著吧！」

「好。」不忍拂了她的好意，君昊宇便依言躺下。

突然，他想起了一件事，急急問：「對了，靈萱，我軍現在情況怎麼樣？昊煬呢？他在哪裡？」

「你不用擔心，君昊煬沒事。」若靈萱連忙安撫他。「他現在正領著大軍出征瀋陽，還前去金衫堡搭救其他將士呢！」

聽罷，君昊宇沒有躺下，反而坐起身。

「你幹什麼？」若靈萱皺眉。

「現在大家正在辛苦作戰，我怎麼能安逸地躺在這裡？我要去看看！」

「你瘋了?!你的傷還沒好呢！」

「這不礙事，行軍作戰哪有不受傷的？我還捱得住。」君昊宇朝她笑笑，強忍著傷口在移動時引發的痛楚，走下床。

若靈萱立即攔下他，斥道：「不行！這陣子你得養傷，哪裡也不許去！」

「可是……」

「你放心，燕王爺來了，有他幫忙，昊煬不會有事的。」她說出了君奕楓到來一事，讓他安心。

聞言，君昊宇極為驚喜。「真的？二哥也來了？」

「是呀，君昊煬說，還是他及時出現，救了你們的呢！」若靈萱便將事情說了一遍。

君昊宇一聽，才明白是怎麼回事。

心中稍鬆口氣，有二哥的幫忙，肯定會事半功倍的！

「現在你放心了吧？那還不快躺下歇息。」若靈萱說著，硬攙扶他坐回床榻。

「靈萱，我沒那麼嬌弱。」君昊宇有點無奈，不過看她這麼關心自己，心底還是感覺十分甜蜜。

「不要廢話，快躺好！」說了幾次都不聽，她不高興了。真是的，還沒見過這麼不聽話的病人。

君昊宇沒辦法，只好認命地躺下，他可不想惹她生氣。現在只有快點養好身體，恢復體力，才能助大家殺敵了。

第十九章

君昊宇的恢復狀況很好，幾天下來，已經能下地走動，但若靈萱仍很限制他，讓他在床上休息，因為任何一個過激的動作，都可能引起傷口裂開。

「靈萱，我可以不喝這個嗎？」君昊宇無奈地看著端在手裡的藥，他已經吃了好多天，真不想再吃下去了，那個味道現在讓他很噁心。

「良藥苦口！」睨了他一眼，直接拒絕。這是她親自煎的，敢不喝試試看！

嘆口氣，他認命地低下頭，啜飲著苦得要死的藥汁。

之後，若靈萱便開始幫他換藥。打開白色瓷瓶，小心翼翼地將膏藥塗抹在他的傷口上，然後再拿過綁帶，輕柔地包紮起來。

她專注的表情及細膩的動作，教他心中再次起了強烈的悸動，布滿柔情的俊眸沒有自她的臉上離開片刻。

「還覺得疼嗎？」細心地弄好一切後，若靈萱才抬起眼問道。

「妳陪著我，我就不疼。」君昊宇眨著邪魅的雙眸，一副天真無邪的樣子，隱藏了眼底那抹深情。因為他不想太快讓她知道，免得把她嚇跑。

又在放電了！若靈萱嘴角微抽。這傢伙，真是本性難移！

突然間，門外傳來一陣急促的腳步聲，多多推門衝進來，緊張地道：「小姐，剛才我聽到李軍師他們說，盛州快要失守了！」

「什麼?!」若靈萱震驚至極。

「多多，到底發生了什麼事？」君昊宇震驚過後，焦急地詢問。

多多這時才看到晉王爺醒了，來不及驚喜，喘口氣就道：「奴婢不知道，只是聽到李軍師這樣說，就趕來告訴小姐了，李軍師還要小姐妳和晉王爺先走！」

若靈萱知道事情嚴重了，面色也不禁變了變。「我去看看怎麼回事。」

「靈萱，我也去！」君昊宇說著也要下床。

「不行！你先躺著，等我打聽回來，再告訴你也一樣。」若靈萱一口回絕。

「可是……」

「別讓我擔心好嗎？多多，我們走！」若靈萱瞪了他一眼，然後拉著多多，心急火燎地離開。

君昊宇沒辦法，只好忐忑不安地坐在房內等待著。

議事廳。

「……紫焰王朝大軍突襲平城，他們人多勢眾，兵強馬壯，我方兵將恐怕難抵禦太久。」李清面色凝重的重嘆。

現在睿王爺和燕王爺領了大部分的兵將攻打溪蘭瀋陽城，留在盛州的，只有三千多名兵將，就算飛鴿傳書通知王爺，遠水也救不了近火。

「這八成是赫連胤授意的，這樣既能返國自救，也能攻陷盛州。」一名將領了然地道。

「恐怕是這樣沒錯。」

「那現在怎麼辦？」

「以留守的兵力論之，我們根本完全沒有勝算，紫焰王朝就是算準了這一點，才會揮軍前來攻城。」

「那就讓他們陣腳大亂，然後一舉擊潰！」鏗鏘有力的聲音自門外飄入。

「王妃?!」眾人驚訝地看向來人。

進門的正是聞訊趕來的若靈萱。

「紫焰王朝一定會有主帥坐鎮指揮，而這個主帥，不用說也是皇親國戚，或許還是個皇子，只要我們先除掉這個最高統帥，敵軍必會大亂，進而拖延他們攻城的時間。」畢竟擒賊先擒王嘛！「只要我們的援軍及時趕回，我們便有勝算。」

「這計策不錯，只是……」李清沈吟著點點頭，卻面有難色。「除掉坐鎮指揮的主帥，這並不是一件容易的事啊！」

主帥定然在大軍的後方坐鎮指揮，想除掉他們，談何容易？

若靈萱神秘一笑。「放心，只要為我準備上好的弓箭，我就有辦法對付他們。」

「弓箭？」眾人又是一愣。「王妃，妳會射箭？」這可不像是女子會做的事情吧？

「學過一點。」若靈萱說得很輕鬆，泉眸中卻閃著自信的笑意。

「可是王妃，那麼遠的距離，這一帶的風沙又大，就算王妃是射箭高手，也不可能輕易成功的。」其中一些將領並不看好她。

「本宮既說得出，就能做得到。」若靈萱淡淡地睨了他們一眼，丟下話。「別再蘑菇了，立刻拿盔甲和弓箭給我！」她的語氣凜然且堅定，威儀的氣勢震撼著全場。

坐不住的君昊宇剛來到議事廳，就聽到他們的話，也同樣感到驚訝。難道她的才能，還包括了射箭？她真的如此有自信，能射下敵方的主帥嗎？但不管如何，一個女子能有如此膽魄，著實讓人佩服，她的氣勢十足，不輸於任何人。

於是，他便揚聲插話。「你們就按睿王妃的指示去做吧！」

「你怎麼過來了？不是讓你好好休息嗎？」若靈萱一見他，當即皺眉數落著。

「不親自過來看看，我怎麼能放心？」君昊宇笑了笑，跟著臉色一凝，道：「好了，現在最重要的是對付紫焰大軍，我們快點趕去前線吧！」

若靈萱見他精神不錯，而且現在也勸不了他了，只好無奈地點頭。

若靈萱攙扶著君昊宇，在李清等將領的護衛下，緩緩抵達城樓。眼前刀光劍影、硝煙瀰漫，還有戰鼓雷鳴的響聲，在在都讓人感受到戰況之激烈。

登上城樓後，若靈萱才感覺到風沙之猛烈，幾乎讓她站不住腳跟，那搖搖晃晃的樣子看得在一旁的李清和君昊宇心驚膽顫。

「王妃！」

「靈萱，不如妳——」

「別說了。李軍師，你過來扶著我。」她絕不能退縮，而且一定要成功！

李清只好遵從。

君昊宇抿著唇，眉頭緊蹙，雖然有些擔憂，但靈萱的話不無道理，事到如今，只能背水一戰了。而且，他相信靈萱！

「把弓箭拿來！」她魄力十足地下令。

聽罷，一個侍衛立刻把弓箭拿了過來。「王妃請！」

若靈萱便伸手接住了那把弓……天啊，還真重，幸虧有人攙扶著，不然她鐵定頭重腳輕，連人帶弓地摔倒在地。

呼出一口氣後，接著，她抽出了侍衛手中的三枝箭。

李清和君昊宇見狀，又是一陣驚愕。她居然打算來個三箭齊射？

「王妃，妳真的能行嗎？」李清一臉憂色。

若靈萱沒答，只是點點頭，一手拿著弓，另一手執著三枝箭，姿勢極佳。她衡量風向、風勢與敵軍的布陣情形後，目測計量了一番，然後對準了。

小時候，她第一次握箭射擊，就連連正中紅心，連老師都誇獎她學得快，讚她是天生的神射高手。雖然現在對象是活生生的人，但只要她眼觀、計量、角度、力度把握好，應該不是問題。

握緊了手中的青弓，三枝箭上弦，向後拉展開來，對準了遠處高臺上的敵軍，尖銳的箭頭反射著微光，蓄勢待發。

另一邊——

紫焰國的士兵一見城樓上出現了弓箭手，連忙向身為主帥的皇子稟告。

「真的是弓箭手。」那皇子接到消息後，登上偵察臺一探，隨後譏笑道：「而且還是個連站都站不穩的矮個兒！難道晉陵軍沒人才了，這麼個矮子也派來丟人現眼？」

「殿下，莫要輕敵。李清非等閒之輩，絕不可能派個無能的人上陣，這其中必有文章。」旁邊的大將軍提醒道。

聽罷，那皇子也覺得有道理，便不再輕敵，而是舉起手中的「千里眼」，更為認真地觀察著對面的動靜。

「那個矮個兒居然想三箭齊發？」皇子驚詫地出聲。

「看情況，是想射下我方主帥……」大將軍也從千里眼中掌握了情況。

「不是吧？那麼遠的距離，還在這種風沙怒號的惡劣天氣下，這個矮冬瓜也太不自量力了吧？」一旁的副將聞言，也不禁出聲譏笑。

「就是！你看那把弓，還橫著放，該不會是個新手吧……」

就在他們談笑之中，咻——三箭齊發！

「不好，大家快趴下！」

輕敵的他們萬萬想不到，那個矮個兒居然是神射手！眼見直逼而來的利箭，紫焰皇子急忙吼道。

可是太遲了。三枝長箭迅疾如風，如猛虎出柙，閃電般朝他們疾射而去，不偏不倚，正中要害！

「皇子受傷了！皇子受傷了！」

「大將軍也中箭了──」

「還有副將……」

紫焰大軍頓時亂成一團，紛紛離開戰場，湧向他們的皇子、大將軍和副將。

李清和君昊宇傻眼了，更別提晉陵的其他將領們。

若靈萱放下弓，神采飛揚，興奮地誇讚了自己一聲。「Very Good!」她真的成功了！

眾人雖不解她在說什麼，但驚呼聲此起彼落，掌聲更是如雷般響起。

「王妃好厲害，這招真是太絕了！」李清朝她豎起了大拇指，滿眼欽佩之色。一個女子居然能在狂風怒吼中，而且還隔了這麼遠的距離之下，準確地射中敵軍主帥及正副將軍，真的是奇蹟。

「是呀！」君昊宇欣悅地點了點頭，表示同意。她給他的驚喜實在太多了，總感覺她好像什麼都會。

「王妃，幹得太漂亮了……」

「真神啊，三箭全中了！」

將士們歡呼大叫，崇拜地看著他們的王妃。

「好啦，將士們，趁敵方軍心大亂，咱們立刻兵分兩路，逐個擊敗他們！」若靈萱鬥志高昂地大聲下令。

「是，王妃！」

「殺光紫焰軍！」

將領們得令，大吼著舉劍，一邊有條不紊地引領著、指揮著大軍衝上前殺敵，瞬間就將紫焰大軍殺得措手不及。

全場的局勢頓時有了新的進展，晉陵軍一反剛才的劣勢，順利掌握了主導權，成功地反敗為勝，漸漸進攻敵方，局勢一面倒。

這時，邊關的援軍傳將軍帶著三千兵將趕到，與披甲上陣的李清一起猛衝狠殺，銳不可當，士兵們更是拚死衝鋒。

很快地，紫焰大軍被一舉擊潰。

「勝利啦！」晉陵兵個個雀躍歡呼。

城樓上的若靈萱和君昊宇見狀，總算鬆了口氣，相視而笑。

勝利回歸都護府沒多久，出征溪蘭瀋陽城的君昊煬，也傳來了振奮人心的捷報。

若靈萱手裡捧著最新的捷報，唸給君昊宇聽。

「這麼快就告捷了？」他喜上眉梢。

「上面說，君昊煬率領著銀騎將士，一舉攻破了瀋陽城，溪蘭軍大敗被俘，赫連胤孤身逃亡！」若靈萱激動地唸道。

「太好了，不愧是昊煬！」君昊宇欣喜至極，笑得十分開懷。

若靈萱也鬆了口氣，閉目感謝上天保佑晉陵。

「不過說來，最感謝的是燕王爺，這次要不是多虧了他，後果真不敢想像。」若靈萱暗暗唏噓，回憶起君昊煬跟她說的那一幕，仍心有餘悸。

「靈萱，既然現在大家都沒事了，妳快去休息吧，看妳，臉都憔悴多了。」君昊宇心疼地看著她，要不是早上情況危急，他早就喝令她回房歇息了。

「好，等你吃過藥，我就去休息。」若靈萱笑道，然後揚聲一喊。「多多，去廚房看看藥煎好了沒有，晉王爺該喝藥了！」

「是。」多多立刻跑去。

很快地，多多就端著碗熱騰騰的藥回來。「小姐，藥來了。」

「給我，妳下去吧！」若靈萱接過碗，吩咐道。

多多應聲告退。

「昊宇，來，張口。」

若靈萱打算要餵他，可君昊宇卻道：「我自己來就行了。」

「好吧，那你小心點。」她不放心地叮囑。

君昊宇點點頭，接過她端來的藥，一口氣喝了下去。

看他喝完後，她小心地扶他躺下，現在他最需要的是休息。

三天後，大軍歸來。

都護府上下自然是歡欣鼓舞，喜氣洋洋，花廳裡舉行著慶功宴，為了他們打勝仗而大肆慶祝著。

君昊煬也放下了主帥的身分，與愛將們一起拚酒，高談闊論，訴說著他們這次勝利的成果。

「王爺的戰術真厲害，不但把溪蘭兵逼得節節敗退，而且又攻陷了他們幾個城池，這下子看那赫連胤還怎麼囂張得起來？」楊軒得意洋洋地笑道。

「是呀是呀！」眾將士也高興地附和著。

「這可不能全歸功於本王。全靠諸位將士們，我軍才能取得這次的勝利，所以，功勞是大家的。」君昊煬微笑著，一邊舉起酒杯說道：「來，本王敬各位將士一杯！」

眾將頓時歡呼起來。

這時，若靈萱和君昊宇也笑容滿面地走進了花廳。

將士們一見到他們，又歡呼起來。「王妃和晉王爺來了！」

「靈萱！昊宇！」君昊煬笑著看向他們。兩人都平安無事，他心中十分欣慰。

「王妃、晉王爺，快來快來，坐這邊！」楊軒和李清趕緊起身，各自邀他們坐到君昊煬的身邊。

「說來這次真夠驚險。」一個將士這時想起了金衫堡的事，難掩憤怒地咒罵道：「赫連亂這個卑鄙小人，擄走我們王妃，還用假王妃來引王爺上當，晉王爺還為此受了傷，真是令人氣憤！」

「可他就算再詭計多端，也鬥不過咱們！王爺驍勇善戰，打得溪蘭軍落花流水，王妃聰明絕頂，出謀策略讓我軍一舉獲勝，他們呀，只能灰溜溜地夾著尾巴逃走啦！哈哈……」另一名將士與有榮焉地說道。

「沒錯，王妃這次的功勞很大，她的神奇箭術，一下子就讓紫焰大軍潰不成軍，真是太厲害了！」李清嘖嘖稱奇。

「是呀，這次要不是王妃，平城恐怕得失守了。」一名將領也讚嘆道。

君昊煬也微笑地看向若靈萱，眸中滿是讚賞和驚奇。她真是帶給他太多的震撼，不只聰明靈慧，而且連兵法都這麼在行，失憶之後的她，已經找不出一絲以前的影子了。

她到底，還有多少驚人的本事？

面對著眾人的稱讚，若靈萱不好意思了。「大家誇獎了，我只是幸運而已，最重要的還是靠大家奮勇作戰，才能使敵人兵敗而逃，這我可不敢居功。」

「靈萱，妳就別謙虛了，這次妳可是救了平城的百姓呢！大家說是不是？」君昊宇滿臉笑容地誇讚道。

「是！」眾人笑意不減地齊聲道。

「靈萱，妳為何能夠三箭同時正中敵軍主帥及正副將軍？是不是用了什麼特技？」君昊煬也好奇地發問，在那樣的惡劣氣候下，她居然能成功，真是如同在千軍萬馬中取敵軍首級一般，令人震撼至極。

聞言，若靈萱笑了笑，說道：「其實這沒什麼，只要眼觀風向，目測準確，計量到位，力度再把握好，一切都不是問題。當然，前提是平時要練得多。」

話音剛落，眾人再次一片譁然。

「王妃真厲害……」

「奇女子呀……」

「原來如此，本王明白了。」君昊煬點了點頭，感覺很是新奇。一個女子，僅憑著這四樣，就能命中標靶，著實令人佩服。

君昊宇的目光一直停留在她身上，邪魅的俊眸泛著柔光，望著她，滿是欽佩之色。

這時，李清又說話了。「王妃這樣聰慧的女子呀，真是世間少見，她能成為我們的王妃，真是我朝的福氣，也是王爺的福氣啊！」

「對呀！對呀！」

「王爺和王妃聯手，天下無敵！」

「以後看誰還敢打我們晉陵的主意！」

眾將兵們再次大聲喧嚷，神采飛揚。

「說得好！」君昊煬朗聲一笑，神情志得意滿，跟著舉起酒杯。「來，為我們旗開得勝，乾杯！」

「乾杯！乾杯！」

「晉陵永遠勝利，東方第一大國！」

所有人紛紛舉杯，歡笑聲、酒杯碰撞聲，絡繹不絕。

若靈萱也被快樂的氣氛感染，便舉起了杯，笑意盈然地跟著大家作樂。

只有君昊宇雙目微斂，默默地品著酒，心中因為剛才的某句話而一窒，神色微黯下來，有點鬱鬱寡歡……

宴會過後，君昊煬就拉著若靈萱，大步走回房間。

途中，顧慮到她的腳傷，他抱起她，直至到了床榻後，才將她輕輕放下。只是他並沒有立刻離去，而是神色凝重地坐在床沿，直盯著她。

「你怎麼了？」若靈萱覺得莫名其妙。

「本王現在想起，有件事情還沒有問妳，所以妳給我老老實實地回答。」盯了她半晌後，君昊煬冒出了這麼一句話。

「什麼啊？」她更覺得奇怪了。

君昊煬還是直盯著她瞧。一張不施粉黛卻美麗無雙的臉，白皙的肌膚透出淡淡粉紅，睫毛密長而微翹，鼻兒精緻光滑，櫻唇嬌豔欲滴，明澈的泉眸顧盼生輝、靈動誘人。這樣美麗的她，還有種種驚人的本領，的確足以迷倒所有的人。

君昊宇就不用說了，現在居然連君狩霆都對她產生了興趣！

想到這裡，俊逸的臉頓時沈了下來，布滿陰霾。

這時，他突然有種希望她變回以前那副容貌的想法，這樣起碼不那麼引人注目。

「你到底說不說呀？我要睡啦！」白了他一眼。她快要累垮了，需要好好休息。

「前陣子在璟瑄離宮，妳跟君狩霆都做了些什麼？」憋了好久，他終於忍不住問出心中的疙瘩。

「……」

突如其來的問話，令若靈萱愣了半晌才反應過來，她半瞇起美眸。「你什麼意思？」語氣中似乎有著山雨欲來的前兆。

「不要給我裝蒜，妳平時就對他迷得緊，以為我不知道嗎？這次難得有個可以跟他單獨相處的機會，妳還不乘機把握著，跟他情意綿綿？」說到最後，他有些咬牙切齒。

一想起她平時提到君狩霆時，那雙眼發光的樣子，他心中就極不舒爽！

若靈萱深吸了一口氣後，倏地一聲雷霆大吼。「君昊煬，你胡說八道些什麼！想跟我吵架是不是？」嘖，她還以為他已經有所改變了，怎麼還是這副死德行？

迷？她什麼時候迷了？她只是有些仰慕罷了！

「怎麼，被我說中，惱羞成怒了？」君昊煬恨恨地瞪著她，雖然很想心平氣和地詢問，但心中的無名火卻越燒越旺，就這麼控制不住地衝口而出。

「你這個不可理喻的瘋子！」

若靈萱氣得伸手想摑他，但未得逞，反而令他更加勃然大怒。

「心虛了是不是？還不快給我說清楚！他有沒有抱妳、吻妳？你們有沒有做什麼見不得人的事？妳給我從實招來！」

他很清楚君狩霆自身的條件，君家的男子，君奕楓之外，就數他長得最為好看，而且還給人一種溫文爾雅的美感，加上吹得一手好簫，這女人不動心才怪！

「你……」若靈萱氣得七竅生煙，努力深呼吸平息怒火，隨後心存報復地嬌笑道：「沒錯，你猜得很對，我和君大哥十分情投意合。我們每天都黏在一起，他比你好太多了，不但對我溫柔似水，還——唔……」她話還沒有說完，就被忿恨的君昊煬封住了唇瓣！

若靈萱瞪大了眼，這該死的自大狂居然又吻她？他憑什麼？極力掙扎著，猛力踢他，想阻止他，慌亂下，她抓傷了他的臉！

君昊煬悶哼一聲後退開，這該死的女人，想謀殺他呀？

若靈萱乘機撞開他，火速跳下床，卻被他迅速捉住手腕，再次重重地扯回床榻上，但還記得巧妙地避開了她腳傷的地方。

「想逃？妳逃得了嗎？」君昊煬緊捉住她的小手，陰森森地磨牙道。

「放開我！混蛋！」她自知力氣比不上他，只能咒罵他出出氣。

「若靈萱！」一而再的反抗惹火他了，他用力將她拉近至他鼻尖前，惡狠狠地道：「警告妳，別再隨意咒罵惹怒本王，要不然，本王絕不會這樣君子的對妳！」這女人，就不能乖巧柔順一點兒嗎？

「你想怎麼樣？」她怒目相瞪。

「本王想怎麼樣？」君昊煬冷狎一笑，寬大的手掌輕拂過她的臉頰。「妳是本王的王妃，本王想怎麼樣，就怎麼樣！」說完，視線刻意落在她胸前。

「你……你敢！」聽出他的弦外之音，若靈萱心驚了一下，但嘴上仍不饒人。

「那妳就試試看本王敢不敢？」君昊煬勾唇冷笑，伸手就去扯她的衣服。

「住手！」若靈萱嚇壞了，忙揮手拍掉他的手。

君昊煬得意地看著她，繼續威嚇道：「要本王住手，就得乖乖的，別再惹本王生氣了。」他就知道，這招最有效。

若靈萱美麗的眼睛射出兩道冰冷的寒光，恨不得手中有劍能割下他可惡的頭。

她眼珠子一轉，隨即綻露出一臉魅惑眾生的笑，清泉美眸眨了眨，嬌嗔道：「夫君，我錯了，不惹你生氣就是了，你放開我好不好？」那聲音要多柔，就有多柔。

君昊煬怔愣住了，不禁呆呆地看著她笑靨如花的樣子，還當真鬆開手。眸中閃過一抹驚豔，這可是第一次，她這樣對他笑……

小手得到自由後，冷不防地朝他臉上搧去，「啪」的一聲，震耳欲聾。

還處於呆愣狀態的君昊煬，就這樣接了一記巨靈神掌。

若靈萱巧笑嫣然，一臉無辜地道：「我早叫你放開我了，誰叫你不聽？這下可怨不得我喔！」扳回一城，爽！

「妳這該死的——」君昊煬雙眸冒火，抓狂地攥緊了拳頭，頗有爆發的趨勢。

「王爺，晉王爺有事要找我們商談。」李清在門外稟道。

「……本王知道了！」君昊煬老大不爽地應了句，隨後怒瞪若靈萱，咬牙切齒地低咒：

「回來再好好教訓妳！」

若靈萱根本就不將他的話放在耳裡，冷哼一聲，撇過頭去，不屑理會。惡狠狠地瞪了她一眼後，君昊煬才起身離開。

璟瑄離宮。

君狩霆斜靠在華貴的躺椅上，瑩白的手臂支撐著頭，手中轉動著七彩玉簫，明亮迷人的鳳眸深不可測，隱隱透著一絲寒光。

這時，門外傳來急促的腳步聲，沒多久，燕子輕快地閃身而進，恭敬地對他行禮。「王爺。」

君狩霆沒看她，羽扇般的眼睫輕輕動了動，冷淡出聲。「起來。事情怎麼樣了？」

燕子聞言起身，神情變得凝重。「回稟王爺，赫連元帥他……失敗了！此刻正逃往溪蘭首都大樑城！」

手中的動作一頓，鳳眸微瞇，優美的唇角不禁勾起嘲諷的弧度。

「又敗了？看來他也不過如此。」還真是太瞧得起赫連胤了，都提供了那麼好的機會給他，居然還能失敗，真讓人失望啊！

想不到，那君昊煬的本事也不小，兩國聯軍都奈何不了他，以後可不能太小看他了。

「還有，王爺，屬下還打聽到一件事。」燕子像想起什麼似的，又道。

「什麼事？」

「這次紫焰國大敗，全是若靈萱的射擊技術太驚人，據說她三箭齊發，紫焰皇子和正副將軍同時箭中要害，才使得軍心大亂。」

「是她?!」君狩霆瞳眸一縮，不禁驚訝起來。若靈萱居然還有這等本事？

「是呀，屬下真是不敢相信，這麼一個弱女子，居然能這麼準確地齊發三箭，實在是太讓人驚奇了。」

君狩霆聽了默默不語，深邃的鳳眸多了一分複雜之色。這個若靈萱，真的是越來越讓他刮目相看了……也越來越是個謎。

她……到底是誰？一個人，就算是失憶，也不可能會改變這麼多的。看來他得查查，她究竟是誰？

「王爺，君昊煬他們明天就要班師回朝了，現在該怎麼做？」燕子請示道。若靈萱可是聽到過他們談話的，會不會已經讓君昊煬起了疑，進而告訴皇帝呢？

君狩霆站起身，邁著優雅的步伐，緩緩走到茶几前坐下。修長白皙的手撐著下巴，一言不發，似乎陷入了沈思。

燕子恭敬地站在一旁，沒有打擾他。

良久後，君狩霆終於開口。「燕子，本王要改變計劃。」

「是。不知王爺有什麼對策？」

「回宮。」君狩霆淡淡地道，明亮的眼睛閃著鋒利的光。

一早，若靈萱吃過早膳後，就讓多多收拾細軟，準備啟程。

本想去找君昊宇的，但多多卻告訴她，晉王爺昨天宴會後沒多久，就離開都護府，先行回京了。

她心中頓時一怔，驚訝地問：「他有什麼事那麼急呀？竟不等大家就先回京了？」

「這個我不知道。」多多搖搖頭。

若靈萱蹙緊眉，不解極了。昊宇怎麼不跟她打聲招呼就離開了呢？他到底是幹什麼去了？平時的他可不是這樣子的啊……

「靈萱，都收拾好了沒有？」君昊煬一走進庭院，就看到發呆的她，不由得皺眉問道。

「好了。」若靈萱回過神來，邊回應邊走到他面前。

「那走吧！」拉起她的小手，大步走了出去。

若靈萱還是不喜歡跟他太過親近，掙扎著想要甩開他，但君昊煬卻攥得更緊，回眸瞪她，一副休想擺脫他的樣子，索性便由他去了。

李清和楊軒備好了馬車，已在都護府門口等著。

若靈萱正要上車，君昊煬卻一把抱住她。「小心點。」

「唉呀，我自己會走啦！」若靈萱紅著臉斥道。在這麼多人面前居然這樣抱她，好丟臉！

「妳的腳還沒好全。」君昊煬把她輕輕放在座位上，瞥了她一眼。他們可是夫妻，這樣很正常好不好？

隨著楊軒喝令一聲「出發」，大軍緊跟而來。
一路上，旗幟飄飄，兩輛馬車在晉陵軍的前呼後擁下，向前從容地前進。
前面是君昊煬和若靈萱的馬車，後面是君奕楓的馬車，軍師李清、左右先鋒和副帥楊軒則都騎著馬。
馬車平緩地在山道上行駛著，進了峽谷口，四周皆是岩石峭壁。
空氣十分清新，讓人心曠神怡。若靈萱趴在車窗上，手撐著腦袋，清爽的風迎面吹來，拂動著額前的髮絲，卻拂不掉心頭的那點兒鬱悶。
「昊宇怎麼不等我們就回京了？」突然，她開口問道。
君昊煬神色一凝，睨了她一眼，似乎不太高興的樣子，好半晌才回道：「宮中派人來傳信，父皇有事要他立刻回京。」
「是什麼事？」她追問。
「我怎麼知道！」沒好氣地瞥了她一眼。就知道關心昊宇！
「喔。」沒有得到自己想要的答案，若靈萱興味索然地繼續趴回窗子上，沒再發一言。
君昊煬靜靜地凝望著她，一抹難以說明的神色在他臉上一閃而過，也沒再說話了。
睿王府，惜梅苑。
林詩詩坐在窗前，望著半空中的彎月，嘴角微勾起，輕笑道：「後天王爺就會回府了。」

「側妃，聽說王妃這次陪王爺出征，功勞大著呢！每個人都在傳，說這次我軍能勝利，全靠王妃鼎力相助王爺，才使敵軍大敗而逃。有的甚至還說，王妃是王爺不可多得的賢內助。」紅棉說道。

「王妃的確是幫了王爺不少忙，這麼說也是無可厚非。」林詩詩低著頭，眸光幽暗，聲音低沈。

紅棉咬了咬牙，不免擔憂地道：「奴婢還聽說，在出征的這段日子，王爺對王妃的態度明顯不一樣了，表現得很是寵愛呢！」

林詩詩猛然抬頭，眼中乍現一抹訝異。

「也許是因為王妃幫了王爺不少，王爺他才——」紅棉見主子眼中已有淚水，忙立即停住了嘴。

林詩詩的心波瀾再起，久久無法平靜……

趕了三天的路後，馬車終於風塵僕僕地駛進了繁華的京都城，沿著朱雀大街緩緩而行，街道兩旁的老百姓熱絡地歡呼著。

「我軍凱旋歸來啦！睿親王凱旋歸來啦！」

「大家快來，睿親王領兵掛帥，再次打敗溪蘭王朝了……我們勝利了！」

「不愧是睿親王，常勝將軍啊！真了不起……」

「睿親王、睿親王……」

「對了，我聽說呀，這次打勝仗，不但是睿王爺的功勞，也是睿王妃的功勞呢……」某個小夥子突然神秘地說了句，然後故意頓下話。

果然，所有人均好奇地看向他。「睿王妃？她有什麼功勞了？」

見大家的目光全被他吸引住，小夥子可得意了。「我有個親戚在銀騎軍當兵，所以打聽到的。說是我們的睿王爺領兵攻打溪蘭軍事重地的時候，紫焰大軍突然襲擊平城，眼看就要攻陷了，這時睿王妃使出了她神奇的箭術，在狂風怒號的惡劣天氣以及距離十分之遠的情況下，三箭齊發，正中敵軍元帥及正副將軍，使紫焰大軍軍心大亂，兵敗而逃呢！你們說了，這王妃的功勞大不大？」

話音剛落，四周一片譁然。

「天啊，這也太厲害了吧……」

「簡直是神仙啦，世間少有！」

老百姓個個驚奇極了，滿眼崇拜，然後話題一下子又扯到了睿王妃身上……

馬車裡的若靈萱看見如此熱鬧的場面，感到十分與有榮焉，興高采烈地道：「君昊煬，你還真了不起耶，全城的百姓都來歡迎你了。」

君昊煬微笑不語，神情十分驕傲。

皇城裡，順武帝接到通報，得知大軍勝利而歸，十分高興。

此刻，他領著一干大臣，站在大殿石階上，笑容滿面地迎接兒子及媳婦的歸來。

君昊煬攜著若靈萱，走到順武帝跟前，行跪拜禮。李清、楊軒等兵將們，也一齊緊跟著跪倒在地。

「參見皇上，吾皇萬歲萬歲萬萬歲！」

「眾卿平身！」順武帝笑呵呵地一揮手，看著昊煬和靈萱攜手並肩的模樣，心中十分欣慰。「煬兒、靈萱、各位將士們，你們這回的勝利，對我晉陵王朝意義很大，你們都是勞苦功高啊！」

從七皇兒昊宇口中，他早已得知靈萱三箭大敗紫焰軍一事，不禁大為驚嘆，也覺得當初的賜婚還真是做對了，這麼聰明賢慧的媳婦，才配得上煬兒啊！

君昊煬微微一笑。「這都是上蒼的護佑，還有皇上的洪福，才能令敵人兵敗而逃。」

「好！好！」順武帝愉悅地撫著鬍子，接著從嚴公公呈上的托盤上執取一杯酒，遞向他。「煬兒，父皇代表大家敬你一杯。」

「謝父皇賜酒！」君昊煬鄭重地接過，一飲而盡。

順武帝跟著又拿取另一杯酒，遞向媳婦。「靈萱，妳足智多謀，箭術驚人，使我軍不費吹灰之力，就將敵軍一舉擊潰，解了盛州的危難。」

「皇上過譽了，臣媳汗顏。」若靈萱恭敬地接過。「謝皇上賜酒！」也一飲而盡。

「好、好！」順武帝再次歡喜地大笑。「日後，你們夫妻要並肩作戰，繼續為我晉陵再立奇功。晉陵成為東方第一大國，指日可待！」

「吾皇萬歲萬歲萬萬歲！」君昊煬和若靈萱再次單膝下跪，齊聲呼喚。

慶功宴過後，君昊煬等人回到了睿王府。

清漪苑裡，所有的婢女都圍在若靈萱身邊，嘰嘰喳喳、問長問短，言語間都是掩飾不住的關懷。尤其是草草，更是又哭又笑，激動地抱著她。

冰兒也從店裡趕了回來。

「小姐，妳終於回來了，真是太好了，太好了！妳知道嗎？草草天天都想念妳，牽腸掛肚的，每天都祈求菩薩保佑你們平安。總算、總算平安回來了，謝天謝地！」

若靈萱也緊緊抱著草草，忍不住淚濕了眼眶。「草草，我也很想妳，很想念大家！在出征的那些日子，我最盼望的就是回府，心裡想的都是跟大家在一起的日子。」

「王妃……」冰兒和其他婢女見她哭了，也哽咽著上前，哭得唏哩嘩啦，抱成一團。

多多也一把眼淚、一把鼻涕的。

君昊煬面無表情地站在一旁，看著那一群婢女和梨花帶雨的若靈萱，忍不住皺眉。怎麼說哭就哭？女人真是莫名其妙！

這時，張沖走了進來。「王爺，嚴公公來傳話，讓王爺休息一下後，就進宮商議迎接天域國王子和公主的事。」

「天域國？他們怎麼會來到我國的？」君昊煬挑眉問道。

「好像是來聯姻的。」

「喔？看來父皇又要外交了，就不知這次是誰要成為鄰國駙馬或王妃了。」君昊煬微哂，搖頭笑嘆道。

這時，下人通報，林側妃來了。

「詩詩？快讓她進來。」君昊煬吩咐道。

沒多久，林詩詩在丫鬟紅棉的攙扶下，婀娜多姿地走了進來，臉上依然是溫婉嫻雅的笑容。

「王爺！」見到君昊煬後，她忍不住激動上前，目不轉睛地凝視著許久未見的夫君，唇邊泛著美麗的弧度。「見到您平安回來，臣妾就放心了。」

「詩詩。」君昊煬走了過去，輕握著她的手，將她拉到身邊，上下打量著。「怎麼才一個月不見，妳就瘦了這麼多？這麼大個人了，還不會照顧自己，妳那些下人都幹什麼去了？」

看他如此緊張自己，林詩詩心中一暖，眼眶不爭氣地紅了。「王爺，臣妾沒事的，可能是這陣子掛心您吧，現在您平安回來，臣妾自然就好了。」

他不會知道，她是多麼的擔心他。茶飯不思，徹夜難眠，就算後來得知他勝利了，但沒有見到他的身影，她仍是坐立難安。好不容易望眼欲穿，他終於回來了，依然是那日思夜想的模樣，俊朗如昔，她焦躁不安的心才真正定了下來。

若靈萱在一旁看著林詩詩，發現她今天的裝扮倒用了幾分心思，還真是美麗動人呢！見她不停地對著君昊煬噓寒問暖、情意綿綿的樣子，唇邊不禁勾起一抹若有似無的嘲諷。

這女人是故意來到清漪苑，向自己秀恩愛的吧？

這時，林詩詩像是才發現她的存在似的，笑靨如花地上前。「妹妹見過王妃。王妃這一路上辛苦了。」語氣親切至極。

「勞妹妹擔憂了。」若靈萱同樣微笑回應。

「現在姊姊平安回來，妹妹真是高興。」林詩詩笑道，隨後望向君昊煬。「王爺，臣妾已經在惜梅苑備好了午飯，正等著王爺和王妃姊姊回來後一起吃呢！」

「好，既然詩詩都準備好了，那就一起吧。」君昊煬淡淡一笑，與林詩詩相偕走了出去。

若靈萱卻皺著眉頭，心想自己是睿王府的正妃，林詩詩此番話語，無疑是不把自己放在眼裡，若是她無動於衷地跟著林詩詩到惜梅苑用膳，不消半個時辰，消息鐵定傳遍整個睿王府——王妃竟屈居於林側妃之下！

若靈萱一番思量後，開口道：「王爺，臣妾在馬車上已吃過東西果腹，一路上舟車勞頓，現已疲乏不堪，只想休息。」

聞言，二人同時轉身回頭看向若靈萱。

君昊煬俊眉輕蹙，盯著她沒有出聲。

而林詩詩則是暗中咬牙，不斷擰扭著手中的錦帕。本想趁著若靈萱一路顛簸勞累、飢腸轆轆之際，讓她卸下心防跟著自己和王爺到惜梅苑，以示自己的地位比正室的身分還要高，卻萬萬沒料到她的心思竟轉得極快，一下子便看穿了自己的用意。

可惡！這若靈萱真是太可惡了！

這時，君昊煬開口了。「也好，妳有腳傷，也不宜多走動，就好好休息吧。本王等等吩咐人將膳食送來，妳多少再吃一點。」語氣有著難以掩飾的關懷。

這番話聽得林詩詩如鯁在喉，不舒服極了。果然，王爺對若靈萱的態度改變了很多……

「謝王爺。」若靈萱微勾唇角，福了個身。

君昊煬便與林詩詩相偕離開了。

待兩人離去後，冰兒忍不住問了。「王妃，您為何不跟王爺一起去用膳？」剛才王妃推拒的時候，她就存了疑惑，怎麼也想不明白。

「別人家的好事，還是不要去破壞的好，免得人家食不知味。」若靈萱撇撇唇，走到軟榻上躺下，懶懶地道。

「就是呀，我們小姐才不會紆尊降貴地去側妃的院落用膳呢！」草草不屑地冷哼。多多也不高興了。「這林側妃真是的，午膳在花廳裡用不行嗎？非要在她的院落，還特地來這裡把王爺叫去，真是莫名其妙。」

「算了，別管她，免得影響我們相聚的心情。」若靈萱語氣淡漠。剛才林詩詩眼中一閃而過的嫉恨，她看得清清楚楚，接下來，又不知她會出什麼招數了？

唉，她的「好日子」又得開始了……

御書房裡，順武帝召集一干兒子在議事。

「想必你們已經知道，明日天域國的皇子和三公主就會到達本朝，屆時，你們所有人都必須出席。」他嚴肅地說道。
眾皇子面面相視。
君奕楓好奇地問：「父皇，三公主該不會是來聯姻的吧？」
順武帝點點頭。「沒錯，三公主的目的是選駙馬，人選定下來了，就是本朝的皇子，所以公主會在你們當中選一人，你們的意見如何？」
「兒臣無所謂。」君昊煬面無表情，反正他已婚，公主應該不會選到他，就算真選到了，也只不過是王府裡多了一個女人而已。
「我有所謂！」君昊宇搖著手中的玉扇，一副敬謝不敏的樣子。
「父皇，照兒臣說，就二哥吧！對於女人來說，二哥最有機會。」八皇子君天銘忙不迭地道。
被點到名的君奕楓微怔，隨後溫煦一笑。「八弟的機會也不小，畢竟沒有婚約在身，始終都要比我們有婚約的人好得多吧。」
「好了，你們別再爭論了。哪個人娶，還得看公主自己的決定，現在朕只是先知會你們一聲而已。」順武帝說道。
眾皇子瞭解地點點頭，沒再出聲。
這時，順武帝又道：「對了，皇太妃從五華山回來了，你們等等都去永甯宮請個安吧！」
皇太妃？眾人再次面面相覷，心中有些納悶。這皇太妃自從先帝駕崩後，就去了五華山潛心唸佛，怎麼今兒個突然回宮了？

君昊宇忍不住問：「父皇，皇太妃怎麼會突然回來的？」

順武帝沈吟了一下，才嘆氣道：「大概是因為林貴妃的事吧。」

聞言，君昊宇不由得皺緊眉，與君昊煬對視一眼，臉色俱都微沈。大家都知道，皇太妃是鄖國公的表姊，當年林貴妃有幸封為貴妃，就是她的意思，現在突然回來了，真不知道是福還是禍？

永甯宮。

「國棟，你這麼著急地要哀家回來，到底什麼事呀？」一身藍色鳳袍的皇太妃，由宮女攙扶著，緩緩走到主位上坐下。

「太妃娘娘，您要為臣的妹妹心蓉作主啊！」鄖國公躬身上前，滿目哀戚地懇求。

皇太妃聞言，兩道灰白的眉皺在一起，搖頭道：「其實這件事，哀家也聽皇帝說過了，這蓉兒的確是做得太不像樣了，居然對堂堂王妃用刑，而且還想痛下殺手，如此膽大妄為，你讓哀家怎麼為她作主？」

就算她是御品皇太妃，也不能罔顧法紀。

鄖國公一聽急了，再趨上前辯解。「皇太妃明鑑，心蓉也只是心急著要為詩兒討公道而已，畢竟當時，睿王妃的確是嫌疑最大的人啊！」

「就算是這樣，那也不能濫用私刑啊！對方可是睿王妃，你以為是一個奴婢，草菅人命不用負責任嗎？」皇太妃說著，聲音也嚴厲了起來，大有恨鐵不成鋼之意。「你也真是的，怎麼可以由得她這般胡來呢！」

鄖國公被斥得低下了頭，只能認錯。「皇太妃教訓得極是，這事是臣疏忽了。可是心蓉現在被關入冷宮，要是再不想想辦法，恐怕她這輩子就完了！求太妃娘娘想個主意吧！」說著，人已跪了下來。

皇太妃嘆了口氣，揮揮手，示意他起來。「好吧，哀家就儘量試試，向皇帝求個情，可究竟成不成，還得看皇帝。」

「臣謝過太妃娘娘！」鄖國公欣喜極了，連連作揖。只要皇太妃肯幫忙，心蓉的機會就會大很多，畢竟皇上是孝順出了名的。

「你若無事，便跪安吧！」皇太妃略顯疲憊地道。趕了幾天路，她想休息了。

誰知，鄖國公卻再次跪地。「稟皇太妃，臣還有一事相求。」

皇太妃挑眉，睨了他一眼。「你還有何事？」

「臣請皇太妃為詩兒作主，下旨提升詩兒為睿王正妃。」鄖國公說出了自己的目的。

皇太妃微怔，沒想到他會說這個，眉一皺。「你的意思是，要詩兒與若靈萱同為睿王妃，平起平坐？」

「沒錯！而且臣也想到了一個主意，定能逼得若靈萱答應。」鄖國公信心十足地道。

「喔？」皇太妃輕靠在鳳椅上，眉眼輕揚。「那你有什麼主意，說來給哀家聽聽。」

鄖國公便站起身，走到她旁邊，附耳低語了一番……

第二十章

清漪苑裡，熱鬧非凡。

花園中，時不時傳來酒杯的碰撞聲，以及高昂的歡呼聲。若靈萱正在與一干婢女們大肆慶祝這次行軍的勝利。

「姊姊，自從妳出征後，素蓮天天都在祈禱，現在終於看到姊姊平安回來，真是太好了。」殷素蓮靦覥地舉起杯子，笑盈盈地說：「來，素蓮敬姊姊一杯。」

「好，慶祝我平安回來，乾杯！」若靈萱碰了碰她的杯子，兩人一飲而盡，笑得開懷。

「小姐，聽說妳這次可是立了大功了，全城的百姓都在議論妳呢！」草草眉開眼笑地道，感到與有榮焉。

「就是就是！」一旁的冰兒也趕緊插話，對她豎起了大拇指。「王妃，您好厲害啊，不但琴棋書畫樣樣精，還會弄許多新奇古怪的東西，現在居然連射箭都會。招一出，敵軍就夾著尾巴逃了，王妃，您真是太厲害了，冰兒真是好崇拜您啊！」

若靈萱又抿了一口酒，好笑地看著兩個丫頭。「瞧妳們說的，我哪有這麼厲害，這只是百姓們加鹽添醋，傳得誇張而已。」

「姊姊，妳就別謙虛了，連皇上都讚妳，這能假得了嗎？」殷素蓮笑呵呵地道。

「哇，連皇上都知道了！王妃，這下您可成了大紅人啦！」冰兒拍著掌，激動地看著她。「說不定，皇上日後還會嘉賞您呢！」

若靈萱笑了笑，心中卻被輕輕觸動了下。嘉賞？這她可沒想過，不過如果皇上真要嘉賞她，那，她可不可以提個請求呢……

正在分心想著這事時，多多從外面跑了回來。

「小姐，晉王爺說他很抱歉，今天沒空來了。」她說道。

「沒空？」若靈萱黛眉一蹙，笑容一斂，疑惑地問：「他很忙嗎？在忙什麼？」以往只要一喊他，他絕對會出現，而現在居然說沒空？想起他的不告而別，她不禁納悶，到底是有什麼事情呢？

「晉王爺沒說，我不敢多問。」多多如實道。

若靈萱聽罷，垂眸不語，似乎在思考什麼。很快地，她又抬起頭來，笑意盈然地道：「來來，我們繼續慶祝，君昊宇那傢伙不來，算他沒口福。」

「對呀，小姐今天親自下廚呢，晉王爺如果知道，一定會後悔得不得了。」草草也笑道。

「是呀是呀！」多多和冰兒也大笑著點頭。

於是，大家又繼續舉杯用膳談笑，嬉鬧個不停。

突然，殷素蓮感到有點噁心，胃部一陣翻騰，連忙用手絹捂住嘴巴。

「素蓮，妳怎麼了？」正在進食的若靈萱見狀，急忙伸手輕拍她的背，讓她舒服些。

其他人也擔心地看著她。

殷素蓮喘過一口氣後，笑笑地安撫道：「沒事……只是有點反胃的感覺。」

「可是妳的臉好蒼白呀，真的沒事嗎？」若靈萱還是很擔憂。

「可能酒喝太多了吧，沒事的，妳別擔心。」殷素蓮並沒有太在意。

「那妳不要喝了，用膳就好。」若靈萱說著，奪過她的杯子。

「是，姊姊。」殷素蓮甜甜地應著。

親如姊妹的兩人繼續有說有笑地用膳，此間氣氛十分愉快。

皇帝招待完天域國的皇子後，剛進永壽宮，就傳來君狩霆回宮的消息。

「九弟回來了？」順武帝當即皺眉，昨天他已經從昊煬的口中，得知在盛州發生的事，也懷疑九弟有可能與赫連胤同謀，如今他回來了，他倒要問清楚是怎麼回事？

「那他現在何處？」

「回皇上，九千歲受傷了，此刻正在承乾宮，由御醫診治。」嚴公公說道。

聞言，順武帝頗為驚訝。「你說九弟受傷了？」

「是的，而且聽說傷勢還挺重的。」嚴公公說著聽來的消息。

「來人，擺駕承乾宮！」順武帝沈吟了一下後，決定前去探看。畢竟再怎麼說，九弟也是父皇託給他照顧的，真相未明之前，他還是不願相信九弟會是叛國之人。

承乾宮。

君狩霆臉色蒼白地躺在床上，左肩綁著厚厚的綁帶，御醫剪開了他的衣服，胸膛上有一大片瘀血，很明顯，是受了很大的掌力。

順武帝一進來，看到的就是這一幕，不禁驚駭住。

「九弟，你怎麼傷成這樣了？」急忙趨步上前問道。

「皇兄……」君狩霆輕扯唇角，虛弱地喚了一聲。「臣弟有傷在身，不能給皇兄行禮了……」

順武帝擺擺手，然後坐到床榻上，關切地道：「九弟，發生什麼事了？快告訴朕！」此刻，懷疑早已拋諸腦後，只剩下兄弟情誼。

君狩霆微微喘氣，深邃若海的眸子看向順武帝，緩聲道：「皇兄，臣弟有一事稟奏。」

「什麼事？」

「皇兄，臣弟未經你同意，就私自投靠溪蘭當內應，還差點害了昊煬和昊宇，臣弟該死。」君狩霆語氣萬分自責地道。

聽罷，順武帝震愣極了，皺眉疑惑地問：「九弟，事情究竟如何？你快快說來。」

「是，皇兄……」君狩霆輕咳幾聲後，繼續說道：「溪蘭王朝一直都對我國虎視眈眈，雖然我軍獲得幾次勝利，但赫連胤一天不除，戰爭將永無止境，到時又不知要犧牲多少無辜性命。所以臣弟左思右想之下，決定孤注一擲，假裝跟赫連胤合作。」

「什麼？你假裝跟赫連胤合作？」順武帝這下驚訝了。

「是的。」君狩霆點點頭。「為了讓赫連胤相信我，我告訴他昊煬的弱點，然後畫出靈萱的畫像，讓人模仿得唯妙唯肖，然後趁兩軍交戰的時候，想方設法潛入赫連胤的房間，因為那裡放著溪蘭的玉璽，只要拿到了它，就可以顛覆溪蘭王朝了。只可惜……咳咳……」說到激動處，他又忍不住咳了幾聲。

「九弟，只可惜什麼？」順武帝似疑非疑，銳利的眸子直盯著他。

「回皇兄，只可惜玉璽並不在房間，於是臣弟猜想，有可能放在議事廳的書房裡，但翻查了很久依然毫無所獲，就在臣弟一籌莫展的時候，無意中碰著一處石壁，原來那裡有機關，玉璽就放在那個地下密室裡面……誰知玉璽剛到手，就被他們的暗衛發現了，於是臣弟就跟他們打了起來，但寡不敵眾，要不是屬下們拚死護著臣弟，臣弟恐怕回不來見皇兄了。」君狩霆不緊不慢地說道，目光坦然地對上順武帝探究的眼神。

「那麼你得到玉璽了？」順武帝又問。

「沒錯，臣弟總算有了點收穫，不至於白費功夫。」君狩霆微笑道。

「真的？」順武帝這下驚喜了，忙不迭地問：「那玉璽在哪裡？」

「臣弟已經讓侍衛收好。」君狩霆說著，朝旁邊的侍衛吩咐道：「把玉璽拿出來，讓皇上過目。」

侍衛應聲，走到櫃子前，從裡面拿出一錦袱，遞上前。

嚴公公接過打開，裡面果然放著玉璽，底下，更刻著「溪蘭王朝」四個大字。

「好，太好了！」順武帝神情愉悅，溪蘭國失去了玉璽，恐怕皇室及朝廷裡又會有一場內訌了，這樣一來，本就戰敗的溪蘭王朝國勢將更加雪上加霜，怎不令他高興？

這時，君狩霆又從懷中掏出幾封信函。「皇兄，臣弟還搜到這些，是我朝官員與溪蘭互通的書信，不知有沒有用處，也全拿了回來。」

順武帝又接過，細細閱讀。

上面寫著的，全是一些官員與溪蘭勾結的證據，還有官印，順武帝的臉色頓時變得極為難看，大掌倏地一拍床榻，怒道：「這幫奸賊！朕一定要嚴懲不貸！」

「皇兄，臣弟願將功贖罪，捉拿這批奸佞之黨。」君狩霆說著撐起身子，想下床跪地請命。

「九弟，快躺下！」順武帝連忙阻止他，溫聲道：「你這次揭發叛黨，又取得敵國玉璽，實是功不可沒，又何罪之有？捉拿叛黨的事，就交給朕，你好生休養歇息吧！」

「是，臣弟遵旨。」君狩霆見皇帝已完全信任自己，唇角不禁揚起一絲得逞的笑。

睿王府。

一大清早，若靈萱就出現在庭院裡。

左右看看，無人，便飛快地捲起袖子、撩高裙襬、踢掉腳上礙事的繡花鞋，猴子一樣地爬上了果樹，動作十分的神速。

快手快腳地摘了幾個桃子後，她又一溜煙地爬下來，直衝小廚房。

她今天決定要做一個又鬆又軟的水果披薩。

至於沒有烤箱該怎麼烤東西？這她早想好了，要管家派人取一些磚塊，砌了一座小小的烤爐。

輕輕地將鬆軟的薄餅鏟進兩個大盤子裡頭後，若靈萱大功告成地呼出一口氣，抹了抹臉上的黑灰，興沖沖地跑回清漪苑。

「好了！妳們要不要嚐嚐看？獨家秘方喲！」

院裡的丫鬟們，紛紛驚奇地看著眼前這散發著香氣、形狀怪異的東西。

草草首先發問：「小姐，妳又發明什麼東西啦？這個又是怎麼做的？有名字嗎？」

「這叫水果披薩，很好吃的，嚐嚐看！」她將兩個盤子放在石桌上，小心翼翼地把其中一個披薩切成幾小塊，分發給她們。

丫鬟們覺得新奇極了，迫不及待地咬了一口——

「唔……好好吃啊，含到嘴裡都融化了。」

「又鬆又軟，還很甜，我從來都沒吃過這麼好吃的點心呀！」

「比咱們的玫瑰糕和桂花糕還好吃！」

讚美聲此起彼落，大家都有種意猶未盡的感覺。

「好吃吧？我就說嘛，吃了一定不後悔的。」若靈萱好高興，繼續用刀切著另一盤披薩。「來來，繼續吃，吃完了我再做。」

草草盯著盤裡金黃色的餅，吞了吞口水道：「可是……可是小姐，我們都吃光了，那晉王爺來到，不就沒得吃了？」

「誰讓他這麼久都不出現，只能怪他沒口福了。」若靈萱撇撇唇，對於君昊宇遲遲沒有出現，心中有點不悅，也有些納悶。

最近他到底在忙什麼？幾天都沒來王府了，這是以前從沒有過的事情，因此，今天她又讓多多去晉王府請人，順便打聽一下消息。

正想著，外頭響起了蹬蹬聲音，不一會兒，多多便走了過來。

若靈萱下意識地看了看她身後——沒有人。她不禁蹙眉問：「晉王爺呢？難道又沒時間過來了？」

果然，多多點了點頭。「我剛才去晉王府，管家告訴我，說晉王府來了貴客，晉王爺要盡地主之誼，所以這幾天都在招待他們，沒時間來睿王府了。」

「貴客？」若靈萱好奇了。「那妳知道，都是些什麼人嗎？」

「這個我倒沒問。」多多搔搔頭。

若靈萱皺眉睨了她一眼，抿抿唇，最後嘆氣道：「算了，既然他不來，那我們自己吃吧！」說著，端起桌上的披薩，遞給多多一塊。

「謝謝小姐。」多多眉開眼笑，不客氣地吃了起來。

夕陽時分，若靈萱百般無聊，便在小花園裡閒逛。

逛了一刻鐘的時間後，聽到身後傳來沈穩的腳步聲，不禁回頭，就見君昊煬走了過來，臉上的表情有些沈重，似乎在煩惱著什麼事情。

「怎麼了?有事嗎?」她奇怪地上前問道。

君昊煬看著她，猶豫了一會兒後，才輕輕地說道：「君狩霆回宮了，而且還受了重傷。」

「什麼?他受傷了?」若靈萱訝異極了。「怎麼會受傷的?」

「父皇說，他為了盜取溪蘭國的玉璽而被暗衛追殺。」君昊煬說到這兒，眉頭皺得更緊了。「還有，他還交給了父皇很多跟赫連胤通信的官員的名單，這下子，他不但沒了嫌疑，還因此立了大功。」

聞言，若靈萱更是震愕地張大了小嘴。「居然有這種事?!」

君昊煬索性將他聽來的消息一一告知。

「照你這麼說，那他倒成了大功臣……」若靈萱聽完後，呆了半晌才反應過來。難道君大哥真的是內應，不是壞人?

「話雖如此，但我覺得事情太巧了……」君昊煬沈吟著，總覺得沒那麼簡單。君狩霆是什麼樣的人，他很清楚，但這畢竟是通敵叛國的大事，因此他還不敢妄下定論。

「那你是認為，他在撒謊嗎?」若靈萱明白他的懷疑，因為她自己也不全信。

「如果他在撒謊，可玉璽又確實存在，赫連胤總不會連自己國家的玉璽都給他帶回來吧?」這根本不可能，君昊煬很清楚玉璽對一個國家的重要性。

若靈萱也不由得沈默了起來。難道是他們多心了，君大哥真的只是內應?

「王爺、小姐，晚膳準備好了，你們要現在用嗎?」多多走過來，行了一禮問道。

「傳膳吧，我們在這裡用。」君昊煬吩咐道，然後又看向若靈萱。「別想了，反正這件事，我一定會查清楚的，現在先吃飯吧。」

「嗯，好。」若靈萱只好點頭，她的確也有些餓了。

這是什麼情況？若靈萱冷眼看著對面兩個不速之客，抿唇不語。

「王爺，臣妾特意來侍候您用膳。」打扮得異常豔麗的玉珍正殷勤地為君昊煬布菜，她要趁著這個機會，再次擄獲王爺的心！

「王爺，還是先喝碗雞湯補補身子吧。」麗蓉扭著曼妙豐滿的身子，擋在玉珍面前，為君昊煬盛了一碗湯。

面對兩人嘰嘰喳喳的猛獻殷勤，君昊煬的耐心漸漸被磨滅，終於忍無可忍地冷聲道：「坐下，本王無須伺候！」

聞言，玉珍和麗蓉臉上的笑容一僵，旋即訕訕地坐下。

玉珍見討好君昊煬不成，就改為討好若靈萱，凡是若靈萱眼尾掃到的菜餚，她都機靈地為若靈萱一一挾起。

真是賢慧啊！若靈萱暗暗覺得好笑。

君昊煬為此也稍稍抬頭瞥了玉珍一眼，惹得玉珍欣喜若狂，麗蓉則暗自悔恨。

晚膳後，玉珍和麗蓉乖巧地站在一旁，眼睛卻不約而同地凝望君昊煬，帶著滿滿的期盼。

若靈萱掩嘴輕笑，這兩個女人的目的也太明顯了吧？直白點說，就是兩個不甘寂寞的深閨怨婦，希望自己的丈夫到她們那裡過夜。

然而，君昊煬卻對兩人眼中的期盼視若無睹。「時候不早了，妳們都回去吧。」

話一出，麗蓉立刻失落不已地咬著唇。

玉珍則不願就此作罷，想當初，除了林詩詩，她可是最受王爺寵愛的。「王爺，不如今晚到北院去，讓臣妾伺候您吧！」

哇哇哇！這話可真露骨呀！若靈萱抖了抖，頓時覺得雞皮疙瘩掉滿地，斜眼瞅了君昊煬一眼，不屑地撇了撇嘴。

君昊煬輕輕蹙眉，眼尾不經意地掃到若靈萱鄙夷的眼神，俊龐更冷了，嘴唇緊緊抿成一條直線。

被玉珍搶了先，麗蓉怨懟地瞪了她一眼，不甘落後地上前，柔媚似水地微抬眼。「王爺很久沒有寵愛臣妾了，臣妾甚是想念，不如今晚……」

玉珍已經夠露骨了，沒想到麗蓉比前者更豪放，直接把慾求不滿的心情說了出來。

若靈萱瞠目結舌地望著她們，不由得感嘆這睿王府的女人，實在一個比一個奔放，連她這個現代女子都自愧不如，甘拜下風。

搖了搖頭，若靈萱不想再待在這裡聽兩個慾求不滿的深閨怨婦爭寵了，於是起身對君昊煬說道：「王爺，臣妾乏了，先回房歇息了。」末了，又轉身對玉珍、麗蓉說：「妹妹們請自便。」

看見若靈萱平靜地離去，君昊煬的臉色更難看了。他半瞇著眼，目光冷冷地在玉珍及麗蓉的臉上掠過。「本王也要歇息了，妳們退下吧！」

玉珍和麗蓉咬著唇，失落地看著心愛的男人離開，心裡滿腹怨恨地咒罵起若靈萱，將一切的錯都推到她身上去。

隨後，玉珍轉過頭，面露譏笑。「妹妹何時變得這麼不知羞恥了？居然膽敢公然地勾引王爺。」

麗蓉輕笑，反唇相稽：「這都是從三姊姊那兒學來的，三姊姊自個兒都不知羞恥了，哪還有資格管妹妹的言行舉止？」

「妳──」玉珍氣得哆嗦著身體，指著麗蓉，嘴巴張了張，卻說不出話來反駁。

「三夫人、四夫人，請回吧！」多多上前，很客氣地送客。「若打擾到王爺歇息，奴婢擔當不起。」

聞言，玉珍和麗蓉只好憤憤離開。

若靈萱前腳剛踏入內室，就發現君昊煬後腳跟了過來。

「你幹什麼？」她警惕地瞪他。這傢伙來幹啥？居然拒絕了兩個美妾的邀請，跟著她到房間。

「當然是睡覺，還能幹什麼？」君昊煬瞥了她一眼。那是什麼眼神？

「睡覺？現在？」若靈萱看看窗外，現在才剛入夜，他居然就要睡覺了？沒公事忙嗎？

「怎麼，不可以嗎？本王什麼時候想睡覺也要妳批准嗎？」君昊煬看著她一臉驚訝的樣子，不滿地說道。隨後，動作自然地脫衣，上了床榻！

「要睡回你的房間睡，不要在我這兒睡！」若靈萱衝上前，死命推著他。她才不要跟他睡在一起呢！

可是她棉花似的力道根本動不了他分毫，反而被他一把扯進懷裡，脫掉鞋子，然後抱著她躺在床上，閉上眼睛說道：「不要囉嗦，睡覺。」

若靈萱氣極。「你霸占了我的床，還叫我不要囉嗦？你這個野蠻人！」她手腳並用的踢打著他，希望可以一腳把他踢下床。

君昊煬也火了，冷不防地一個翻身，把她壓在身下，警告地道：「妳最好乖乖的，不然今晚就別想和衣而睡了。」

「什麼意思？」她突然有種不好的預感。

君昊煬詭異一笑，伸手探向她的衣領。「就是這個意思。」他邪惡地用力一扯，雪白的粉肩頓時暴露在空氣中。

「你給我住手！」若靈萱美眸怒瞪著他，又羞又惱地推開他的手。

「那妳就乖乖地躺好，別再多話。」他繼續威嚇道。

「你——」若靈萱挫敗地垮下臉，縱然心有不甘，氣得牙癢癢的，但也只能順從他，溫馴地爬到裡面躺著。仔仔細細地將被子蓋上後，她緊貼著牆壁，閉上了眼睛，在心裡咒罵了他千百遍不止。

君昊煬滿意地看著挫敗的她，隨即閒適地躺在床的另一邊，也跟著閉上了眼睛。

第二天醒來後，若靈萱感覺渾身都不舒服，八成是昨晚睡得不好的緣故。該死的君昊煬，無端端發什麼神經？身邊多了一個他，讓她整晚都不敢亂動，唯有僵在那裡，弄得現在渾身上下都不舒爽。再次咒罵了他一番後，她才下床梳洗。

多多、草草進來後，看見主子一臉的疲乏之色，馬上就想歪了，臉上掩飾不住地露出歡欣的笑意，哼起了歌曲，為若靈萱梳洗打扮。

她們的小姐，終於得到王爺寵愛，成為王爺名副其實的妻子了。

對於兩人像打了興奮劑般的表現，若靈萱覺得莫名其妙。「妳們幹麼呀？有什麼喜事嗎？」

「沒什麼、沒什麼。」兩丫頭嘻嘻笑著，知道小姐不好意思，決定乾脆裝傻。

「神神秘秘！」若靈萱橫了兩人一眼，撇嘴嘀咕了句。

惜梅苑那邊，林詩詩聽聞了昨晚君昊煬在清漪苑過夜，直到早朝的時候才離開一事，當下便變了臉色。

紅棉說道：「奴婢聽玉珍夫人說，王爺昨晚拒絕了她們的邀請，跟著王妃到房間去，今兒早上紅袖看到了，王爺是從清漪苑出來的。」

這可是王爺第一次在清漪苑過夜，難道王妃真的要得寵了？

林詩詩臉色煞白，手中的錦帕捏成了麻花，愣是失神了半天，才喃喃地道：「這也不奇怪，畢竟王妃可是王爺的妻子，而且她在戰事上立了大功，王爺寵愛她也是應該的。」

其實，她早就看出來了，他已經漸漸在意起了若靈萱，只是他自己還不知道罷了。

想到這裡，她心裡不禁有些自嘲。

本以為在王爺心中，她是與若靈萱及其他女人不同的，所以他給了她不同於她們的寵愛，現在看來，只是她一廂情願罷了。

「側妃，您不用難過，奴婢相信王爺心中永遠只有妳一個，無人比得上。」見主子一直神色黯然，不說話，紅棉急忙出聲安撫。

林詩詩沈默了半晌後，突然說道：「妳去吩咐北院的兩位夫人，讓她們多花點心思在王爺身上。」

「是，側妃。」紅棉雖然不明白這是為了什麼，但還是走了一趟北院。

清漪苑。

若靈萱剛用過早膳，多多便拿著一封信過來。

「小姐，有妳的信，是鄖國公府派人送來的。」說著遞上信函。

國公府？若靈萱微微蹙眉，這鄖國公幹麼無端端地寫信給她？到底有什麼事？疑惑地將信打開看過後，她臉色一沈，冷冷地瞇起了眼睛。

這林國棟居然特地寫信來威脅她，要她答應提升林詩詩為平妻？原因竟是她名譽有損，在出征期間曾被不明的黑衣人擄走，清白難測！

「小姐，發生什麼事？」多多見主子黑著臉，便擔憂地問。

「有人不安分了。」若靈萱緊攥著信，眸中怒火翻飛，但頭腦卻很冷靜。她被擄走的事，這姓林的怎麼會知道？難道有人走漏風聲？

不對，軍營裡的都是與睿王生死相交的弟兄們，是睿王府的將士，怎麼可能會亂傳這樣不利於她的話？是君狩霆嗎？似乎也不會，這樣做對他沒有好處。

想來想去，只剩下一個可能了……

看了看手中的信，眼神越發凜冽。沒錯，一定是他！除了他，誰會知曉得這麼清楚？

這時，草草匆匆進屋，氣還來不及喘就嚷道：「小姐，宮裡來人了，說是皇太妃要召見妳！」

皇太妃？若靈萱揚眉，今兒個是什麼日子，這林家的人個個都來找她了？冷笑一聲，看來這些人是勢在必得，要她答應提升林詩詩為平妻了。

本來，她對這事毫不在意，林詩詩要當王妃就讓她當個夠吧，但現在他們居然聯手來威嚇她，當真以為她是好欺負的嗎？

想毀她名節，她也絕對不會讓他們好過！想要平妻之位？作夢去吧！

「拿走它。」若靈萱對多多吩咐道。

多多接過，有些憂心地道：「小姐，皇太妃是林家的人，突然召妳進宮，一定不安好心。」走了個林貴妃，又來個皇太妃，她家小姐到底是招誰惹誰了呀？

「所以我不會進宮。」若靈萱淡淡地道。她才不會傻得自投羅網，畢竟皇太妃是皇帝的長輩，不同於林貴妃，要是存心想找她麻煩，恐怕皇帝也不敢輕易把皇太妃怎麼樣。

「那，萬一皇太妃怪罪下來可怎麼辦？」多多、草草還是擔心，畢竟皇太妃的懿旨跟皇帝的聖旨差不多呀！

「草草，妳去告訴那個公公，說我疲乏過度，突然病倒，無法進宮了。多多，妳去請個大夫過府一趟。」若靈萱想了想，便一一吩咐道。

多多、草草眼睛一亮，了然地點點頭，然後跑了出去。

若靈萱起身，脫去外衣，走到床榻躺下。

沒多久，大夫就來了，為若靈萱把了脈後，說道：「王妃，您是這陣子勞累過度了，沒什麼大礙，待老夫為您開點藥服下，再好好休息幾日就可以了。」

「好，有勞大夫了。多多，帶大夫去領診金。」若靈萱微笑點頭，隨後朝多多吩咐。

多多應了聲，領著大夫退下了。

半個時辰後，草草端著熬好的藥走進來。「小姐，藥來了。」

若靈萱厭惡地看著黑漆漆的藥汁，黛眉蹙得死緊。「唉呀，扔掉扔掉，看見就反胃！」做做樣子而已，她才不要喝呢！

草草一笑，便把藥汁倒進盆栽裡。

「對了，那個公公怎麼樣了？」伸了伸雙臂，若靈萱隨意一問。

「他呀，當然回宮嘍！王妃都病了，難不成他還賴著不走？」想起那公公盛氣凌人的樣子，草草就一肚子火。

「不過小姐，這次雖然回絕了，可皇太妃一定不會善罷甘休的，說不定明天又會派人過來。」多多皺眉道。

驀地，外面響起了婢女的聲音。「參見晉王爺！」

跟著是一個低沈醇厚的聲音。「行了行了，下去吧，如果有人問起我，別說我來過。」語氣帶著些許急躁。

「君昊宇？」若靈萱有些訝然。奇怪，這傢伙幾天不見人影，如今怎麼就突然出現在這裡？可還未等她想清楚，一個高大的身影便一陣風似地閃了進來，不是君昊宇又是誰？

「你怎麼了？」見他一進來就立刻關上房門，她不禁皺起眉頭。

因為裝病在床，若靈萱將綰起的髮鬟放了下來，墨黑如綢緞般的及腰秀髮披散在背後，襯得她嬌小柔美，楚楚動人。

君昊宇見到此模樣，微一晃神，差點忘了自己要說什麼話，直到靈萱發問，他才回過神來。

輕咳一聲掩飾自己的失態，然後神秘兮兮地走到她面前，壓低聲音道：「靈萱，有人在追我，讓我在這裡避避。」

「你搞什麼？誰追你了？」若靈萱越發感到莫名其妙。

君昊宇正待說明，門外又傳來了一陣騷動。

「王妃，有個自稱天域三公主的女子突然出現在清漪苑，嚷著要見晉王爺，侍衛們正在竭力阻攔。」一個丫鬟在外頭稟報道。

「該死！竟然真的追到這裡來！」君昊宇臉色微變，低咒一聲。

若靈萱聽著愣了半晌，然後像是想到什麼似的，轉眸瞪向君昊宇。「你說追你的人，該不會就是這個三公主吧？」

她知道，天域國這次來了一位公主，要在晉陵挑選駙馬，該不會是……

「沒錯，這次我真是倒楣透了！」君昊宇乾脆承認，沒好氣地在她身旁坐下，兩道好看的劍眉緊皺在一塊兒。「只不過是好心地幫了她一次，就被纏上了，今天好不容易可以透透氣，沒想到又在大街上見到她，還追到這裡來。」

偏偏對方是晉陵的貴客，是鄰國公主，不能罵不能打，還得哄著。

聞言，若靈萱這才明白是怎麼回事。

原來這幾天他不見人影，就是在陪那個公主！心中隱隱有種極不舒坦的感覺，她輕哼道：「倒楣？我看你挺樂在其中的嘛！這幾天，你不是陪她陪得挺好的？」

「不是——」

君昊宇正想要解釋，就在這時，外面一道驕縱的吼嚷聲已響起——

「君昊宇，你不用躲了！本公主知道你在這裡！快出來，你這個駙馬是當定了，你以為躲起來就賴得掉嗎？」

君昊宇劍眉擰得更緊，臉色有些難看，想了想，突然無奈地站起身。「算了，我還是出去吧，免得給昊煬添麻煩。」

「等等。」若靈萱卻喊住他，然後轉頭對多多吩咐。「多多，妳去跟三公主說晉王爺並不在王府裡，讓她回去。」

「是。」多多應聲而去。

剛走出房間，就看到一個眸如星辰，唇若櫻瓣的異服少女，氣沖沖地向著這邊走來，頭上戴著綴滿珍珠的帽子，身上掛著大大小小的鈴鐺，一眼便知道是天域國三公主了。

多多上前福身，有禮地對她道：「公主請止步。」

「妳是誰？敢攔本公主的路？」三公主瞪著眼，不客氣地喝了聲。

「奴婢是睿王妃跟前的丫鬟。」對於她的傲慢態度，多多很不滿，但只能忍著氣，平靜地答道：「王妃讓奴婢來稟告公主，晉王爺並不在睿王府，請公主回去吧。」

「不在？妳少唬弄本公主！我的手下可是親眼看見他飛到這裡來的。」三公主一臉不信，越過多多準備走向暖閣。

「公主請等等，奴婢說真的，晉王爺的確不——」

「滾開！」

三公主不耐煩地一推，多多踉蹌了幾步，差點跌倒，幸得一旁的丫鬟及時扶住。

若靈萱剛出來就看到這一幕，不由得怒火中燒。「堂堂天域國的三公主竟然不顧禮節，到王府來撒潑，不覺得丟臉嗎？」

「本公主的事還輪不到一個下人來管！叫君昊宇出來給我一個交代！」三公主怒目瞪視她。

若靈萱嘴角輕勾，譏誚道：「敢情天域國的男子深知三公主野蠻無理、不識大體，所以這會兒才轉到我朝來禍害，花癡似地強求男人娶妳嗎？」

「臭丫頭，竟然敢這樣說本公主！看鞭！」三公主惱羞成怒，袖中銀鞭猛然一揮，凌厲之勢，大有置若靈萱於死地之心。

眼看鞭子就要揮到若靈萱身上了，君昊宇連忙現身，抱著她躲過一鞭。

若靈萱落地後，卻毫不領情地一把推開他，喝道：「走開，不必你來多事！」還不都是你惹來的爛桃花！

「靈萱……」

看著佳人怒氣沖沖的表情，君昊宇深怕她和公主起衝突而受到傷害，趕緊上前保護她，誰知正在氣頭上的若靈萱，毫不留情地重踩了他一腳以發洩怒火。

君昊宇「嘶」了一聲，痛得彎下腰。她力氣可真大呀！

不知道是不是多多被欺負，總之她現在很生氣，只想揍人來出氣。

「拿弓箭來！」

接過侍衛呈上的弓箭，若靈萱當即氣勢驚人地瞄準天域公主。

「靈萱，不要亂來！」君昊宇見狀想上前阻攔，卻慢了一步。

只見利箭精準地射中了三公主帽子頂端的纓絡，「咻」地一下，連帽帶箭牢牢地釘在大圓木柱上。

三公主當即尖叫一聲，花容失色地跌坐在地上，極為狼狽。

「臭丫頭！妳好大膽，居然敢在眾目睽睽之下行刺本公主！」三公主邊爬起身，邊開口怒罵。

「馬上給我離開王府，要不然別怪我不客氣！」在人家的地盤上還敢這麼囂張？

「妳敢？知不知道本——」

「那妳就看看我敢不敢！」說著，若靈萱瞄準她左手食指和中指間的縫隙射去，剛剛好，不偏不倚。

三公主嚇得轉身就逃跑，一邊跑一邊心有不甘地回頭威嚇道：「給我記住！今日之事，他日必十倍奉還，妳等著瞧！」

還敢囂張？若靈萱半瞇著眼，又將箭矢瞄準三公主，做出射箭的準備動作。

三公主見狀，再也不敢多放厥辭，尖叫著逃之夭夭。

這時，君昊宇忍不住數落她。「靈萱，妳不應該這麼亂來的，萬一傷了天域公主，那可如何是好？」

平時她可是很冷靜的，怎麼今天竟這麼衝動？無端射殺天域公主，要是公主受傷了，天域皇子定不會善罷甘休，到時怕是傷了兩國情誼，而她也會惹禍上身呀！

「怎麼，嚇著你的準未婚妻子，生氣了是不是？那就去追回她啊！」若靈萱挑眉冷諷，將箭丟回給侍衛後，冷著臉轉身，走向暖閣。

「靈萱！」君昊宇皺起眉，追上前解釋道：「我只是認為，如果天域公主受傷了，那妳——」

「天域公主又怎麼樣？天域公主就可以來我睿王府大吵大鬧，隨意打罵我的婢女嗎？」若靈萱一聽更氣，雙眼噴火地瞪他。「剛才她還想鞭打我呢，難道要我站在那裡不還手啊？」

「我不是這個意思——」

同樣地，他仍是未說完話，就被若靈萱打斷了。

「我管你是什麼意思，我就是看不慣她這麼囂張！你那麼關心她，就快去看她受傷了沒有，人家可是皇上選給你的未婚妻呢！」邊說邊一把將跟進內室的他推出門外。「慢走，不送！」砰地一聲，關上了大門。

永甯宮。

崔太妃高高坐在主位上，聽著太監的稟報，說若靈萱病倒了，不能進宮，雙眉立刻皺起。

鄖國公聽了，當即目露狠色。「病倒？這女人還真是厲害，怪不得詩兒說，若靈萱十分狡詐，詭計甚多。」有這麼巧？他才不信！

「你的意思是說，她裝病？」崔太妃斂眉道。

「沒錯。皇太妃，若靈萱這女人最會耍手段了，她這樣的行為，分明是故意漠視皇太妃您的旨意啊！」鄖國公憤憤不平地說著。

崔太妃臉色微沈，好半晌才冷冷地道：「既然如此，哀家明天就再下懿旨，讓她無論如何都得進宮一趟，抬也得給哀家抬著進來。」

「皇太妃英明！」鄖國公心中暗暗得意。

若靈萱啊若靈萱，若妳以為裝病就能搪塞過去的話，未免太天真了！這回皇太妃插手了，妳不答應也得答應，正妃之位一定是詩兒的！

君昊煬回來後，就聽說了皇太妃派人過府邀請，以及若靈萱突然病倒不能進宮的事。頓時，他臉色一變，被「病倒」兩個字驚住，急匆匆地來到了清漪苑。

不料看到的卻是她坐在餐桌旁邊挑揀著紅豆，精神十分不錯。

「妳不是身子抱恙嗎？」君昊煬疑惑地皺眉。不過見她沒事，心中還是鬆了口氣。

「咦？你回來了？」若靈萱挑眉看向他，然後聳聳肩。「沒有呀，我只是撒個小謊罷了。」原來消息已經傳遍整個王府了，也好。

「撒謊？」君昊煬更疑惑了，這是什麼意思？

若靈萱懶洋洋地看了他一眼，索性全盤道出。「是這樣的，你的詩詩她的父親呀，不知道從哪裡聽說了我在都護府被擄走的事，所以呢，他就大作文章，寫信來威脅我，說我若不答應提升林詩詩做正妃，就要將我被擄的事宣揚出去，壞我名譽，說我不守婦道呢！」

君昊煬的臉色頓時變得難看起來，黑眸彷彿蒙上了一層霜，寒氣逼人。

好半晌，他才走到她對面坐下，問道：「那妳答應了沒有？」

「沒有。」若靈萱皺眉，睨了他一眼，又道：「不過若是你同意提升林詩詩，我也不會反對。但是我一定會查清楚，到底是誰竟敢在背後扯我後腿！」

只要她有證據，絕不會放過鄖國公的，就算他有皇太妃撐腰也一樣。

君昊煬在聽到她說「沒有」時，心極快地跳動了一下，接著又聽到她說了「不會反對」，臉色驀地沈了下來，有種極不舒爽的感覺。

「詩詩不會成為正妃，就算妳答應了，本王也不會同意。」好半晌，他才硬聲拋出這句話。

聞言，若靈萱詫異地看著他，脫口而出。「為什麼？」林詩詩不是他心愛的女人嗎？在這時候，他應該趁著這個機會，給她個好名分吧？然後呢，再給自己一張休書，讓她這個下堂妃離開王府。若靈萱在心中美滋滋地想著……

「因為這輩子，妳休想擺脫本王。」君昊煬掃了她一眼，自是明白她心中在打什麼主意。

「沒趣！」若靈萱撇撇嘴，洩氣地垮下肩。

君昊煬倒是十分滿意她的識趣。不想再在這話題上兜轉，他轉而道：「今日妳沒有進宮，依鄖國公的性格，必定會慫恿皇太妃再召見妳一次，所以明天本王還是陪同妳一起進宮吧！」

「你要陪我進宮？」若靈萱又驚訝了，他的意思是要站在她這邊嗎？

「嗯。有本王前去，皇太妃斷然不會為難妳。」君昊煬沈聲點頭，眼底一抹陰雲翻湧。

「而且，本王也想知道，當天究竟是誰擄走了妳？」

「那如果……」若靈萱小心翼翼地看向他，試探地問：「這事跟鄖國公有關呢？」

君昊煬雙目一凜，沈默良久，方緩緩開口。「本王同樣會稟公處理。」

若靈萱挑了挑眉，有些懷疑。鄖國公可是林詩詩的父親，他有可能不顧林詩詩，定了鄖國公的罪嗎？若是真的，那他今後要怎麼面對林詩詩？

「好了，別想太多，已經晚了，先休息吧。明天本王上朝後再與妳一同進宮。」君昊煬沒再多說，轉身離開。

若靈萱凝望著他的背影，抿了抿唇，心下暗忖：其實有時候，這傢伙還滿不錯的嘛！要是沒有三妻四妾的話，說不定自己……

突然冒出的想法嚇了她一跳，她猛地敲了敲腦袋。一定是最近太累了，才會胡思亂想，還是快睡吧，明天一早還要進宮呢！

想罷，便走向床榻。

「喵——喵——」

窗外突然傳來貓叫聲，若靈萱輕蹙眉，轉身上前打開窗，一隻小花貓驀地跳進了她懷裡，撒嬌似地磨蹭著，發出討好的「喵喵」聲。

奇怪，她明明記得因為林詩詩怕貓的關係，所以君昊煬下令睿王府不准養貓的，那麼……「這貓是從哪兒來的？」

若靈萱撫摸著小花貓，忽然發現牠的脖子上似乎綁了什麼東西。解下來一看，小布包裡面裝著一張小紙條——

靈萱，不要生氣，不要不理我。

昊宇　字

「無聊！」若靈萱嬌嗔，將紙條揉成一團，隨手丟在地上。

這時，又有一隻小花貓跳進屋內，脖子同樣也綁了一個小布包。若靈萱放下懷中的小花貓，再次打開布包裡面的小紙條——

妳不理我，我會難過，妳捨得嗎？

「誰管你！」若靈萱又將紙條揉成一團，扔到地上。

緊接著，像是算好了時間似的，每當若靈萱看完一張紙條，就有一隻小花貓帶著新紙條蹦進來，不消一刻鐘，暖閣內已滿是貓咪的可愛叫聲。

望著姿態各異的小貓咪，又看了看地上小山似的紙團，若靈萱覺得既好氣又好笑，唇角止不住地往上揚起。「這傢伙是犯瘋病了嗎？這麼晚不睡覺，找來了這麼一大群貓。」雖然嘴上仍是叨唸著，但愉悅的笑意還是從心裡滲出，浮現在臉上。

其實，她早就沒有生氣了。自己的確是太過衝動了，現在冷靜下來後，也覺得昊宇的話是對的。

想罷，若靈萱便取來筆墨宣紙，寫了幾個字，然後摺好放入剛才隨手扔在地上的小布包裡，再掛回一隻小花貓的脖子上，然後抱起牠，送出門外。

月光從雲縫中掙脫出來，落在男子修長的身軀上，映照得他更加妖魅惑人。

此刻，他斜飛的劍眉擰在一起，紅唇緊抿著，邪魅的雙眸不時地望向暖閣的方向，似乎在期待什麼。

倏地，見到不遠處白白的一點出現，君昊宇正疑惑那是什麼東西，只看見那白點愈來愈接近，仔細一看，竟是自己帶來的小花貓之一，而且牠的脖子上，還掛著一個小布袋！心一動，難道是……

立刻上前，解下小布袋，取出裡面的紙團打開。果然，上面有著絹秀的字跡——

我才沒那麼小氣呢！笨蛋！

落款處，附帶著一個大大的鬼臉。

君昊宇不禁一笑，心中的鬱悶也一掃而空，神情歡快起來。他喜孜孜地摺起信，目光深深地看了暖閣的方向一眼。

靈萱，晚安了！

隨後抱起小花貓，飛身躍上屋簷，轉眼消失在黑夜裡……

第二天，君昊煬上朝沒多久，崔太妃就派人前來睿王府宣懿旨，要若靈萱進宮一趟。

由於早就預料到了，因此若靈萱沒有驚訝，讓那個公公稍等一會兒，細細裝扮了一番後，便帶著多多一起入宮。

巍峨的皇宮映入眼簾。

下了馬車後，若靈萱跟著那個公公一路行走，直至永甯宮方才停下。這時，君昊煬已然在那邊等待著，見她到來，便迎上前。

若靈萱見到他，有點驚訝。「你不用上早朝嗎？」

「剛剛退朝。」他特意提前離開的，因為他知道，崔太妃一定會選在他上朝的時候召見若靈萱。

「謝謝！」對於他的幫忙，她很感激。

「走吧，我們進去。」君昊煬微扯唇角說道。

若靈萱淡笑，點頭。「好。」就來看看那崔太妃究竟想幹什麼？

兩人並肩而行，跟著那個公公踏上十多級石階，穿過長廊，很快便出現在永甯宮大殿前等待通傳。

殿裡的皇太妃和鄖國公聽見公公的傳話，皆是一愣，心下不禁疑惑，君昊煬怎麼會前來？這個時候不是應該在早朝嗎？

而跟著父親前來的林詩詩，也感到驚訝。

三人眼睜睜地看著走進來的君昊煬和若靈萱。

林詩詩在詫異之時，心不禁擰了一下。出征的時候君昊煬帶著她，回來的時候在清漪苑過夜，現在連進宮都要陪同著她！何時若靈萱在他心中，有著如此重要的地位了？

皇太妃微微訝然，不動聲色地掃了眼君昊煬，最後目光落在若靈萱身上，雙眸閃過一抹驚嘆，好個國色天香的小佳人！難道她就是睿王妃？

雖然自己沒見過若靈萱，但也聽說過，她曾是個奇醜無比的胖婦人，卻不知為何，一夜之間脫胎換骨，成了傾國傾城的大美人了。

鄖國公森冷地盯著若靈萱，見她精神奕奕，臉色紅潤，哪裡像生病的樣子？分明就是在撒謊！

「參見皇太妃，娘娘千歲千歲千千歲！」君昊煬和若靈萱同時行跪拜禮。

「無須如此多禮，起身吧。」皇太妃聲音柔和，卻自有威儀夾在其中。

「謝皇太妃娘娘！」兩人站起身。

之後，一旁的鄖國公和林詩詩也站起，對著兩人行禮。「見過王爺、王妃。」

君昊煬點頭。「大家無須多禮。」

若靈萱睨了眼林詩詩，這女人也在，難道黑衣人的事，她也有份？

接著，君昊煬和若靈萱便坐於左側座位，侍女端上熱茶後，便在皇太妃的眼神示意下，紛紛退了出去。

殿內只剩下五人。

皇太妃首先看向若靈萱。「睿王妃，哀家看妳氣色不錯，想必病情已經好轉了，是吧？」

若靈萱立刻起身，朝著崔太妃行了個大禮。「勞皇太妃擔憂，孫臣媳的病情已經好了大半。」

「睿王妃不必多禮，哀家這次召見你們，只是閒話家常而已。睿王妃，坐下吧。」皇太妃淡淡一笑地揮手。

「是，謝皇太妃！」若靈萱再次坐下。

「姊姊，如今已經入冬了，夜晚風大，姊姊一定要多加注意才行。」林詩詩斂下一門心思，對著她關心地說道。

若靈萱含笑點頭。「謝妹妹提醒。可能是這陣子舟車勞頓，累著了，讓風寒入侵，所以才著涼了吧。」話落，她又看向皇太妃，繼續道：「不巧皇太妃派人召見孫臣媳，本想著進宮來的，可身子不爭氣，拖至今日才來見皇太妃，萬望皇太妃不要責怪孫臣媳。」

「王妃抱病在身，哀家又怎會責怪？哀家還想著，若是今天王妃仍是不能進宮，那哀家就要動身前去探望王妃了。」皇太妃一臉關懷的樣子，語氣也十分親切。

若靈萱聞言，起身又是一禮。「謝皇太妃關心。」

林詩詩有些失神，眼角餘光凝著沈默不語的君昊煬，心中不停猜測著，為什麼他也會一同前來？是擔心皇太妃會為難若靈萱嗎？所以連早朝都不上，也要陪著她來？越是這樣想，她心中越是感到酸楚。

鄖國公看到愛女的神色，心中就有氣，忍不住開口道：「聽說王妃在王爺出征期間，曾被不知名的賊人擄走，老臣極為好奇，王妃是怎麼逃出來的？老臣聽說，因為盛州戰亂，都護府附近有不少強盜聚集，這些強盜姦淫擄掠是出了名的，對於得手的女子，都不會輕易放過。」說完，雙目灼灼地緊盯著若靈萱。

聞言，若靈萱心中冷笑。這老傢伙，這麼快就按捺不住要出手了？如意算盤打得挺精的嘛！可惜他不知道，帶走她的人其實是君狩霆。想必那個黑衣人也認為，是不知名的強盜擄走了她吧？

不知這算不算一步錯，滿盤皆輸？

林詩詩聽了，立刻看向若靈萱，心中有些欣喜。她若真被盜賊擄走，必定清白不保，王爺就算有些喜歡她，心中也會有疙瘩吧？於是，她滿懷希望地等待著答案。

卻見若靈萱低下了頭，微顫著身子，似乎心有餘悸的樣子，並不言語。

「王妃，事情究竟是否屬實？」鄖國公不容許她逃避，又追問了一句。

若靈萱猛地抬頭，凜然地盯視著鄖國公，冷冷地開口。「本宮覺得很奇怪，國公大人是怎麼知道有人曾擄走本宮呢？」

鄖國公語一塞，眼神有些閃躲，在心底暗叫了聲糟糕。是啊，別人不知道的事情，卻讓他先開了口……但他反應極快，一下子就找到了理由。「這當然是有人告訴微臣的。」

「本王在出征期間，已經託了九皇叔照顧靈萱，如果真發生了被擄之事，為什麼九皇叔會不知情，而國公大人卻如此清楚？這樣看來，國公大人勢必要將那胡亂嚼舌根的人交給本王，讓本王嚴刑逼問。誣衊皇族中人，必處極刑！」

君昊煬銳利的黑眸直直盯視著鄖國公，聲音極為冷冽，字字椎心，震得鄖國公的臉容驟然一白。

不懂這事怎麼會和九千歲扯上關係，但更讓他想不到的是，君昊煬竟會如此相助若靈萱！他心中又驚又氣又不解，對若靈萱的恨，也更深了一層。

「王爺……」林詩詩也聽出了君昊煬語氣裡有針對爹爹的怒意，想說什麼，卻不知該說什麼，最後只能求助地看向皇太妃。

皇太妃也沒想到，君昊煬會如此維護若靈萱，當下，心中也有些不快，但她卻找不出話來反駁，因為唯一的籌碼已經讓君昊煬否定掉了，因此，她現在也只能靜觀其變。

若靈萱見鄖國公被數落得說不出話來，心中大感快意。君昊煬這麼幫她，她當然也不會坐著看戲了，火得加上油，才會越燒越旺啊！於是，她暗捏了大腿一把，痛得擠出兩滴淚，拿著錦帕拭淚，嗚咽道：「真是太過分了！究竟是誰在誣衊我、壞我名聲呢？心思竟然這麼狠毒！王爺，您要替臣妾作主呀，一定要將那個絕子絕孫的混蛋捉出來，就地正法，看以後還有誰敢胡亂編派臣妾的不是……」

此話一出，鄖國公的臉色不禁由白轉黑，暗自咬牙切齒。這女人，是在咒他絕子絕孫？崔太妃沈著臉不語。林詩詩的臉色也好看不到哪裡去。

君昊煬嘴角微抽，睨了若靈萱一眼，有點啼笑皆非。絕子絕孫？這也太狠了吧！隨即，目光一轉，看向鄖國公。

鄖國公神色不自然地輕咳一聲，眉心皺得緊緊的，極力想著該如何自圓其說。

若靈萱泛著淚光的眸子閃過一抹厲芒，掃視了眼鄖國公，然後繼續對著君昊煬哭喊。

「王爺，請您一定要為臣妾作主，為臣妾討回公道，如若不然，臣妾只好一死以示清白了！」

君昊煬嘴角又是一抽，神色卻是極其認真，點了點頭。「愛妃放心，此事本王絕不會就此作罷，待會兒本王就稟明父皇，讓他下旨徹查。」

愛妃？這兩個字頓時讓若靈萱起了一陣惡寒，暗暗白了他一眼。

鄖國公聽罷，臉色再度刷白，內心開始不安起來。他暗中派人擄拐若靈萱這事，若是被皇上知道，下旨徹查的話，怕是難以脫身啊！該死，本想通過此事讓詩兒上位，然後自己在朝堂上便可將夏國丈的風頭壓過，林家的勢力也會壯大，誰知現在卻是偷雞不著，還蝕了把米！

皇太妃看到鄖國公灰敗的臉色，明白今天是不可能提平妻的了，免得甚至還會將事情鬧大。斂眉思索了一會兒後，她神色自然地道：「睿王不必驚動皇帝了，其實哀家早已清楚，那人定是心懷不軌，故意向國公誣衊王妃，想藉此來挑起國公府和睿王府的矛盾，因此哀家已經將他斬首，絕不會壞了王妃的清譽。王妃，妳就放心吧！」最後一句話，她是對著若靈萱說的。

「謝皇太妃！」若靈萱哽咽地道。

「話雖如此，但孫臣認為，那個人敢這麼大膽地誣衊王妃，挑釁國公府和睿王府，定是背後有人主使，因此孫臣一定要將事情查個清楚，揪出主使者，才能讓兩家永無後顧之憂。」君昊煬面無表情，冷聲說道。

「這……」皇太妃的眉皺得更緊。君昊煬是想咬著此事不放了，他就這麼在意若靈萱嗎？她想要反駁，但又覺得不適合，總不能不准他調查吧？這就欲蓋彌彰了。

而鄖國公聽了，更是臉色大變，雙手也顫抖了起來。他極力鎮定著自己，反正死無對證，諒他也查不出什麼的，自己可不能自亂陣腳！

林詩詩看著、聽著，手中的錦帕快扭捏成麻花，不甘心地看著君昊煬。他居然為了若靈萱，不惜與父親和皇太妃針鋒相對，還要讓皇上徹查？她真的好想質問他，這是什麼意思？但她不能，只能暗恨於心。

若靈萱也十分訝異地瞄著君昊煬，他竟真的肯為她做到如此地步？要知道這事一旦被查出，鄖國公定逃不過嚴懲，他為什麼還要……

雖是百般不解他的行為，但心中有另一件事，她必須要當著皇太妃的面一併說出，免得以後再因為這事煩死她。想罷，便道：「啟稟皇太妃，國公大人昨天送信給孫臣媳，向孫臣媳提議讓林側妃升為平妻，希望孫臣媳答應。」

「喔？那王妃可否同意？」皇太妃沈聲問道。

若靈萱淡然一笑，斜睨向君昊煬。「孫臣媳一向聽從王爺的意見，若他不反對，孫臣媳當然是同意的。」

林詩詩再次滿懷希望地凝視著君昊煬。

鄖國公此時卻是沒了心思，畢竟剛才君昊煬的一席話，猶如一塊大石壓在他的心頭，教他沈甸甸的，而且他也看得出來，以君昊煬的態度，怕是根本無心提平妻。

果然，只聽君昊煬冷漠地開口——

「睿王府的正妻，只有若王妃一人！」

林詩詩的心中再一次受到打擊，她頹然地低下頭，袖中的小手緊握成拳。是不是，她真的要求太多了呢？

鄖國公心思紛亂，內心十分忐忑，他必須要想個萬全的應對之策，不然若是真的被查出來，那麼他必定逃不過嚴懲。

皇太妃也知道這件事恐怕要鬧大了，先給了鄖國公一個安撫的眼神，然後淡淡掀唇道：「好了，既然睿王不願提平妻，這事就此作罷。哀家也累了，你們若無事，就跪安吧！」

君昊煬和若靈萱相視一眼，便站起身，雙雙單膝跪地。

「孫臣告退！」

「孫臣媳告退！」

兩人離開後，受到打擊的林詩詩也尋了個理由告退了。

殿裡只剩下鄖國公和皇太妃。

鄖國公立刻緊張地上前。「皇太妃，妳看這事可怎麼辦？睿王如果堅持調查下去，微臣恐怕……」

「放心，哀家自會想辦法，不會查到你身上的。」皇太妃朝他點頭，沈聲保證。

「臣謝過皇太妃！」鄖國公這才稍微鬆了口氣。

出了永甯宮沒多久，君昊煬又被皇帝喊去了御書房。

若靈萱目送他離去後，轉身就看到了林詩詩。

「姊姊，既然王爺有事，那咱姊妹倆就先回府吧？也要時候要為王爺準備午膳了。」林詩詩巧笑嫣然地道，溫柔如水的臉上絲毫不見一絲異色。

若靈萱不由得挑眉，這女人還真沈得住氣呢！就不知道她接下來又會出什麼招數了？心裡這麼想著，臉上卻微笑道：「妹妹先回吧，姊姊想起還有事情要做，午膳的事，就煩勞妹妹了。」

「那好吧，妹妹告退。」林詩詩福了福禮。轉身之後，她笑容全無，只是緊絞著手帕。

若靈萱則是微勾唇角，冷笑離去。

——未完，待續，請看文創風091《肥妃不好惹》下集

重生報仇雪恨＋豪門世家宅鬥

同人不同命，同樣重生，

怎麼她就是比別人心酸又辛苦?!

步步為營 佈局精巧／禾晏

獲2010年第一屆晉江文學城&悅讀紀合辦

「女性原創網路小說大賽」**古代組第一名**

春濃花開

可恨哪！
只因愛了個虛情假意的男人，
她葬送了自己的性命，
雖獲重生，卻有家不能回，
有仇不能報，有子不能認……

文創風 074 上

前生，她是一品大官的掌上明珠，才情學識都不輸男兒，
雖然容貌平庸，加上自小腿殘，但憑藉著娘家的權勢，
她得以嫁給芳心暗許的男人，帶著滿腔喜悅，一心與子偕老。
沒想到卻是遇人大不淑，夫君勾搭上她的好姊妹已是殊可恨，
竟還眼睜睜看著小三殺害她，將她推入荷塘……
再睜開眼，她成了同一日裡投湖的柳府五小姐柳婉玉，
可幸的是，如今換了具健全的身子，還擁有絕色嬌顏，
可悲的是，身分卻換成小妾之女，在家不受待見，在外受人非議，
眼下她只能忍氣吞聲，日日看人臉色，處處小心討好，先掙扎著活下來，
再來想方設法報仇雪恨，讓那對奸夫淫婦血債血償！

可笑哪！
四年結髮夫妻，他對她始終冷冷淡淡，
末了還見死不救；
如今她只是換了個好皮囊，
才見幾次面，他竟這般溫柔體貼……

文創風 075 中

如今大仇得報，又與爹娘相認，柳婉玉心願已了了大半，
原想這輩子就守著兒子、侍奉爹娘到天年又有何不可？
可兒子雖然沒了親娘，畢竟是堂堂楊府的嫡重孫，貴不可言，
她一個未出閣的閨女，能護得了一時，卻顧不到一世，
而且還壞了家裡的聲譽，讓爹娘操心，也累得他們無顏面。
看來只能先嫁作人婦，再一步一步來進行認子計劃吧！
說來可笑，那殺千刀的前夫貪她如今嬌容嫵媚、丰姿綽約，
竟然不知恥的搶著來大獻殷勤，妄想娶她做填房，
但讓她再嫁這個人面獸心的畜生，不如讓她再死一次！
倒是那前生不起眼的小叔——庶出的三少爺楊晟之，
對她不但情深義重，又三番兩次的危急相助，
若嫁了他，是不是便能名正言順的成為孩子的娘？

＊隨書附贈 上、中 卷封面圖精緻書卡共二張

可歎哪！
再世為人竟又再次嫁人，
而且是嫁入同一個家門，
不同的是，
這次她絕不再委屈自己了……

文創風 076 下

重生後的婉玉憑了美麗容貌與嫻雅品格，絕色冠金陵，
加上有梅府權貴的身家相傍，要再訂一門好親事很容易，
但俗話說：易求無價寶，難得有情郎，
爹娘中意的人選雖然斯文倜儻、文采風流，又是親上加親，
可聽了些閒言碎語，便跑得不見人影，這樣的人怎堪託付？
唯有那英俊威猛的楊晟之始終相護，不論大小急難都毫不猶豫相幫，
只是有了前車之鑑，爹娘萬萬不肯再將她許配楊家了……
他是楊家不受待見的庶子，連有些頭臉的奴才也都給他臉色看，
原本一心考上功名後，娶個賢妻再討個美妾，人生便已圓滿了。
偏偏老天爺讓他看見了柳婉玉，那感覺好像一下子撞到胸口上，
即便知道她將要訂親，明知自己高攀不上，但他就是不能死心，
從這一刻起，他不再忍氣吞聲、裝傻扮呆，定要想個法子娶到她……

＊隨書附贈 下 卷封面圖精緻書卡

輕鬆好笑、令人噴飯之宅門大家／棠茉兒

文創風 057 4

她深知自己總是看不透周十九，
便不費心猜他，睜隻眼閉隻眼地過了，
而他，卻時不時透露些自己的小事、喜好，彷彿在引她親近，
彷彿對她說，既然成了親，
便有很長、很長的時間，與她慢慢磨……

文創風 058 5

成親前，從未想過這個狡猾如狐狸、
狠如虎豹的男人能如此呵護自己，
但關於他的事，真真假假、假假真真，
或許有時也要由她「出擊」，
讓他明白，他想讓她心裡有他，
她也想他心中擱著她這個妻子……

文創風 062 6

曾幾何時，
她對周十九的猜疑及不確定淡了，
取而代之的是相信他的許諾，
從前，總覺得相識開始，
他便要將自己掌握在手，
連她的心也要算計，
但如今，
她明白結了婚不是誰拿捏了誰，
誰要主內主外，
卻是累了有個溫暖懷抱可倚靠，
傷心了能放心地落淚……

文創風 072 7 完

人只有一生一世，
真正存在的便是當下；
這一生，他既能為她感情用事，
她也能為他要跟上天拚一次，
搏一個將幸福留在身邊的機會——

天才廚藝美少女遇上天下最挑剔刁嘴的美少年

重生的試煉．穿越的新鮮
人情的溫暖．溫柔的情意
精緻烹煮的美食佳餚，佐以專一的愛情調味，
引得你食指大動、會心一笑……

肥妃不好惹 中

國家圖書館出版品預行編目資料

肥妃不好惹 / 棠茉兒著. --
初版. -- 臺北市 : 狗屋, 民102.05-102.06
冊 ; 公分. --（文創風）
ISBN 978-986-328-086-6（中冊 : 平裝）. --

857.7　　102006692

著作者　棠茉兒
編輯　黃淑珍
校對　黃薇霓　張曉錨
發行所　狗屋出版社有限公司
地址　台北市104中山區龍江路71巷15號1樓
電話　02-2776-5889～0
發行字號　局版台業字845號
法律顧問　蕭雄淋律師
總經銷　知遠文化事業有限公司
電話　02-2664-8800
初版　102年6月
國際書碼　ISBN-13　978-986-328-086-6
原著書名　《妻妾斗：肥妃不好惹》，由北京紅袖添香科技發展有限公司授權出版

定價250元
狗屋劃撥帳號：19001626
網址：love.doghouse.com.tw　E-mail：love@doghouse.com.tw